COLLECTION MICHEL LÉVY
— 1 franc le volume —
1 franc 50 centimes relié à l'anglaise

LA COMTESSE DASH

LE CHATEAU

DE LA

ROCHE SANGLANTE

PARIS

MICHEL LÉVY FRÈRES, LIBRAIRES ÉDITEURS

RUE VIVIENNE, 2 BIS, ET BOULEVARD DES ITALIENS, 15

A LA LIBRAIRIE NOUVELLE

1865

LE CHATEAU

DE LA

ROCHE-SANGLANTE

OUVRAGES

DE

LA COMTESSE D'ASH

PARUS DANS LA COLLECTION MICHEL LÉVY

POISSY. — TYP. ET STÉR. DE A. BOURET.

LE CHATEAU

DE LA

ROCHE-SANGLANTE

PAR

LA COMTESSE D'ASH

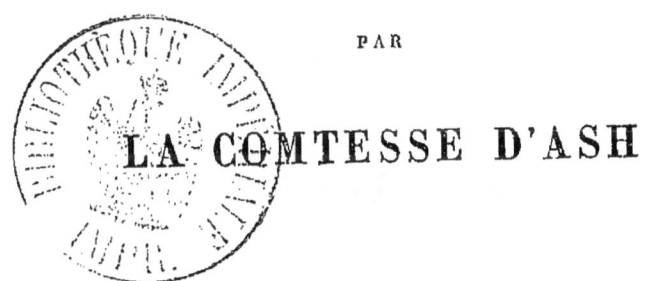

PARIS

MICHEL LÉVY FRÈRES, LIBRAIRES ÉDITEURS

RUE VIVIENNE 2 BIS, ET BOULEVARD DES ITALIENS, 15

A LA LIBRAIRIE NOUVELLE

—

1865

A MA MÈRE

Voici une histoire de mon pays, ma mère, une histoire qui a bercé mon enfance et que je me rappelle à présent que l'enfance a fui loin de moi. Vous savez combien tout ce qui tient à cette province, tient à mon cœur ; ce Poitou, si poétique, si plein de souvenirs, où les traditions placent tant d'actions nobles et généreuses, a encore une physionomie particulière. Les croyances s'y sont conservées plus pures, plus superstitieuses aussi peut-être. Le vieux berger devin, les loups-garous et toutes les fables de la mythologie chrétienne tiennent une grande place dans les récits de la veillée. Vous en trouverez aussi dans ce volume ; je raconte ce que l'on m'a raconté, tel qu'on me l'a raconté, et je ne me permettrai pas d'y changer la moindre chose.

Puisse ce petit tableau vous intéresser, puisse-t-il vous ramener vers le temps où vous berciez encore mes jeunes pensées !

Ce temps était beau comme l'espérance ; hélas ! il a fui comme elle, et les tristes réalités de la vie ont remplacé nos douces chimères.

C^{sse} DASH.

LE CHATEAU

DE

LA ROCHE-SANGLANTE

I

DESCRIPTION

Aux bords de la Creuse et près de Maillé, existent encore quelques débris d'un ancien et féodal manoir, le château de la Roche-à-Gué qui tient son nom du rocher immense sur la crête duquel il a été construit. Ce rocher de quatre-vingts pieds de hauteur, à peu près, s'élève à pic au-dessus de la rivière, qui coule gracieuse et limpide dans un lit plus ou moins

resserré, tantôt encaissé par des rochers, tantôt ver-
doyant et reflétant les pâturages qui l'entourent.
Parmi les arbres qui ombragent les rives de la Creuse,
ceux qui dominent et semblent affectionner le plus
particulièrement ce terrain sont, d'abord, les noyers
aux feuilles odorantes et d'un vert brillant et sombre,
quelques châtaigniers, des saules au feuillage pâle,
comme il y en a toujours près de toutes les rivières,
et qui viennent se mêler aux autres pour les poétiser;
puis des aulnes vertes et touffues, des rideaux de
peupliers qui s'élèvent sur leurs troncs élancés. Cette
province très-pittoresque est aussi boisée de hêtres,
de chênes, d'ormes et de bouleaux. En outre de toutes les rivières qui coulent non loin de la Creuse,
dont quelques-unes viennent la grossir, il est aussi
coupé par des milliers de ruisseaux s'échappant du
haut des montagnes, quelquefois de leurs flancs, et
formant beaucoup de petits lacs très-poissonneux.

Ce pays, qui touche au Limousin, est admirablement accidenté par de hautes montagnes, et par les
profondes et étroites vallées qui en déchirent le sol.

Le noyau de la plupart de ces montagnes est schisteux ou granitique. On comprend que plusieurs ont recélé des volcans dont il reste encore quelques traces pour les peintres et les géologues ; il est plein de souvenirs druidiques pour les auteurs et les savants.

La position de ce château avait beaucoup d'analogie avec celle de la ville de Boussac, bâtie aussi sur un rocher escarpé, et environnée de hautes murailles flanquées de tours, et dominée encore par un château crénelé qui s'élève sur une roche presque inaccessible, sur laquelle est encore superposée une tour énorme ; toutes ces villes, tous ces châteaux bâtis sur des montagnes si ardues, étaient ou devaient être des villes ou des châteaux forts.

Au bas du rocher, sur lequel est assis le castel, un joli moulin à eau se dessine sur la rivière dont les eaux viennent se briser à sa roue, puis s'éloignent écumantes et murmurantes. Parmi toutes ces particularités, qui distinguent la position bizarre de ce moulin sous le château et de ce château sur le moulin, il en est une qui ne se rencontre nulle part ailleurs, un escalier en spirale s'élève depuis le colombier du moulin jusqu'à une petite pièce attenante aux cuisines du manoir, donnant elles-mêmes dans une cour à part qui n'était point la cour d'honneur. Il est probable que, dès l'origine de la construction de ces deux bâtiments, le moulin a toujours dû être occupé par un des vassaux ou tenanciers des seigneurs, peut-être même un de leurs domestiques, et que les communications étaient par ce moyen beaucoup plus rapides et plus fréquentes ; d'ailleurs, de tout temps on dit que les seigneurs ont aimé la bonne chair, et comme le poisson frais y tient une haute place, c'était une excellente manière de l'avoir de la première main. A peine arrachés à leur humide royaume, les carpes, les brochets, les tanches et les anguilles, ne faisaient qu'une ascension de la Creuse dans la poêle ou dans les casseroles du maître-d'hôtel.

Rien de plus magnifiquement étendu que la vue dont on jouissait du haut de la terrasse et des fenêtres

de la Roche-à-Gué. De ce point élevé on embrassait un large espace dans lequel se dessinait la charmante ville de Maillé, et les côteaux de l'une et
l'autre rive de la Creuse. Il semblait, pour les ima-
ginations ardentes et les âmes tendres, que sur cette
hauteur on était plus près du ciel d'où pouvaient
descendre immédiatement les bonnes pensées, les
nobles inspirations encloses dans une nuée lumineuse rayonnant sur ce castel, tandis que la partie
basse du pays, plongée dans l'ombre, paraissait ne
point devoir participer à ces relations célestes; il
semblait aussi que là on sentît comme malgré soi
l'âme s'élancer vers cette région inconnue, éthérée,
brillante, région d'où elle émane et vers laquelle
elle doit remonter.

Il y a de ces croyances qui sont plus profondément que toutes les autres gravées au dedans de nous-
mêmes ; pourtant elles n'y sont arrivées que par
l'intuition et la révélation ; d'où il résulte que tout
ce qui est mystère et spiritualisme, a chez nous
plus de force et de puissance que les croyances sim-

plement basées sur la matière, surtout pour les
êtres qui n'ont pas dégradé leur première et divine
essence par la lecture des livres impies et athées,
dangereux aux organisations faibles et par conséquent versatiles.

Si on voulait approfondir beaucoup de choses
influentes sur telles ou telles destinées, peut-être trou-
verait-on que les lieux où sont nés, où ont vécu tels
sages, tels savants, tels coupables ont dû être d'une
puissance immense sur les événements de leur vie
et les sentiments qui les ont dominés. Dieu me garde
de tomber dans le système du fatalisme, et de dire
que celui qui est né au fond d'une creuse vallée,
dans un réduit obscur, ne doit avoir que des idées
noires et criminelles, que celui qui est né sur une
montagne et dans une habitation éclairée par le
chaud soleil doive infailliblement être bon, grand,
généreux, sympathique ; mais les yeux qui voient
plus souvent le ciel, la poitrine qui aspire un air pur
et vivifiant, doivent aider l'intelligence à s'élever et
l'âme à s'épurer ; ce qu'on pense dans une forêt, on

ne le penserait point dans une plaine, et les idées écloses sur les grèves de la mer, ne peuvent avoir aucune analogie avec celles que vous inspireraient les bords d'une rivière. L'esprit et l'âme ont un reflet plus ou moins vif de ce qui les a vivement impressionnés, donc la vue du beau et la lecture du bon doivent être d'une haute importance dans toutes les éducations.

Ce château, autrefois si brillamment habité, si somptueusement orné, était maintenant désert comme un sépulcre où étaient venus s'ensevelir les joies, les fêtes, le bonheur, la gloire, les amours des nobles châtelains, ainsi que leurs dépouilles déposées dans le caveau de leurs ancêtres.

Ce silence de la solitude qui succède au bruit, a quelque chose de profondément triste ! Ces bâtiments qui se transforment si vite en ruines du moment qu'ils sont inhabités, vous inspirent un sentiment pénible et douloureux !... Là, tant de souvenirs vous viennent assiéger, de ces souvenirs qui se dressent palpitants et dont l'illusion, pour un instant, vient repeupler et animer ces murs qui s'écroulent, les orner de tout le luxe qui les embellissait ; illusion qui vous fait voir les gentes damoiselles, dont les têtes blondes ou brunes sont ornées de chaperons gracieux, d'où s'échappent des voiles ondoyants sous la brise ; le parterre, moins brillant, moins enivrant de fleurs, que les femmes qui se jouaient et brillaient aux fêtes du château! Les chevaliers amoureux, portant les couleurs de leurs dames et volant aux plus rudes entreprises, sans oser se plaindre à peine d'un retard apporté à leur bonheur ! Les pigeons, doux messagers d'amour, qui, le cou orné d'un ruban bleu, portant sous leurs ailes les papiers parfumés qui devaient faire tressaillir les cœurs sur lesquels ils devaient reposer ! ces pigeons allant ainsi d'une tourelle à l'autre. Puis, venaient aussi les départs, arrosés de larmes ; puis, toutes les joies du retour... ; puis... toute cette féerie des apparitions s'évanouissant ; féerie d'autant plus amère que la réalité dans laquelle on retombe est une réalité triste, nue, froide, comme sont presque toutes les réalités de la vie, mornes et décevantes... où l'âme, qui s'était élevée aux régions des croyances, vient se briser comme un morceau de cristal sur un rocher!... Prisme irisé des illusions! prisme aux mille et chatoyantes facettes! pourquoi vous briser si vite, un à un, pour couvrir l'horizon d'un crêpe funèbre? pourquoi ne pouvoir au moins garder une espérance mensongère comme le sont tous les rêves, caresser ce rêve, le seul bonheur qu'on doive attendre dans ce monde... se bercer... s'endormir avec... et ne se réveiller que pour s'endormir alors du sommeil éternel!... Pourquoi?... pourquoi? ce mot, dont la réponse doit résoudre tant de problêmes... restera sans réponse pour résoudre celui du bonheur, si ingénieusement personnifié dans la pierre philosophale... tous l'ont cherchée... nul ne l'a trouvée... Chercher le bonheur... chercher une âme pour la sienne, c'est user son âme comme Nicolas Flamel usa ses trésors à chercher la bienheureuse pierre!... Il ne faut rien attendre... rien chercher... si on ne veut être cruellement déçu.

Il y trente ans environ qu'une locataire se présenta pour louer deux chambres dans le château délâbré, proposition qui n'avait jamais été faite au meunier depuis qu'il s'était rendu acquéreur de cette ruine, qu'il avait eue presque pour rien, comme tous les biens d'émigrés se vendaient ou s'achetaient à cette époque.

— Mais, madame, je crains que vous ne soyiez fort mal ; il y a si longtemps que ce château est désert, dit le meunier à l'étrangère.

— Il existe, monsieur, reprit celle-ci, des positions où il faut savoir se faire à tout.

— Comme les bâtiments du moulin sont fort spacieux, je pourrais plutôt, si cela vous convenait, vous en sous-louer une partie; puis vous auriez ma fille Jeanne pour vous distraire un peu : une belle fille, ma foi ; ce n'est pas parce que je suis son père... mais c'est la plus belle de tout le pays, c'est tout le portrait de ma pauvre défunte.

Et ici le meunier poussa, ou se crut obligé de pousser un soupir.

— Merci, monsieur, de votre obligeance ; l'habitation du moulin serait trop humide pour moi. Les médecins m'ont ordonné de respirer le grand air et d'habiter un endroit élevé ; c'est pour cela que j'ai pensé que je me trouverais fort bien dans ce vieux château ; du reste, je n'en serai pas moins charmée de faire connaissance avec votre chère Jeanne, dont les visites me seront fort agréables.

—Cette dame est fort laide, pensa le meunier ; mais elle a l'air d'avoir été bien élevée ; ce sera toujours une société pour ma fille et un rapport sur lequel je ne comptais guère, car il faut avoir le diable au corps pour se nicher avec les corbeaux, les chauves-souris... Enfin, après tout, ce sont ses affaires et non les miennes.

En achevant cette phrase, le meunier parcourait les vastes salles de ce manoir, suivi de la dame étrangère, comme pour lui faire choisir l'endroit où elle serait, sinon le mieux, au moins le plus convenablement établie.

La dame s'arrêta dans une pièce contiguë à une

autre, toutes deux donnant comme dans une espèce d'antichambre, où venait commencer un escalier roide et tournant, conduisant à l'une des quatre tourelles du château, celle du levant; beaucoup de marches de l'escalier étaient écroulées, mais, à la rigueur, avec un peu de hardiesse, on pouvait encore le gravir et jouir du coup d'œil admirable qui régnait sur la plate-forme du château. Au haut de toutes les tourelles étaient pratiquées des portes, qui communiquaient à une terrasse embrassant toute la surface de la toiture. Les balustrades de cette terrasse étaient rompues en beaucoup d'endroits, et il n'aurait pas fallu être saisi d'un vertige, alors qu'on la visitait, ce qui n'arrivait guère que lorsque quelques étrangers, ayant entendu parler de l'admirable position du château, demandaient à le parcourir; ou lorsque quelques amis des anciens seigneurs venaient avec un souvenir tendre et religieux; car, depuis l'émigration, nul n'avait plus entendu parler de cette famille éteinte assurément.

— Voilà, monsieur, dit-elle au meunier, les deux

chambres les moins grandes, et dont la vue, donnant sur la rivière, me convient le mieux. Une pour mon frère, une pour moi; c'est suffisant.

— Ah! madame a un frère, reprit le meunier?

— Oui, et de beaucoup plus jeune que moi; je me regarde comme sa mère.

— Madame connaît-elle le pays?

— Non, pas madame, mais seulement mademoiselle, s'il vous plaît. J'y suis venue fort jeune, et j'en ai conservé un très-faible souvenir.

— Soit, mademoiselle, pour vous servir.

— Dites-moi, monsieur, quel est le curé qui dessert la paroisse aujourd'hui?

— Mais c'est le digne **M.** Leblanc, que chacun aime comme un père.

— Ah! tant mieux! J'en suis charmée.

— Est-ce que mademoiselle l'aurait connu?

— Non! mais j'en ai entendu parler comme d'un excellent homme, et j'aurai beaucoup de plaisir à le voir.

— C'est quelque dévote, pensa le meunier; les

vieilles filles n'ont pas d'autres consolations. Elle ira au sermon pour nous deux, car...

Puis, il ajoutatout haut :

— Et quand M. le curé viendra voir ma fille Jeanne, que je lui apprendrai qu'une dame habite une partie du château, et que cette dame serait ravie de le voir, j'ajouterai qu'elle se nomme?...

— Mademoiselle Stéphanie, voilà tout.

— Et M. votre frère?

— Gaston.

— Très-bien! maintenant, je vous dirai, mademoiselle, que ma fille sera un des riches partis du pays.

— C'est un bon métier que celui de meunier, à ce qu'il paraît?

— Oui, oui, la rivière coule bien et les sacs de blé arrivent en foule au moulin... Puis...

Ici, le meunier s'arrêta, comme achevant en lui-même une phrase qu'il aurait craint de dire tout haut.

— Eh bien, monsieur, quel jour pourrai-je venir m'installer?

— Mon Dieu! mademoiselle, demain, après demain... quand il vous plaira.

— Je vais donc prendre congé de mon nouveau propriétaire, en le saluant du nom de...?

— Du père Lefèvre, le meunier de la Roche-à-Gué... Bah!... je suis connu comme le loup blanc.

— Lefèvre!... répéta Stéphanie, comme cherchant quelque chose dans son souvenir...

Puis, elle reprit :

— Au revoir donc, monsieur Lefèvre, et à bientôt.

Ils se saluèrent et la dame s'éloigna, tandis que le meunier regagna son moulin par l'escalier qui aboutissait à son pigeonnier. Il regarda ses nouvelles couvées, admira ses pigeons aux couleurs chatoyantes et redescendit chez lui de meilleure humeur que de coutume, car le père Lefèvre n'était point un homme aisé tous les jours.

Il avait pris cette arrogance et cette dureté que donne presque toujours, aux gens du commun, une fortune sur laquelle ils n'avaient pas droit de compter.

Lefèvre était pourtant le fils du vieil intendant du

château; il avait été élevé dans ce domaine seigneu-
rial et investi de la charge de meunier par le dernier
des seigneurs; mais la Révolution, qui avait vu couler
tant de sang noble, qui avait forcé tant de gentils-
hommes à s'expatrier, avait donné un essor immense
à tout ce qui était peuple et vassaux; et leurs grands
principe de nivellement, leurs idées d'ôter à celui
qui avait trop pour donner à celui qui n'avait point
assez, avaient monté bien des têtes, calmes jusque-
là, et rendu féroces, par la vue du sang, des gens
qui seraient restés paisibles chez eux, sans aucune
pensée ni aucun désir au delà du cercle qui les entourait.

Lefèvre, donc, ayant acheté les terres dépendant
de cet immense domaine, et les ayant payées en
assignats, s'était trouvé, peu de temps après, le plus
riche de tout le pays. Il avait eu d'abord la noble
pensée de rendre cet héritage à ses maîtres, s'ils
revenaient un jour; mais l'ignorance dans laquelle il
resta sur leur compte, puis la possession de ces
richesses lui gangrenant le cœur de jour en jour,

il oublia ces bons sentiments, et devint égoïste fier et même méchant parfois. Ce n'était qu'en tremblant qu'on allait lui demander un service, à moins qu'il ne fût dans ses bonnes lunes, comme on le disait. On aurait même pu penser qu'il s'évertuait à être bourru, croyant ainsi se donner un relief de plus; chacun brille à sa manière. Il n'aimait au monde que sa fille, le seul enfant qui lui fût resté de six que lui avait donné sa femme, qui mourut en donnant le jour au cinquième de ses fils. Il avait donc reporté toute sa tendresse sur cette enfant, qu'il gâtait beaucoup pourvu qu'en temps et lieu il fût sûr de la trouver docile à épouser l'homme qui lui conviendrait, c'est-à-dire celui qui serait le plus riche, ou dont la position flatterait le plus son amour-propre.

Un visage rond et assez enluminé, des cheveux tirant sur le rouge; des yeux gris, vifs et enfoncés, surmontés d'épais sourcils; un nez fortement accentué; une bouche que le sourire élargissait d'une manière cruelle quant à la grandeur, et moqueuse quant à l'expression; d'une taille peu élevée, les épaules larges; ce qu'on nomme vulgairement un homme trapu. Toujours vêtu d'une veste grise les mains dans les poches, ou bien se les frottant l'une contre l'autre d'un air satisfait de lui et de ce qu'il disait; très-alerte encore, quoique ayant près de soixante ans; toujours accompagné de son chien blanc Zamore, un admirable chien des Pyrénées, qui suivait son maître le jour et gardait le moulin la nuit. Tel était le père Lefèvre.

Il descendit donc et fut s'asseoir auprès de sa fille, qui tenait les comptes de la maison, ce qui n'était pas une petite besogne, tant elle était achalandée; il l'embrassa au front en lui disant :

— Eh bien, mignonne, je crois que tu vas être contente de ton père?

— Quoi donc, reprit la jeune fille en levant ses beaux yeux bleus sur le meunier; m'avez-vous apporté quelques bijoux, père?

— Coquette que tu es, répartit Lefèvre, tu ne songes qu'aux brimborions et aux colifichets, mais par sainte Valérie, tu es si belle que je te le pardonne.

Et le meunier la regardait avec complaisance.

— Vous vous plaignez de ma coquetterie, et c'est vous qui en êtes cause, mon père ; toujours vous me faites des compliments et vous me parez comme une châsse, c'est ainsi qu'ils disent tous ; dame ! ce n'est pas ma faute, après tout.

— Allons, enfant, ne vois-tu pas que je veux rire ? ne fais donc pas semblant de te fâcher, ma Jeannette ; ne fais pas faire la mine à ta jolie petite bouche.

En effet, rien n'était plus joli que Jeanne : des yeux d'un bleu d'azur aussi doux qu'un reflet du ciel et pleins d'une langueur ravissante ; un ovale parfait qui encadrait des traits mignons et réguliers, un teint rose et la peau d'une finesse si extrême, qu'on y voyait le sang circuler ; deux fossettes à chaque joue, qui donnaient à son sourire un charme inexprimable ; une forêt de cheveux blonds serpentant sur un bonnet de dentelle à la mode du pays ; une taille svelte et gracieuse emprisonnée dans un cor-

sage de velours noir; une jupe à raies assez courte
pour qu'on pût voir la naissance d'une jambe parfaite et des pieds mignons enfermés dans de petits
souliers à boucles ; un tablier à bavette d'une toile
aussi blanche que la farine qui s'échappait des sacs;
telle était Jeanne, assise à une petite table de chêne
brunie par le temps et gracieusemeut sculptée,
devant une des fenêtres donnant sur la rivière, et
se balançant sur sa chaise qu'elle renversa contre
le mur en l'y adossant :

— Dites donc vite, mon père, je suis curieuse de
savoir ce qui va me faire plaisir.

— Eh bien, mon enfant, toi qui t'ennuies toujours
tant d'être seule, je t'ai trouvé une société.

— Bah !... et qui donc?

— Une dame qui vient louer deux chambres dans
le château.

— Pas possible, mon père, il est dans un si triste
état, le château, qui donc voudrait y venir loger?

— Pourtant c'est la vérité ; une demoiselle d'un
certain âge avec son frère, qui est tout jeune.

— Elle est jolie cette demoiselle ?

— Non, elle est laide; mais elle a été fort bien élevée; j'ai vu cela tout de suite, et ce sont des malheurs qui l'ont obligée à se réfugier dans un coin si reculé.

— Et si délâbré, vous pourriez bien ajouter; je n'y voudrais pas coucher en peinture. Savez-vous, mon père, qu'il y a des revenants la nuit?

— Tu les as vus, mon enfant?

— Pas plus tard qu'avant-hier, Jacques, le garçon du moulin, en a vu un... et...

— Allons donc, est-ce qu'il y a des revenants! vous me feriez mettre en colère.

Et Jacques qui entrait au même instant avec un sac de farine sur le dos, et suivi de son chien Clopinau, qu'on nommait ainsi à cause de son allure traînante, parce qu'il avait eu une patte cassée, fut interpellé par Jeanne :

— N'est-il pas vrai, Jacques, que tu sais qu'il y a des revenants dans le château, et que tu en as vu un il y a deux jours ?

2

— Aussi sûr, notre bourgeois, que v'là Clopinau là qui marche derrière moi.

— Voyons, pose ton sac et raconte-nous un peu ce que tu as vu, ça m'amusera, dit le meunier en se frottant les mains.

Jacques déposa son sac dans un des angles de la pièce que Lefèvre appelait son parloir, et il s'approcha du meunier et de sa fille, impatiente que son père entendît ce récit pour convaincre son incrédulité.

— Allons, assieds-toi, mon garçon, reprit Lefèvre; ceux qui ont une histoire à conter ont besoin d'être assis, ça aide la mémoire, et il en faut beaucoup pour...

— Attendez un peu, mon père, vous allez savoir...

Et Jacques se dit en lui-même en s'asseyant :

— Il est dans ses bonnes aujourd'hui, notre maître, car il n'est pas poli tous les jours.

Puis il commença ainsi :

— Faut vous dire, monsieur Lefèvre et mam'zelle, qu'il y a longtemps qu'on m'avait prévenu sur tout ce qui se passait dans le château, et je leur ai répondu : « Ça ne me regarde pas, pas vrai ? ni vous non plus. Eh bien, allez labourer vos champs et laissez-moi tranquille dans le moulin avec le blé et la farine. » Puis, au bout de quelque temps, ils m'ont encore redemandé : « Eh bien, as-tu vu quelque chose ? — Oui-da, j'ai vu l'eau couler et la roue du moulin qui tournait en faisant tic tac. » Ils m'en ont voulu et s'en sont allés en disant : « Patience, patience, tu verras, Jacques, que tu ne seras pas toujours si brave. »

— Ah ! tu leur as répondu si gaillardement ? reprit le meunier, je ne te croyais pas si dégourdi ni la langue si bien pendue. Allons, continue.

— Dame ! notre maître, il n'est pas dit qu'on soit un imbécile parce qu'on est garçon de moulin ; mais le respect veut que je ne vous réponde que dessus ce que vous me dites.

— Fort bien, fort bien, et puis...

— Et puis je m'étais toujours tenu tranquille dans mon ouvrage, je me disais : S'il y a des revenants, c'est bon, j'ai pas besoin d'aller courir après, ils viendront me chercher s'ils veulent... V'là qu'avant-hier, dans la nuit, c'était moi qui étais de garde, c'est-à-dire moi et Clopinau, pas vrai ? Clopinau ! — Et Clopinau s'avança frétillant et tortillant son épine dorsale. — Alors, c'est bien... Couchez, couchez-là, Clopinau,... et le chien se coucha humblement.

« Pour lors, j'étais donc de garde comme je disais, et vous savez, maître, qu'on avait apporté, il y a un mois, du blé qui était tout mouillé et que je l'avais mis sécher là-haut dans la grande cour du château, celle où donne le soleil. V'là que je me dis : Il est temps de retourner chercher ces sacs, ils seront tout portés pour demain matin ;... et je monte l'escalier du pigeonnier et je pose ma lanterne dessus la dernière marche. Je n'en avais que faire, car la lune reluisait dans la cour que les sacs étaient brillants comme la neige ; j'avais déjà fait trois voyages bien tranquille, et je me pensais au-dedans de moi-même : Sont-ils bêtes ces gens-là, avec leurs contes à dormir tout debout ; le plus souvent qu'il y en a des revenants !...

J'en étais à mon quatrième voyage, et j'allais prendre mon quatrième sac de blé, quand j'aperçois une grande ombre toute noire qui se glissait le long du mur et passait derrière les sacs de blé, qui pourtant touchaient le mur... D'abord je me tiens ferme... mais quand je vis que la grande figure noire s'arrêtait à me regarder avec des yeux couleur de feu qui sortaient de dessous son capuchon noir, dame ! j'ai eu peur, je l'avoue, et j'ai laissé tomber le sac.

— Et le blé, sang-bleu, qu'est-il devenu ?

— N'y a pas eu de malheur ni de grabuge, bourgeois, pas seulement un petit grain de blé répandu, et de plus, v'là que Clopinau s'est mis à hurler comme pour quelque chose de mauvais... J'étais couché à plat ventre sur le pavé de la cour, pourtant je me relève tout doucement, je regarde avec précaution, je ne vois plus rien, et je dis à Clopinau tout bas : Cherche... cherche... là-bas, Clopinau ! Et v'là Clopinau qui se met à courir comme il peut, cette pauvre bête, puis il s'arrête devant une niche de la grande galerie et là, il se met à gratter et à aboyer...

2.

J'avais repris un peu de courage, avec un bâton dans la main, j'entre dans la galerie par une des portes brisées... et j'aperçois... deux ombres qui se frottent tout le long de la vieille tapisserie qui remue toujours au vent, que ça fait peur seulement de voir toutes ces figures qui dansent comme la danse du diable. Mam'zelle Jeanne m'a dit que c'étaient des soldats qui allaient en Palestine... comment donc?

— En Palestine... mais qu'importe? va toujours.

— Oui, ils ont des croix partout, je les ai regardés bien des fois. C'était bien le tombeau du Seigneur!

— Finis-en donc, bavard. Voyons, et les ombres?

— Eh bien, v'là que je veux courir et que mon pied s'embarrasse dans mon bâton, et que je tombe le nez rudement contre les dalles... V'là que le sang coule, à preuve qu'on en voit encore la marque, et v'là que j'entends : frou, frou... et puis, mais bien distinctement ce mot : « Curieux! » Et quand je me relève, il n'y avait plus d'ombres, seulement Clopinau criait et courait après deux gros chats noirs qui avaient des yeux comme des escarboucles, et qui juraient et miaulaient, Dieu sait... ! Enfin v'là que les chats s'en sont sauvés, que mon chien a couru après; mais bah ! ils étaient grimpés sur le toit, d'où ils avaient l'air de se moquer de nous... puis ils sont partis... et Clopinau aboyait toujours, comme une bête qu'il est, en dessous du toit où il avait vu les chats. Et puis faut vous dire que dans cette galerie ça sentait un goût si mauvais, comme du soufre, enfin.

— Et puis?

— Et puis, je m'en suis redescendu avec mon sac, mais je n'ai pas refait un cinquième voyage, je vous assure, et je me suis couché en grelottant la fièvre.

— Poule mouillée, ah ! tu as peur pour si peu de chose, reprit le meunier?

— Dame ! pourtant, c'étaient des vrais ombres et des vrais chats noirs.

— C'est ton ombre que tu as vue, puisqu'il faisait clair de lune.

— Oh ! que non, notre bourgeois, et puis, quand il y en avait deux dans la galerie ?

— Tu as rêvé.

— Et puis, quand ça a dit : Curieux ?

— Les oreilles t'ont tinté, voilà tout, poltron...

— Poltron, non pas, maître, j'ai du cœur ; mais je voudrais bien voir ce que vous diriez face à face avec le diable ; et puis d'ailleurs, les deux chats noirs, tous les chats du moulin sont blancs, et dans le pays ils sont tous gris ; ils ont trop peur pour avoir des chats noirs, ça porte malheur.

— Noirs ou blancs, je te demande ce que cela peut faire ?

— Ce que cela peut faire ?... ah ben ! le diable se change toujours en chat noir, c'est toujours comme ça qu'il s'en sauve quand on le poursuit.

— Eh bien, mon père, qu'est-ce que vous dites de cela ? ajouta Jeanne.

— Je dis, mon enfant, qu'il n'y a pas de quoi fouetter un chat, comme on dit, et que je gagerais que ce sont des habitants du pays qui auront voulu effrayer Jacques, voilà tout le mystère.

— Oh ! que non, notre maître, oh ! ils sont trop

peureux eux-mêmes pour venir la nuit dans le château et déguisés en ombres; d'ailleurs, ce n'est pas
des hommes qui auraient pu se couler ainsi entre le
mur et les sacs à farine, puisqu'il n'y avait pas plus
de place que pour mettre une carte.

— Tu avais la berlue, et tu as vu double, Jacques;
tiens, bois un coup, mon garçon ça te réchauffera
et ça chassera les revenants de ton esprit, surtout
n'en parle à personne, parce que ça pourrait me
faire du tort, pour le moulin, puis, il y a une dame
qui va venir habiter un coin du château avec son
frère et si elle entendait tous ces contes-là, ça pourrait la dégoûter, tu entends?

— Oui, j'entends, monsieur Lefèvre... j'aime
mieux qu'elle y couche en chair et en os, que moi
en image; ah ben, elle en a du courage, cette dame-
là, je crois qu'elle ne dormira pas toutes les nuits,
à votre santé, maître, à votre santé, mam'zelle
Jeanne, continua Jacques en vidant le verre que
Jeanne avait rempli de vin.

Le meunier, qui ne dédaignait pas un petit coup,

lui fit raison, et Jeanné s'excusa en disant qu'elle ne pouvait pas boire entre ses repas.

— A la santé du futur de Jeanne, s'écria Lefèvre avec un gros rire, allons, trinque donc, Jacques.

Jacques avait laissé tomber son verre tout plein, le vin était répandu, et le verre brisé en mille morceaux.

— Qu'il est maladroit, dit rudement le meunier... imbécile !...

— Pardon, notre maître... mais... c'est la surprise de... Est-ce que mam'zelle Jeanne va bientôt se marier ?...

Et il regardait Jeanne en dessous.

— Qu'est-ce que cela te fait, hein ?

— Oh! dame, si... je voudrais bien savoir qui sera son mari, pour mieux boire à sa santé, reprit Jacques en se ravisant.

— Mais, mon père, dit Jeanne d'un air inquiet, est-ce que vous voulez me marier ?... Je suis si bien avec vous, ajouta-t-elle en minaudant et en embrassant le front de son père.

— Mais non, c'est une plaisanterie en l'air, dit le

meunier radouci par le baiser de sa fille, non, mignonne, calme-toi... Allons, essuie le vin que Jacques
a répandu... et toi, Jacques, retourne à ton ouvrage..
nous parlerons des revenants un autre jour ; je m'en
vas voir notre curé pour savoir un peu ce que c'est
que la dame qui va venir habiter dans le château et
qui sera notre voisine.

Le meunier partit, Jeanne répara le désordre causé
par la maladresse de Jacques, et s'étant assise de
nouveau sur la chaise, elle se prit à le regarder.

— Eh bien, qu'est-ce que tu fais donc là ? te voilà
planté comme une statue de sel... est-ce que tu es
malade, mon pauvre Jacques?

— Ma fine non, mam'zelle, mais c'est que votre
père a parlé de mariage, et ça m'a fait un drôle de
grabuge dans le cœur... parce que, voyez-vous,
mam'zelle Jeanne, on ne peut pas... Ici, Clopinau, ici
donc.

Et Jacques partit comme un trait ; à peine si Clopinau pouvait le suivre.

— Il est fou, pensa Jeanne... pauvre garçon !

II

UNE HISTOIRE.

Un mois s'était écoulé depuis le jour où Jacques raconta ce qui lui était arrivé avec les ombres noires, et la nouvelle habitante du château était installée, avec son frère, dans les deux chambres qu'elle s'était choisies. On ne la connaissait que sous le nom de mademoiselle Stéphanie. Déjà elle avait assez d'ouvrage pour pourvoir à sa subsistance; elle était extraordinairement adroite; elle brodait des aubes, des surplis, des nappes d'autel pour l'église du village et les églises des villes voisines; elle faisait du linge pour les boutiques de lingères, et, en outre, des meubles en tapisseries, qui étaient d'un travail et d'un goût merveilleux; ils avaient d'autant plus de prix sortis de ses mains, qu'elle en composait elle-même les dessins ; c'étaient des corbeilles de fruits, des bouquets de fleurs délicieusement nuancées et agencées. Elle joignait à ces talents celui de connaître le blason et de pouvoir copier et exécuter des écussons sur les siéges et dossiers des fauteuils, avec une adresse et une exactitude extrêmes ; et lorsque la famille était d'une ancienne noblesse et que le meuble avait beaucoup de pièces, elle savait remonter aux écussons les plus anciens, jusqu'aux souches de la famille, et les réunissait tous dans un faisceau brochant sur le tout, qui se trouvait ordinairement l'écran placé devant la cheminée, et par conséquent la pièce la plus en vue de toutes dans un salon.

Son frère Gaston avait été adjoint au maître d'école pour apprendre à lire aux enfants, et il y en avait tant dans ce pays que ce n'était point une petite besogne. Le maître d'école appréciait beaucoup ce jeune homme, qui ayant eu une éducation plus distinguée, plus étendue que la sienne, pouvait ensei-

3

gner beaucoup plus de choses; par conséquent,
M. Spéro, le maître d'école, était plus rétribué
et, en outre, cela lui attirait plus d'écoliers encore;
c'était donc un double profit et un double avantage
pour lui que de s'être adjoint cet intelligent jeune
homme.

Puis, quand arrivait le dimanche, Gaston prenait
sa cornemuse et faisait gaiement sauter les paysans
sur la place. Il avait l'air si gai lui-même, qu'il semblait infiltrer la joie aux danseurs avec l'envie de
danser... Tout le monde l'aimait à cause de ses gen-
tilles manières et de sa belle humeur, et il n'y avait
ni fête ni noce où il fût possible de se passer du
charmant joueur de cornemuse.

Les paysans comprenaient bien qu'il en savait plus
qu'eux, qu'il était au-dessus d'eux; mais, comme il
ne s'en faisait pas accroire, pour répéter leur phrase,
ils l'en aimaient d'autant mieux; et comme il avait
une fort jolie voix, on ne manquait jamais de le faire
chanter, ce qu'il accomplissait avec une complaisance et une grâce parfaites.

Donc, les deux nouveaux habitants du château étaient fort goûtés dans la contrée ; et, certes, ce n'est pas peu de chose que d'avoir le don de plaire à tous.

Mais, quoiqu'on croie beaucoup aux sorciers sur les bords de la Creuse, Stéphanie et Gaston devaient le miracle du bien-être de leur position au digne curé, M. Leblanc.

Le pasteur était tellement aimé dans le canton, que sa recommandation y était toute puissante, et il lui avait suffi de parler avec un vif intérêt du frère et de la sœur, pour que tout le monde s'y intéressât aussi, et fût heureux de coopérer à une bonne œuvre en leur procurant de l'ouvrage.

Stéphanie avait quarante-cinq ans ; elle était extrêmement marquée de la petite vérole ; cette cruelle maladie lui avait grossi et déformé les traits, au point de la rendre fort laide, surtout au premier abord ; mais lorsqu'on avait causé quelque temps avec elle, sa physionomie, très-mobile, s'animant par degrés et reflétant toutes ses pensées, gracieuses ou élevées, il y avait des instants où on aurait pu la trouver charmante. Elle avait une de ces laideurs auxquelles on s'habituait très-vite.

Ses cheveux, entremêlés de beaucoup de fils d'argent, qui contrastaient d'autant plus avec les autres d'un noir de corbeau, étaient modestement retenus dans un bonnet garni de dentelles, sans le moindre ruban. Une robe de laine noire, extrêmement simple. un fichu de mousseline unie et un tablier de soie de couleur pensée, complétaient la toilette de Stéphanie.

On comprenait qu'il y avait, sous cette enveloppe calme, une sensibilité extrême, malgré une apparence froide et toujours parfaitement polie. Il était évident qu'elle avait beaucoup souffert du corps et de l'âme.

Gaston était jeune, d'une beauté mâle et enfantine tout en même temps ; il avait une de ces physionomies ouvertes qui préviennent tout d'abord en faveur de l'individu, avant de s'être rendu compte s'il est beau ou laid ; de grands yeux noirs, vifs et veloutés ; des traits nobles et distingués, une taille élevée et gracieuse, un caractère bouillant et emporté, tem-

péré toutefois par son cœur, et surtout par l'affection
immense qu'il avait pour sa sœur.

Né d'un second mariage, et orphelin, depuis longtemps, Stéphanie l'avait élevé et lui tenait lieu de
mère; aussi le sentiment qu'il éprouvait pour elle
semblait en réunir plusieurs; il l'aimait avec une
tendresse passionnée, et quoiqu'il fût presque toujours sur le pied d'égalité avec elle, malgré la distance d'âge qui les séparait, il la respectait autant
qu'il l'aimait et obéissait au moindre regard, à la
moindre parole, comme l'enfant le plus soumis.

Leur intérieur et leur union étaient réellement un
tableau touchant.

Stéphanie ne jouissait guère de la société de son
frère que le soir, occupé qu'il était dehors tout le
jour. Alors, ils causaient; il lui faisait souvent la
lecture, et cherchait surtout, par une foule de récits
des environs, à égayer la mélancolie profonde qui
paraissait l'envahir tout à fait.

— Ma bien chère sœur, lui dit-il un soir, en arrivant, réjouis-toi, demain nous aurons une bonne

journée, car il y a une belle noce à Maillé, et je serai
richement payé pour aller m'amuser en amusant les
autres... Tu ne seras pas inquiète... j'y coucherai
peut-être...

— Je t'assure, mon enfant, reprit Stéphanie, que
lorsque tu ne rentres pas auprès de moi, je ne saurais dormir tranquille.

— J'espère pourtant que ce n'est pas la peur des
revenants, ma bonne amie, qui te fait parler ainsi;
tu as trop d'esprit et surtout tu as l'esprit trop fort
pour que de pareilles choses te tourmentent. Pourtant, si tu le veux, j'irai dire qu'on ne compte pas
sur moi, car je serais désolé de t'attrister le moins
du monde; toi, si bonne... si bonne pour moi!...

— Tu as raison, mon cher Gaston, je ne songe
point à ces enfantillages; mais, malgré moi, mon
cœur se serre lorsque je me sens seule... surtout la
nuit... Que veux-tu? on devient faible, craintif et
superstitieux quand on a beaucoup souffert... Je n'ai
peur de rien... mais... je l'avoue à ma honte... le
bruit d'une feuille que le vent apporte dans ma

chambre me fait tressaillir... Je rougis de cette pu-
sillanimité... mais, malgré moi, elle revient de nouveau s'emparer de tout mon être... c'est comme ce
fragment de poésie dans je ne sais quelle grammaire
italienne :

« Con cor trimante e con trimante picole, frigge latupi-
nclla i non sadive... un' live arbosal' che fremi... una
foessia... di dubbia il cuor gli percuste...

— Que tu es charmante, sœur ! et qui ne t'aimerait pas, toi et les défauts que tu t'imagines avoir.
Si je vaux quelque chose, c'est à toi que je le dois,
si je sais quelque chose, c'est de toi que je le tiens ;
aussi, je voudrais pouvoir t'entourer d'autant de bonheur que je te porte d'amour et de reconnaissance ;
alors, va ! tu serais bien heureuse !

— Merci, cher enfant ! merci ; chacune de tes
paroles aimantes est une goutte de baume sur mes
blessures.

— Dis-moi, sœur, pourquoi restes-tu toujours
ainsi enfermée ? sais-tu que tu tomberas malade ?

Je veux que tu sortes, entends-tu? Dailleurs, tu es engagée à cette noce, pourquoi n'y viendrais-tu pas?

— Tu es fou, Gaston!

— Comment, fou? Je ne comprends pas.

— Tu me parles d'aller à une noce, est-ce que ma mise et mon âge ne s'y opposent pas?

— Du tout, sœur, du tout, tu as ta robe de soie grise, qui est fort bien, et ton bonnet garni de rubans verts, tu seras charmante. Puis, je ne sais en vérité quelle manie tu as de parler de ton âge, est-ce que tu es vieille? Quelle folie! quand on a ton cœur et ton esprit, on est toujours adorable et adorée. Tu viendras, n'est-ce pas?

— Non, mon enfant, non, c'est impossible!

— Stéphanie, moi qui te cède toujours, ne me céderas-tu pas une fois? je serais si content de t'avoir là avec moi, devant moi, mes yeux seraient si heureux de te voir.

— Eh mon Dieu! mon enfant, il y aura là par milliers, des femmes jeunes et jolies qui récréeront bien plus agréablement ta vue; laisse donc, je ferais une tache par ma toilette, et un contraste avec la gaieté des autres par ma mélancolie.

— Sais-tu, ma sœur, qu'il n'y a pas de femme au monde, il n'y a que toi pour moi ; que me font les autres ?

— Tu ne diras pas toujours ainsi, Gaston, ajouta Stéphanie en lançant sur son frère un regard long et pénétrant.

— Je t'aimerai toujours par-dessus tout, ma sœur, entends-tu ? Mais tu détournes toujours la conversation, promets-moi que tu viendras, je t'en supplie !

Et Gaston embrassait sa sœur comme un enfant qui demande une grâce à sa mère.

— Mais en supposant que je te cédasse, non, cela n'a pas le sens commun, d'ailleurs j'ai de l'ouvrage pressé.

— Oh ! du moment que tu as dit en supposant, je ne te quitte plus que tu m'aies expliqué ta supposition, et accordé ce que je réclame.

— N'y pensons plus, Gaston, c'est fini ; et en supposant, puisque tu veux savoir ma phrase, que

3.

j'eusse de la crainte à me trouver seule, j'irais prier Jeanne, la charmante fille du meunier, de me tenir compagnie.

— Mais Jeanne doit venir à cette noce, elle est engagée.

— Est-ce qu'on va toujours là où on est engagé ?

— Enfin, sœur, ta volonté soit faite, mais cela me cause un vrai chagrin.

— Et à quelle heure commence cette fête, demain ?

— Mais depuis le matin jusques...

— Alors tu reviendras après demain, le plus tôt que tu pourras, n'est-ce pas, enfant ? reprit Stéphanie en embrassant Gaston. Va te reposer ce soir, si tu dois veiller toute l'autre nuit.

— Et puis, je te laisserais seule, oh ! que non, que veux-tu faire, ma sœur ?

— Un acte de bravoure, ou mieux satisfaire un caprice. Il y a longtemps que j'ai envie d'aller me promener le soir sur la plate-forme du château ; tiens, vois la lune qui darde ses rayons sur les vitres de cette croisée : le coup d'œil sera magnifique.

— Allons, ma sœur, allons, mais prends garde à
cet escalier qui est si dégradé, là, donne-moi la
main, car on y voit à peine dans cette tourelle, qui
n'est éclairée que par les meurtrières, appuie toi
sur moi, encore trois marches, et nous voilà...

Stéphanie et Gaston s'assirent tous deux sur un
fragment de pierre qui ressemblait à quelque piedes-
tal d'une vieille statue, et ils se prirent à admirer
l'effet merveilleux de la lune se reflétant dans la
rivière, et y projetant des traînées lumineuses, qui
variaient, à chaque instant comme la crête bouillon-
nante des millions de petites vagues que le vent qui
venait aussi se jouer dans les grandes aulnes au
feuillage sombre, et y produire un bruit plaintif
comme une langue inconnue et mystérieuse... Mais
il semble que la douleur doit être répandue par
toute la terre, car on en comprend les expressions
dans quelque langue que se soit et pour qui a une
âme, cette âme lui révèle les plaintes de la nature.
La voix du vent qui soupire et se glisse entre les
arbres, qui frémit dans les eaux en agitant ses

flexibles roseaux, qui soulève le sable en tourbillons, qui couvre les champs de blé dans les
plaines, en y imprimant de gracieuses ondulations,
qui entraîne des oiseaux dans des sphères trop éloi
gnées, et brise souvent les ailes des fragiles papillons ; qui ride la surface des lacs et fait gémir les
goëlands attardés ; qui, l'hiver déracine, des arbres
géants, et l'été, relève la tige inclinée des fleurs en
emportant leur parfum sur les ailes humides de la
nuit... Cette plainte s'exhale toujours harmonieuse
et mystérieuse ; tantôt ce sont des soupirs d'amour...
avec la brise du soir et les mélodies du rossignol...
tantôt ce sont des regrets avec les branches de sapins
qui semblent se meurtrir l'une contre l'autre, tantôt
.e désespoir le plus sombre avec les grandes vagues
que l'Océan soulève et emporte sur la grève ; tantôt
la voix de Dieu dont la colère se révèle avec les
éclats du tonnerre, et dont les paroles semblent
écrites en traits de feu avec la ligne sanglante dont
les éclairs viennent sillonner le ciel assombri... Il
y a de la majesté et de la poésie même dans cette

affreuse tourmente des éléments où tout paraît vouloir s'anéantir, se confondre et se briser.

— Quelle est belle cette nature au milieu de la nuit! je me sens saisie, s'écria Stéphanie, je ne puis plus parler.

— N'est-il pas vrai, ma sœur, que l'âme s'élève à mesure qu'on s'éloigne du monde, et surtout quand ont cessé tous les bruits importuns du jour, il n'y a plus rien entre le ciel et nous; on dirait alors que nous allons pouvoir parler à Dieu, et qu'il daignera nous apparaître derrière un éclatant nuage et nous répondre.

— Oui, mon enfant, continue, j'aime à lire aussi dans ton âme et en saisir toutes les nobles émanations! Que Dieu m'entende, te protége et te bénisse toujours, et te garde tel que tu es.

— Toutes tes pensées tournent toujours à la tristesse, ma bonne Stéphanie, tu désires admirer la nature, et tout spectacle pour toi est une source de mélancolie... Je perdrais mes sourires à vouloir t'égayer, c'est sûr.

— C'est que, vois-tu, chaque corde de mon âme vibre et frémit douloureusement éveillée par un souvenir.

— Mais tout est donc souvenir pour toi ?

— Hélas ! oui.

— J'ai souvent réfléchi, que pour des ouvriers comme nous le sommes, tu m'as enseigné beaucoup de choses, et tu en caches bien plus encore que tu n'en laisses apercevoir ; les trésors de ton savoir sont confinés comme une perle au sein des mers, c'est assurément bien, Margaritas...

— Que veux-tu, mon enfant, j'ai toujours pensé qu'il valait mieux être au-dessus de la condition qui nous est destinée dans le monde, par ses sentiments et son savoir, que d'être au-dessous ; le dernier me semble honteux et pitoyable ! N'est-on pas bien plus charmé, bien plus étonné de trouver mieux, ou plus qu'on croyait, que de trouver moins ? Ce que nous savons doit nous être d'abord précieux pour nous, puis doit ensuite nous servir à être au niveau des personnes avec lesquelles nos différents travaux peuvent nous mettre en rapport ; voilà tout, ce n'est pas pour s'en glorifier, tant s'en faut.

— Tu as raison, toujours raison, ma sœur ; mais tu ne me feras pas croire que tu étais née pour être une simple ouvrière, vois-tu, ce n'est pas possible...

— Tu te trompes, Gaston, et la manière avec laquelle je t'ai élevé eût été bien imprudente, si elle avait servi à t'inculquer des idées d'une grandeur passée : je suis adroite, on m'a bien enseignée, j'ai lu, j'ai beaucoup lu, et voilà tout.

— Puisque tu sais tant de choses, ma bonne sœur, raconte-moi un peu qui a fait bâtir ce château sur les ruines duquel nous sommes assis maintenant ?

— Pourquoi cette question plutôt qu'une autre ?

— Parce que tu sais tout, et que j'ignore tout ; puis, parce qu'il court d'étranges bruits sur son compte.

— Sur le compte de qui ?

— Allons, tu fais semblant de ne pas me comprendre ; c'est sans doute que je t'aurai parlé en mauvais français, excuse-moi, ma sœur, je ne suis qu'un pauvre maître d'école en second...

— Non, cher enfant, je n'ai point voulu te blesser, mais que peut-on répandre sur ce château ?

— Je ne te dirai rien que tu ne m'aies raconté d'abord ce que tu sais sur son origine.

— Et après ?

— Après, je te raconterai, moi, des histoires, mais c'est qu'elles sont un peu effrayantes, et si tu as peur des rêves ! non, tu n'auras pas peur, je serai près de toi ; voyons, sœur, je t'écoute, et la lune te regarde attentivement.

— On prétend que ce château remonte extrêmement loin quant à son édification primitive, car il a subi depuis d'immenses changements et modifications, et c'est peut-être à peine s'il reste quelques-unes des pierres ayant appartenu à l'ancien château ; d'ailleurs, de quel intérêt peut être ce récit pour toi ?

— Plus que tu ne le penses ; pour savoir si je pourrai rattacher à l'histoire tout ce qu'on m'a raconté ; donc le château primitif remonte... Est-ce avant le déluge ?

— Tu sais bien, Gaston, que ce pays se nommait la

Marche et était passé de la domination des Visigoths à celle des Francs, passablement barbares encore. Bozon, le vieux comte de Périgord, n'avait pas voulu regarder comme valables les signatures d'un certain seigneur sans titres, qui se nommait Toparque, et qui ajouta à son nom, celui de la Marche. Pourtant, il advint qu'Aldebert, fils de Bezon II, prît le titre de comte de la Marche, malgré le mécontentement extrême des rois Hugues Capet et Robert, qui lui firent des menaces en lui faisant demander : *Qui l'avait fait comte?* — Ce à quoi il répondit fort insolemment : *Qui vous a fait rois?*

Mais, à cette époque, chaque seigneur se faisait comme un royaume de la province qu'il avait conquise ou qu'on lui avait octroyée, et y vivait aussi despotiquement que le roi lui-même. On prétend donc, mon cher enfant, ou plutôt j'ai lu dans un vieux parchemin, que j'avais tiré de la poussière et qui est redevenu sa proie, que ce château fut commencé par celui qui prit le premier le titre de comte de la Marche. La position en était excellente pour

en faire un château fort; et c'est sans doute à cause
de cette position qui a souvent servi en temps de
guerre, que chaque successeur augmenta cet édifice,
lequel ne fut que peu de chose. Il prit beaucoup
d'accroissement pendant que Gui de Lusignan fut
comte de la Marche. Après celui-ci, mort sans enfants, il passa aux mains de Philippe le Bel, puis
retourna à la maison d'Armagnac. On dit qu'un des
seigneurs de ce nom en avait fait sa retraite favo-
rite; on dit même qu'il y avait enfermé une femme
qu'il avait enlevée, et que sa famille essaya en vain
de la reprendre, tant était inaccessible ce château.
Mais la première décadence de ce manoir commença
(toujours dans l'histoire du vieux parchemin) avec la
fin tragique de Jacques d'Armagnac, à qui Louis XI
fit trancher la tête d'abord, ensuite il s'empara du
comté de la Marche et le réunit à la France. Ici, une
longue lacune. Le château ne servit que de fort; il
fut construit avec bastions, demi-lunes, créneaux,
herses, ponts-levis, etc... Il subit beaucoup de siéges et fut souvent très-endommagé. Mais toute la

hiérarchie des maîtres successifs serait trop longue et trop ennuyeuse ; je te dirai seulement que, depuis le règne de Louis XIII, des seigneurs de haut lieu furent toujours propriétaires de ce domaine ; que, vers la fin du règne de Louis XIV, la branche mâle s'étant éteinte, il ne restait plus qu'une jeune fille, qui, par le testament de son père et d'autres volontés, à ce qu'on dit fort puissantes, dut prendre le titre de comtesse de la Roche-à-Gué et le donner en mariage à celui qui l'épouserait ; c'était une condition *sine quâ non*, condition qui rendait son mariage assez difficile, malgré sa beauté merveilleuse.

— Et elle se nommait ?

— Aloyse de la Roche-à-Gué... A quoi penses-tu, Gaston ? tu ne m'écoutes plus.

— Au contraire, ma sœur ; je t'écoute plus que jamais... Poursuis, je t'en prie.

— Il se présentait mille partis ; mais tous s'en allaient comme chassés par une épidémie, quand le vieux tuteur d'Aloyse, leur avait lu la clause du testament, où il était formellement écrit que son époux

devrait perdre son nom pour prendre celui de sa
femme.

« Mademoiselle Aloyse de la Roche-à-Gué était
devenue orpheline à seize ans, elle en avait vingt-
deux, et on eût dit qu'un sort fâcheux conspirait
contre son mariage. Elle consultait inutilement tous
les devins du canton (car il y en a eu de tous temps
dans ce pays-ci), elle restait toujours fille, ce qui
l'ennuyait cruellement. Son tuteur, don Pablo de
Santa-Cruz, Espagnol, Dieu sait pourquoi ! était fort
peu récréatif, et sa vie s'écoulait en espérances toujours déçues, qui finirent par se changer en désespoir.
On prétend que l'une des tourelles de ce château était
son lieu favori : elle se soustrayait ainsi à la cruelle
surveillance de don Pablo, venait examiner à son
aise le cours des astres et suivre son étoile au ciel,
pour voir si son auréole allait enfin sortir de la vapeur qui semblait en couvrir les rayons.

« Une nuit qu'elle passa, dit-on, en tête-à-têté
avec les planètes, eut une grande influence sur sa
destinée. Elle écrivit le lendemain, et plusieurs mes-

sages partirent du château... Mais, où vais-je m'enfoncer dans l'histoire d'Aloyse ?... En voilà assez...
rentrons, Gaston.

— Oh ! non, non, ma sœur ; encore quelques minutes, je t'en conjure !... ne me laisse pas ainsi en
suspens ; je ne pourrais pas dormir, je t'assure.

— Eh bien, puisqu'il faut te céder comme à un
enfant à qui on aurait commencé un conte... Le
vieux parchemin prétend que huit jours après, les
herses du château se levèrent, les ponts-levis s'abais-
sèrent, pour laisser entrer une douairière accompagnée de son fils et de ses domestiques assez peu
nombreux.

« Le jeune homme, qui se nommait Raoul et qui
était cadet d'une grande famille, avait été destiné à
entrer dans les ordres ; mais, après plusieurs tentatives de réclusion, pendant lesquelles il faillit mourir, tant il avait d'aversion pour être cloîtré, les médecins déclarèrent à sa mère qu'il devait vivre dans
le monde, se marier et qu'on commettrait une
cruauté atroce en le condamnant au célibat... La

pauvre mère était bien désolée, et ne savait comment arranger les deux partis... les frères aînés, l'un comte, l'autre baron... et celui-ci destiné à être sacrifié à leur orgueil.

« Enfin, on ignore comment elle reçut un des messages d'Aloyse ; ce qu'il y a de sûr, c'est que, sans savoir tout à fait les clauses, elle se hâta d'arriver.

« Le tuteur ne manqua pas, comme il en avait pris l'habitude, et toujours dans les mêmes termes, ainsi que le cornac qui, chaque jour, fait voir au public des bêtes ou des choses curieuses, et les lui explique sans changer jamais un mot, le tuteur, donc, leur lut, commenta et expliqua tous les articles du fatal testament.

« La douairière demanda à en conférer seule avec son fils, et il s'enfermèrent ensemble dans l'appartement qui leur avait été assigné.

« — Eh bien, Raoul, veux-tu perdre le noble nom que t'ont transmis tes ancêtres ?

« — J'aime mille fois mieux perdre ce nom en me mariant, madame, que de le perdre avec la vie dans l'horreur de la reclusion à laquelle me condamnent mes frères... auxquels... Je m'arrête par respect pour vous.

« — J'avoue pourtant, mon fils, que mon orgueil en souffrira cruellement.

« — Je le crois, madame ; car dans votre famille (je n'ose pas dire la mienne), l'orgueil l'emporte sur tous les autres sentiments, puisque vous aimeriez mieux me voir mourir à vingt ans, enterré sous les murs glacés d'un cloître, que de me voir vivant et sous un autre nom ! Pour moi, je hais mortellement les droits cruels concédés à une noblesse, qui en abuse d'une manière plus cruelle encore.

« — Eh bien, sois heureux, mon fils, je consens à ce mariage, dit la douairière en se jetant dans les bras de son fils. Les entrailles maternelles avaient brisé l'orgueil qui les couvrait comme d'une cuirasse épaisse.

« Raoul la remercia froidement ; il n'existait plus d'élan possible dans son cœur, on l'avait tellement fait souffrir depuis qu'il était au monde ! Sa mère

osait à peine quelquefois lui montrer son amour ;
elle avait tant pleuré sur lui et à cause de lui, depuis
le jour de sa naissance !

« — Que penses-tu d'Aloyse, mon fils ? te plait-elle ?

« — Cette femme est le seul moyen de salut par
lequel il me soit possible d'appartenir encore au
monde des vivants, voilà tout.

« — Ne te semble-t-elle pas fort belle ?

« — C'est possible... mais peu m'importe ; je
suis convaincu qu'elle doit être coquette ; elle n'a
pas plus de cœur que moi. Le testament de son père
a, depuis des années, apporté tant de déceptions,
déjà, qu'elle ne verra en moi que celui qui l'arrache
à sa prison, comme moi, je ne vois en elle que l'être
qui m'arrache à la mort. Je prévois d'avance que ce
mariage, fait sans aucune sympathie, ne peut être
heureux. Je voudrais seulement avoir des enfants,
pour perpétuer une race à mon tour, et, surtout,
pour tâcher de les rendre heureux, moi, ajouta-t-il
en regardant sa mère.

« — Il faut avouer, mon fils, que vous raisonnez

bien froidement pour un homme de vingt ans ; vous paraissez avoir peu d'illusions.

« — Que voulez-vous, madame ? il y a des fleurs qui se fanent avant d'ètre écloses !

« — Enfin, je vais retourner auprès de don Pablo et lui porter notre réponse, reprit la douairière, que cette conversation embarrassait, se trouvant plus coupable envers son fils qu'elle n'avait jamais voulu se l'avouer à elle-même, et se reprochant amèrement de lui en avoir fait une jeunesse si triste, si malheureuse : elle lui avait toujours voilé le prisme enchanteur, quoique mensonger des illusions.

« Pendant toute la durée de cette conversation, Aloyse était dans une inquiétude extrême, elle allait et venait, elle aurait bien voulu écouter aux portes elle ne put résister à cette tentation, lorsqu'elle entendit la douairière s'entretenir de nouveau avec son tuteur, et seule, ce qui semblait plus confidentiel.

« Elle saisit quelques mois qui suffirent pour la faire tressaillir de joie, et se hâta de retourner à son appartement afin qu'on ne se doutât pas de l'anxiété

4

dans laquelle elle avait passé ces quelques heures.

« Don Pablo, en effet ne tarda pas à la faire prier de descendre. Elle entra radieuse et salua la douairière avec une grâce inaccoutumée.

« Celle-ci qui connaissait parfaitement les devoirs, les convenances imposés par le cérémonial et l'étiquette, lui fit formellement et devant son tuteur la demande de sa main pour son fils Raoul.

« Aloyse accepta avec modestie, disant que, puisque son tuteur agréait cette demande, quand à elle, elle s'en trouvait parfaitement honorée.

« Comme de part et d'autre on désirait que cela se fit le plus promptement possible, chacun ayant ses différents motifs, le mariage fut célébré, huit jours après, dans la chapelle même du château, et à l'heure de minuit, heure si sépulcrale qu'elle semble toujours d'un mauvais augure pour éclairer une pareille cérémonie.

« Le rôle du tuteur étant achevé, don Pablo demanda la permission de retourner en Espagne, il voulait disait-il, mourir dans sa patrie.

« La douairière qui craignait qu'on ne s'inquiétât de son absence prolongée et qui désirait que ce mariage restât secret autant que possible (elle pouvait l'espérer, son fils ayant changé de nom), annonça qu'elle allait retourner dans ses terres. Sa belle-fille lui fit promettre de revenir bientôt, et parut attristée de son départ.

« Les jeunes époux restèrent entièrement seuls; ils avaient l'air peu gai, bien qu'ils fussent au milieu de leur lune de miel ainsi que dit la foule.

« Aloyse, qui n'avait jamais rien aimé de sa vie se sentit disposée à aimer Raoul, qui, d'ailleurs était extrêmement beau; mais elle trouva un mur de glace contre lequel vinrent se briser tous les élans de son âme : comme une fleur qui attend un rayon de soleil pour s'épanouir, et dont les pétales se referment et se crispent sous une froide atmosphère, elle se replia en elle-même, souffrit beaucoup, puis devint, à son tour, sèche, froide et parfaitement égoïste.

« Un an s'était à peine écoulé, elle donna naissance à deux jumeaux charmants; la douairière revint au château vers cette époque et fut leur marraine à tous deux, l'un fut nommé Gaston, et l'autre Julien.

— Ah! il fut nommé comme moi, interrompit Gaston.

— Ce nom est fort commun dans la noblesse, et toi-même tu l'as reçu au baptême d'un grand seigneur qui fut ton parrain. Dis-moi, mon frère, si tu veux nous remettrons la fin de ce récit à un autre jour, minuit vient de sonner à la paroisse de Maillé ; il est fort tard, descendons.

— Oh ! ma sœur, par pitié, continue, quand je te raconterai mon histoire, moi je ne te ferai pas languir par la moindre interruption... Et la douairière fut marraine des deux jumeaux ?

— Oui, et tandis que Raoul s'occupait uniquement de ses enfants qu'il adorait, Aloyse commença à éprouver le besoin de s'étourdir dans le monde avec toutes les distractions de la coquetterie, et bien qu'elle eût été élevée comme une recluse, elle n'en réussit pas moins ; les femmes n'ont pas besoin d'étude pour apprendre à devenir coquettes.

« Il n'était bruit dans les environs que de la belle comtesse de la Roche-à-Gué, une espèce de mystère l'entourait, et on trouvait fort étrange que son mari lui laissât une liberté aussi étendue.

« Le monde et toutes ses séductions l'enivrèrent d'autant plus qu'elle n'avait jamais bu à cette coupe dangereuse, et qu'elle en aspira du bord tout le miel sans se douter que le fond du vase ne contient que du poison !

« Cette vie heureuse et animée dura pendant près d'un an ; elle était toujours hors du château, oubliant parfois tout à fait son mari et ses deux jolis enfants ; elle croyait que cela durerait ainsi, mais il arriva qu'un jour la herse ne se leva pas à son commandement ; étonnée qu'on lui résistât, elle alla demander raison de cette insubordination au comte.

« — C'est par mes ordres que cette herse reste abaissée ; désormais vous ne sortirez plus d'ici, madame, répondit Raoul avec un calme désespérant.

« — C'est sans doute une plaisanterie monsieur, dit Aloyse frémisante de colère.

4.

« — Non, madame, c'est une décision invariablement prise.

« — Mais vous n'avez pas le droit de me faire prisonnière, je pense.

« — J'ai le droit de vous ordonner de m'obéir. Je vous ai éprouvée pendant un an, c'est assez, madame, et si rien ne vous attire ici, ni vos devoirs d'épouse, ni vos devoirs de mère, il est de mon devoir, à moi, de ne point laisser se flétrir plus longtemps le nom que vous m'avez donné. En achevant ces mots, Raoul s'éloigna pour retourner auprès du berceau de ses enfants.

« Aloyse restée seule, répandit d'abord un torrent de larmes, non pas de repentir, mais de rage. Elle essaya vainement de tenter ses domestiques avec de l'argent, mais ils restèrent inébranlables, et elle courut s'enfermer dans son appartement.

« Elle y vécut en récluse, sans proférer une seule parole, une seule plainte; ce changement subit parut beaucoup étonner le comte :

« — Peut-être reviendra-t-elle à ses enfants, pensait-il.

« Mais les jours s'écoulaient avec une conformité désespérante. Aloyse passait presque tout son temps en haut de la tourelle, ou sur cette même plate-forme où nous sommes maintenant ; elle devait avoir désappris à parler.

« Plusieurs fois le comte envoya demander la permission de la visiter ; elle s'y refusa opiniâtrement.

« Un jour que, comme de coutume, sa femme de chambre voulut entrer dans son appartement, la porte résista à toutes ses tentatives pour l'ouvrir.

« Elle courut en avertir Raoul ; il pensa qu'il fallait attendre la fin de ce nouveau caprice ; mais la journée s'écoulant sans que la comtesse parût, il fit assembler tous ses domestiques, y compris le meunier, car, à cette époque déjà, le moulin et le château se communiquaient par cet escalier, que tu as vu, sans doute ?

— Oui, entrevu, dit Gaston.

— Alors tous, Raoul, à leur tête, vinrent auprès de cette fatale porte pour l'enfoncer, elle se brisa, et le comte, suivi de ses domestiques, parcourut en vain tout l'appartement de sa femme, et le trouva désert ; il monta dans la tourelle et parvint à cette plate-forme qu'il trouva déserte aussi, il commença à s'effrayer et à se reprocher sa dureté.

« — Mes amis, dit-il, je ne comprends pas ce que peut-être devenue madame la comtesse ; depuis longtemps elle avait la tête un peu dérangée, vous le savez, malheureusement ; que chacun de vous se mette en campagne, et celui qui m'en rapportera des nouvelles, ou me la ramènera elle-même, sera largement récompensé.

« Bientôt après plusieurs hommes à la livrée du comte, s'éloignaient par des routes différentes.

« La douairière arriva justement le lendemain pour visiter son fils et voir ses petits anges, ainsi qu'elle appelait ses petits-enfants.

« Elle trouva son fils profondément accablé, il ne put lui cacher la cause de son inquiétude et tous deux se demandaient ce que pouvait être devenue Aloyse ? Personne ne savait résoudre ce problème, Raoul craignait qu'elle ne se fût jetée dans la Creuse ;

il ne s'expliquait pas autrement cet inconcevable mystère.

« Aucun des messagers ne rapporta de nouvelles, et la tristesse s'accrut de jour en jour dans le château. Le comte était malgré sa misanthropie tellement aimé de tous ses vassaux, que nul d'entre eux n'eût pensé à l'accuser.

« Sa mère venait le voir beaucoup plus souvent pour égayer sa solitude ; malgré ses soins, il mourut jeune, laissant ses fils aux soins de leur aïeule.

« Ils grandirent, se marièrent, et ainsi se perpétua la branche et le nom de la Roche à Gué dont l'origine avait eu lieu sous de si tristes auspices , néanmoins, il semble qu'une espèce de fatalité ait toujours pesé sur cette famille dont un crêpe noir envahissait un des coins de leur horizon, et il y a toujours eu de père en fils, dès événements cruels poursuivant les descendants d'Aloyse, et les derniers rejetons de cette noble et malheureuse lignée, sont morts dit-on, à l'émigration. Voilà, mon cher Gaston, tout ce que je sais sur ce château et sur ses habitants. Je suis fatiguée d'un aussi long récit, mais que veux-tu il ne faut pas mettre les vieilles gens sur le terrain des histoires : ils aiment à conter, et, de plus, sont presque tous bavards, à ce qu'on prétend. Maintenant, descendons.

Stéphanie et Gaston regagnèrent leurs chambres; avant de quitter sa sœur, Gaston la remercia vivement de sa complaisance, et rentra tout absorbé de ce qu'il venait d'entendre.

I

MYSTÈRE.

Le lendemain de bonne heure, Gaston revêtit ses habits des dimanches, mit sa cornemuse sur son bras, donna un baiser à sa sœur et partit pour cette noce où il aurait tant voulu l'emmener avec lui. La jeunesse oublie si vite! il ne songeait plus, au milieu de cette fête, au récit qui l'avait tellement captivé la veille.

Stéphanie resta seule à travailler comme à son ordinaire, mais ce jour-là, plus triste encore que de coutume.

Elle avait fait de l'appartement qu'elle occupait une espèce de petite retraite délicieuse, un boudoir indigène; tout y était rassemblé et ajusté avec un

goût parfait, et, bien que composé de choses médio-
cres, il y perçait malgré cela un certain air de noblesse.

Un lit de bois de noyer, recouvert avec une ten-
ture verte, simulait un divan, d'autant mieux qu'il
se trouvait dans un renfoncement et ombragé par
des rideaux ondoyants de mousseline blanche ; quelques chaises et tabourets en tapisserie, puis un grand
fauteuil en tapisserie aussi, qui était son siége habituel, un tapis dans le milieu ornaient cette modeste
chambre. Les parois des murs étaient recouvertes
de mille pièces, qui sans doute lui avaient servi d'é-
chantillons, et qu'elle avait adroitement jointes les
unes aux autres, en façon de mosaïque où les fleurs
se trouvent artistement réunies.

Un prie-Dieu en bois noir, qui occupait un des
angles, était recouvert d'un tapis de velours bordé
de frange de soie et révélait une haute piété, mais
sans ostentation, car elle priait toute seule ; au-dessus du prie-Dieu, était un cadre recouvert d'un voile
cloué aux quatre angles. Gaston lui en avait vainement

demandé le sujet, elle lui répondit : c'est un secret, et il dut se taire ; maintenant il n'osait plus la questionner à cet égard.

Au-dessus d'une petite glace entourée d'une tapisserie verte, était appendu un sabre d'honneur, dont la poignée était si merveilleusement enrichie de pierreries, qu'on eût pu faire presque une petite fortune en le vendant.

Mais Stéphanie avait dit qu'elle aimerait mieux mourir de faim que de vendre ce sabre, et Gaston avait dû encore réprimer sa curiosité à l'endroit du sabre.

Stéphanie avait placé son grand fauteuil dans l'embrasure d'une des fenêtres qui toutes deux donnaient sur la rivière, et c'était là qu'elle travaillait constamment.

Elle se levait avec le jour, se hâtait de faire son ménage, puis se mettait à l'ouvrage avec une ardeur bien souvent au-dessus de ses forces qui l'obligeait par instant de s'arrêter un peu.

Elle posait alors sa broderie sur ses genoux, et

rêveuse, elle contemplait le tableau qui se déroulait devant elle, après avoir relevé le store vert qu'elle abaissait sur la fenêtre de peur que le trop grand jour ne lui fatiguât la vue, ou que ce coup d'œil si poétique lui pût causer trop de distractions.

Elle regardait la Creuse roulant ses eaux rapides et rasant avec bruit les rochers qui ressèrent son lit, dont les flots, à l'aide du temps, ont sillonné si profondément la base de ces rochers, que plusieurs d'entre eux, avançant leur crête sur la rivière, semblent menacés d'une chute prochaine; ils ont un aspect presque effrayant. Des hêtres touffus et verdoyants, des bouleaux qui épandaient leurs rameaux flexibles comme de gracieuses plumes se balançant sous le vent, étaient épars au bas d'une haute montagne, des flancs de laquelle s'échappait un ruisseau sinueux, qui bientôt venait mêler son filet de cristal aux eaux de la Creuse. Cette montagne était positivement en face de la fenêtre de Stéphanie, et semblait captiver ses regards plus que tous les autres points du paysage; souvent un pâtre y conduisait

son troupeau, les grelots argentins des moutons et
des vaches, l'aboiement des chiens et la voix du
berger les appelant, venaient donner quelque animation à cette scène.

Au bas du château, le moulin dont le bruit monotone avait une sorte de charme ; et un peu plus loin
tout le pays de Maillé-Brézé, se déployait comme un
charmant panorama.

Elle suivait des yeux les flots qui s'écoulaient, et
souvent il lui semblait que ses pensées couraient
avec le fil de l'eau, allaient aussi se briser aux écluses
du moulin, saper le flanc des rochers, décrire mille
courbes, revenir quelquefois sur leurs pas, puis s'enfuir avec rapidité et tomber dans un gouffre comme
la Creuse à son embouchure.

Dans ces instants il lui paraissait qu'elle voyait
sans voir, qu'elle entendait sans entendre, qu'elle
ne participait plus en rien à la vie de ce monde ;
c'était une telle absorption, qu'un grand bruit ne
l'en eût pas tirée, ce n'était ni veille ni sommeil,
c'était une espèce de léthargie somnambulique dont

elle ne pouvait pas se rendre compte elle-même, et dont elle ne sortait que brisée de fatigue ; puis elle répandait un déluge de larmes, essuyait ses yeux rougis et gonflés, et reprenait tristement son ouvrage.

A peine avait-elle de nouveau recommencé à travailler que le digne curé entra et vint s'asseoir sans cérémonie à son côté ; elle ne l'avait point entendu.

Il lui dit en la regardant avec intérêt.

— Stéphanie, vous avez pleuré ?

— Pardon, monsieur Leblanc, dit-elle en tressaillant, je ne vous avais point aperçu, je suis si occupée à travailler.

— Hélas ! ma pauvre enfant, vous pleurez donc toujours ?

— Je ne saurais m'en empêcher plus que je ne pourrais changer le lit de cette rivière ; que voulez-vous, monsieur le curé, si c'est une faiblesse, pardonnez-la-moi.

— Cela m'afflige mortellement, et vous devriez vous en abstenir dans votre intérêt même ; songez-y bien, ma fille, vous perdrez les yeux, et pourtant vous savez combien ils vous sont nécessaires pour votre travail !

— C'est juste, monsieur Leblanc, mais je ferai tous mes efforts pour surmonter ces retours que je fais sur moi-même, ces éternelles comparaisons du passé au présent... ces... car enfin, je devrais me trouver, sinon heureuse, du moins satisfaite de mon sort ; grâce à vous, excellent ami, notre travail prospère à merveille pour mon frère et pour moi.

— Dites plutôt grâce à votre mérite à tous les deux.

— Oh ! je ne m'abuse pas, et je sais parfaitement, cher pasteur, que, sans vous, à l'heure qu'il est, nous mourrions peut-être de faim !... aussi de quelle affection, de quelle reconnaissance nous vous payons tous les deux !

— Qui ne vous aimerait pas ? qui ne s'intéresserait pas à vous ? vous si bonne, si pieuse, si dévouée, si laborieuse, si adroite, et cachant tant de savoir sous un voile de modestie dont peu de femme se couvrent dans ce monde !

— Vous m'aimez... vous êtes indulgent... voilà toute l'énigme.

— Non, j'aime par-dessus tout la vérité, et c'est elle qui parle par ma bouche quand je m'exprime ainsi. Et Gaston, ce cher Gaston, quel adorable naturel ; tant de douceur, de résignation, d'obéissance et d'affection pour vous et pour moi, car je crois qu'il m'aime aussi beaucoup.

— Oh ! de toute son âme !

— Tant d'aptitude au travail, vous savez que dans ses instants de liberté, durant la récréation des enfants, il vient souvent chez moi faire des lectures ou me prier de lui enseigner tout ce qu'il ignore, ainsi qu'il le dit naïvement lui-même ; bientôt je n'aurai plus rien à lui montrer, et je lui fais le même reproche qu'à vous.

— Quel reproche donc, mon digne ami ?

— Celui de trop travailler tous les deux, de ne point prendre de ces heures de repos si nécessaires à la santé, et même à l'intelligence ; on travaille bien mieux alors que le corps s'est rafraîchi, et malgré soi les pensées se distraient.

— Mais, mon cher monsieur Leblanc, si je prends une heure par jour pour me promener, c'est une heure que j'enlève à mon salaire... et...

— Et quand vous serez tombée malade tout à fait? vous ne pourrez plus travailler du tout, comment ferez-vous alors ?

— Oui, vous avez bien raison, j'engagerai Gaston à se reposer et cela suffira pour me faire du bien.

— Et moi, je veux être votre médecin, je veux que vous suiviez mes ordonnances de point en point, ou... ou... je me fâche avec vous, et je ne reviens plus.

— Oh! monsieur Leblanc, vous n'auriez jamais la la cruauté de me priver du bonheur de vos visites, c'est toute ma consolation en ce monde; Gaston et vous, après cela je n'aime plus rien, vous le savez, vous qui seul êtes le confident de toutes mes douleurs, qui savez ce que je voudrais pouvoir oublier. Ne plus vous voir, ce serait la mort pour moi...

— Chère Stéphanie, j'ai des droits sur vous, des droits que m'a accordés votre pauvre mère à son lit de mort, et vous devez m'obéir...

— Ordonnez, je vous obéirai aveuglément, dit Stéphanie en s'agenouillant devant le curé.

— Relevez-vous, ma fille, c'est bien ; et pour commencer, nous allons faire une petite promenade ensemble, nous herboriserons, puisque cela donne plus d'attrait pour vous aux excursions de la campagne, puis, vous viendrez dîner avec moi et ma vieille sœur Gertrude, aujourd'hui que Gaston est absent ; je vous reconduirai après dîner, et vous me ferez un peu de musique ; j'ai chez moi une guitare qui pend à un clou et qui reste muette, car aucune main n'en vient faire vibrer les cordes, et je me rappelle que votre voix agréable se mariait fort bien avec cet instrument ; allons Stéphanie, mettez votre châle et partons, profitons de cette belle journée, les beaux jours sont assez rares dans ce pays-ci, vous le savez.

Et Stéphanie obéit ; elle sortit accompagnée de M. Leblanc, ils gravirent quelques-unes des collines dont cette province abonde ; beaucoup sont fertiles en plantes odoriférantes qui nourrissent quantité

d'abeilles, aussi le miel qu'on en retire est extrêmement parfumé et forme une des grandes ressources
de la contrée ainsi que les châtaignes qui aident considérablement les paysans à vivre.

— Voyez, ma fille, comme cet air pur vous est sa-
lutaire, déjà votre teint a pris une coloration qui
l'avait abandonné depuis longtemps, vous n'êtes plus
la même; oh! je veux que vous vous promeniez
deux fois par semaine, voilà qui est arrangé.

— Eh bien, Gertrude, le dîner est-il prêt? s'écria-
t-il, en rentrant, nous arrivons comme des affamés ;
nous avons respiré l'air des montagnes, et Dieu sait
s'il vous aiguise l'appétit !

— Un peu de patience, mon frère, dit la vieille
en allant et venant d'un air affairé, après avoir salué
Stéphanie d'un bonjour amical.

— Est-ce que le poisson n'est pas cuit? Et la personne qui a apporté le poisson où donc est-elle, que
je ne la vois pas?

— Elle est dans la cuisine avec moi.

— Alors, je m'en vais la chercher moi-même; et

5.

comme le curé s'éloignait, Stéphanie le rappela en lui disant :

— Quoi! vous allez avoir un étranger, alors j'aime mieux m'en aller... Adieu, monsieur Leblanc.

— Avez-vous perdu la raison tout à fait, ma chère Stéphanie, ou voulez-vous me fâcher?... vous serez charmée de voir cette personne...

Et il sortit d'un air mystérieux.

Il rentra bientôt après tenant par la main la blonde et timide Jeanne, qui rougit en saluant Stéphanie.

— Allons, mes enfants, il faut que non-seulement vous fassiez connaissance, mais que bientôt vous soyez liées d'une étroite amitié; vous êtes faites, toutes deux pour vous apprécier et vous comprendre, par conséquent vous aimer. Jeanne vaincra sa timidité, vous, votre sauvagerie, ne vous fâchez pas, à chacun son lot. Il y a longtemps que cette pauvre Jeanne meurt d'envie d'aller vous voir; mais comment vouliez-vous qu'elle l'osât, vous ne l'aviez pas invitée.

— Mon Dieu! ma société est si triste, mon cher

monsieur Leblanc, je n'aurais jamais pensé qu'elle
pût être agréable à une jeune personne; pourtant,
je suis charmée, mademoiselle, ajouta-t-elle en se
tournant vers Jeanne...

— Et moi, je suis charmé que ma sœur apporte
enfin la soupe, voilà bien des compliments, mes
enfants, réservons-les pour le dessert; commençons
par manger, croyez-moi; voyons un peu si ce poisson
est bien cuit et bien accommodé.

— Parfait, ma sœur, parfait. Cette lamproie est
délicieuse, et la sauce d'un goût exquis, Que vous
en semble, mesdames?

— Je n'ai rien mangé d'aussi bon en fait de poisson, dit Stéphanie.

— Et vous, Jeanne, vous ne dites rien?

— Je suis charmée que ce soit de votre goût,
monsieur le curé, mon père et moi nous nous en
souviendrons.

— A la bonne heure! la voilà qui a desserré les
dents. Allons! tout va bien, jusqu'au rôti; nous verrons si Gertrude se sera signalée... Ma sœur! cette

volaille est tendre comme rosée, pour me servir de l'expression des gens du pays. Gertrude, nous boirons à ta santé, car nous pourrions, ce soir te décorer du cordon bleu... Voyons un peu ce vin-là... Buvez donc, Stéphanie... et vous, Jeanne... à la santé de ma sœur Gertrude !

Et tous les verres se choquèrent.

— Hélas ! pensa le curé en lui-même, j'ai bien de la peine à les faire parler. Voilà une liaison qui n'ira pas vite, pourtant elle est nécessaire à Stéphanie, afin de lui donner une distraction qu'elle ne trouverait pas ailleurs... Patience ! je découvrirai un moyen.

— A la santé de notre cher Gaston ! J'espère que vous me ferez raison toutes... Bien ! vous trinquez, mais vous ne buvez pas... cela n'est pas suffisant : à notre santé à tous !.. Ah ! jespère que vous ne me refuserez pas de boire à la mienne, mes chers enfants !

— Assurément non ! s'écrièrent à la fois les trois femmes, que Dieu vous bénisse et nous protége, en vous laisssant longtemps parmi nous, ajouta Sté-

phanie, la voix vibrante d'émotion et les yeux mouillés de larmes.

— Je connais le fond de votre belle âme, ma fille ;
merci ! merci ! reprit le curé, attendri lui-même ; tandis
que sa sœur, qui s'était levée de table une minute, revint avec un gros bouquet à la main, en lui disant :

— Mon frère, depuis cinquante ans que nous
sommes ensemble, tu as toujours oublié le jour de
ta fête, et moi je m'en suis toujours souvenue. Comment l'oublier ? quand chacun des jours que Dieu
m'a permis de passer avec toi, a été pour moi un
jour de bonheur.

La vieille Gertrude embrassa son frère avec effusion, lui offrit son bouquet en le saluant du nom de
Pamphile, et, en portant ce toast aux autres convives, son visage avait paru se rajeunir un instant sous
l'expression qui l'animait.

— A la santé de Pamphile ! cria encore Gertrude,
non-seulement avec toute sa voix, mais avec toute
son âme.

— Voyez combien vous êtes aimé, cher monsieur

Leblanc, reprit Stéphanie ; combien on doit être heureux, non-seulement d'être aimé ainsi, mais de sentir qu'on le mérite !

— Halte-là, mes enfants, vous finirez par me donner de l'orgueil, et l'orgueil est un grand péché, vous le savez toutes. J'ai désiré faire le bien toute ma vie ; Dieu veuille que j'y aie réussi ! et si je l'ai fait, c'est avec son aide assurément !... Aussi, je rapporte tout à lui, tout ce qui est bon, grand, généreux, tout ce qui a pu être utile ! Quant à moi, je ne suis qu'un faible instrument entre ses mains, un instrument dont il a daigné se servir, rien de plus. Et vous Jeanne, pourquoi restez-vous muette ? est-ce qu'un malin esprit est venu vous lier la langue ? Est-ce que vous ne m'aimez pas ?

— Oh ! monsieur le curé, ne dites pas cela, je vous en prie ; vous me faites trop de peine ! Seigneur ! qui ne vous aimerait pas ? vous qui êtes l'ange sauveur et consolateur de tout le pays, vous qui avez daigné m'instruire comme une fille. Oh ! si, je vous aime et vous respecte comme mon père !...

Et Jeanne, en disant ces mots, ne put retenir deux grosses larmes qui roulèrent dans ses yeux bleus et vinrent tomber sur son assiette.

— Je ne voulais pas vous faire pleurer, ma fille; mais je vous remercie de vouloir bien m'aimer aussi, c'est là ma seule récompense en ce monde, après celle que m'a donnée ma conscience, quand elle me dit que j'ai tâché de bien faire.

M. Leblanc essuya ses yeux, humides aussi, et reprit.

— Savez-vous bien, mes chères filles, que voilà un dîner de fête qui tourne un peu tristement? Comment, j'amène Stéphanie ici pour la distraire, je prie Jeanne de venir, parce qu'elle est bonne et douce comme un jeune agneau et qu'elle en devrait avoir la gaieté, j'espère que ma sœur me secondera; et puis voilà qu'en l'honneur de saint Pamphile, tous les yeux se mouillent; je ne veux pas de cela, moi, laissons un peu Pamphile de côté et buvons du cassis fait par dame Gertrude.

On ne put refuser la liqueur qu'avait faite elle-même la sœur du curé; puis, celui-ci voyant que Stéphanie regardait la pendule.

— Allons, mes enfants, il n'est pas tard... mais je vais vous reconduire... Ma sœur, donne-moi mon manteau, les soirées sont fraîches, ici, et dis à Guillaume d'allumer sa lanterne pour éclairer, en attendant le lever de la lune.

Stéphanie et Jeanne firent leurs adieux à Gertrude, et partirent suivies du curé et précédées de Guillaume comme d'un fanal.

Bientôt après, ils arrivèrent jusqu'à l'entrée du château, Stéphanie se préparait à les saluer.

— Comment, vous ne nous engagez pas à entrer un instant? Mais, ma chère enfant, il est à peine neuf heures, et nous avons envie de causer un peu avec vous. Passez, Jeanne, c'est moi qui fais les honneurs.

Stéphanie ouvrit la porte de son retrait en s'excusant de la modicité de son ameublement.

— C'est sa fierté, pensa le curé, qui l'empêchait d'engager Jeanne.

Ils entrèrent tous, et Stéphanie ayant surmonté ce premier mouvement, fit asseoir M. Leblanc et Jeanne. Elle fut charmante, et le curé était ravi qu'elle se montrât enfin ce qu'elle était.

VI

RÉFLEXIONS.

Jeanne admira toutes les tapisseries de Stéphanie, et témoigna un vif désir de pouvoir faire un ouvrage aussi agréable.

— Je vous prêterai un modèle, si vous le désirez, mademoiselle, dit Stéphanie avec bonté.

— Vous savez qu'un modèle serait insuffisant, mon enfant, il faut encore que vous y joigniez la complaisance de quelques leçons. Vous le voulez, n'est-ce pas ?

— De tout mon cœur.

— Eh bien, Jeanne montera deux ou trois fois par semaine, le soir, et elle apprendra à faire de la tapisserie, ce qui né vous empêchera pas de tra-

vailler, vous, puis à deux, on travaille mieux encore ;
j'ai souvent entendu dire cela à ma sœur Gertrude.
Voyons, Guillaume, donne-moi donc cette boîte que
tu tiens dans tes bras comme un enfant. Bon.

Et le curé, ouvrant la boîte comme il le disait, en
tira une guitare dont l'aspect semblait espagnol.

— Ma chère Stéphanie, vous ne refuserez pas à
mes cheveux blancs le plaisir de vous entendre
chanter ce soir? Il y a si longtemps qu'un peu de
musique, de bonne musique, n'est venue réjouir
mon oreille, assoudie par le son des cloches.

— Et moi, monsieur Leblanc, il y a si longtemps
que je n'ai chanté, et surtout que je n'ai eu la volonté, le désir de chanter! Hélas! je crains que ma
voix n'ait suivi la même route que mon bonheur!

— Essayez, ma fille, pour Jeanne et pour moi,
nous serons toujours satisfaits. Vous rappelez-vous
quelques-uns de ces boléros espagnols, quelques-
unes de ces barcarolles vénitiennes, qui me char-
maient tant autrefois?

Et Stéphanie, désireuse qu'elle était de complaire

au curé, prit la guitare entre ses mains, l'accorda et commença à chanter : *la Biondina in gondoletta,* avec une voix douce, pure, dont chaque inflexion semblant partir de son âme, arrivait à l'âme de ceux qui l'entouraient. Le curé était ravi.

— Encore quelque chose, mon enfant, si cela ne vous fatigue pas, encore un petit air, je vous prie.

—Oh oui ! mademoiselle, ajouta Jeanne, si j'osais vous prier aussi.

Alors Stéphanie chanta l'air favori de M. Leblanc: *Io soy contrabandista,* qui semble avoir été inspiré sur les montagnes de la sierra Morena; puis, elle termina son concert par une romance française et une valse qu'elle avait composée elle-même autrefois.

L'auditoire était charmé, c'était exactement le mot; Guillaume, qui n'avait jamais rien entendu de pareil, restait la bouche béante, comme s'il était pétrifié. Son ébahissement amusa beaucoup les dames et le curé.

— Eh bien, mon garçon, cette musique était donc de ton goût? lui dit son maître.

— Mon bon Jésus! n'est-ce pas, c'est comme ça que chantent les anges dans le ciel?

— Tenez, Stéphanie, voilà un compliment bien simple, et qui ne pourrait être mieux formulé dans le plus beaux de tous les salons; c'est qu'il est vrai. Ce pauvre garçon en est tout saisi.

— Allons, Guillaume, rallume la lanterne; nous allons descendre avec Jeanne jusqu'au moulin, et laisser Stéphanie se reposer, en la remerciant de tout le plaisir qu'elle nous a fait.

— Pour ma part, dit Jeanne, en saluant Stéphanie, je ne sais comment vous le témoigner; je vous trouve bien heureuse de savoir tant de choses; hélas! moi, je ne puis pas arranger une phrase pour vous exprimer tout ce que je ressens.. Mais je remercierai mille fois notre digne curé de m'avoir procuré un si grand bonheur.

— J'espère que maintenant vous n'aurez plus peur de moi, mademoiselle Jeanne, et que vous viendrez bientôt prendre des leçons de tapisserie.

— Je n'y manquerai pas, soyez-en sûre.

— Bonsoir, monsieur Leblanc; bonsoir, mademoiselle Jeanne, dit Stéphanie du haut de l'escalier
en spirale qui conduisait au colombier du moulin,
et par lequel étaient partis les trois visiteurs. Prenez
bien garde, monsieur le curé.

— Bonne nuit, mon enfant... bonne nuit.

Et n'entendant plus rien, Stéphanie rentra dans
sa chambre, non sans avoir regardé attentivement
partout dans celle de Gaston, où elle avait cru entendre du bruit. Elle s'enferma, s'assit dans son
grand fauteuil et se prit à penser.

La musique avait réveillé en elle une foule de souvenirs qu'elle croyait chaque jour endormis, qu'elle
essayait chaque jour de couvrir de cendres, mais la
moindre étincelle ranimait bien vite ce foyer mal
éteint.

— Et moi, se dit-elle, j'ai été jeune, belle comme
Jeanne. Qui le dirait maintenant? J'ai presque peur
de moi quand mes yeux se portent sur un miroir.

Puis, comme pour échapper aux pensées qui l'as-
siégeaient, elle ouvrit la fenêtre et se plongea dans

le monde de méditations que faisait toujours naître en elle la vue de la rivière, dont le murmure semblait parfois calmer ses douleurs, comme un enfant inquiet et malade cesse de pleurer et de se plaindre quand la main de sa mère vient agiter le berceau dans lequel il repose, et, tout en le berçant, lui chante, à voix basse, un air monotone pour essayer de l'endormir.

— Pourquoi ma vie ne pourrait-elle pas s'en aller ainsi que ce pétale de géranium que je viens d'arracher et qui court sur les flots, obéissant à leurs caprices... Il va glisser quelque temps... tournoyer, puis, pauvre brin de fleur, rentrer au néant d'où l'avait tiré le souffle de l'été, le souffle puissant de Dieu qui crée et qui détruit ; heureuses fleurs ! vous ne sentez la vie qu'au moment d'y éclore, là vous aspirez les rayons du soleil qui vous colorent, les brises qui se jouent dans vos corolles qu'elles balancent, la rosée dont les perles déposées au sein de vos calices viennent les vivifier et relever vos tiges languissantes qu'avait courbées la chaleur du jour, puis le vent du soir sous l'aile duquel vous vous êtes épanouies, enlève vos pétales un à un, qui vont, parfumés encore, couvrir l'herbe des prairies, le cristal des ruisseaux ; votre adieu à la vie est encore tout amour et toute poésie, vous n'avez pas souffert, vous n'avez pas aimé. Insensée, qui peut résoudre cette question? qui sait si vous ne naissez point deux à la fois? si le même orage ne vous brise pas doubles aussi ? qui sait encore si l'une, flétrie plus tôt que l'autre, et dont les feuilles séchées voltigent par les airs, ne vient pas effleurer ceux qui tiennent encore à la tige de la plante jumelle, et lui donnant ainsi le baiser d'adieu, semble lui dire : Ne vas-tu pas bientôt me rejoindre ! et bientôt, en effet, quelle suave métempsycose que celle des fleurs ! elles naissent pour mourir, pour renaître et mourir encore, elles ne changent que de couleurs et de parfums ! mon Dieu! la fable des papillons amoureux des fleurs serait-elle donc vraie aussi? je te plains alors, pauvre rosier, ajoutait-elle en regardant avec intérêt un bel arbuste placé sur le balcon de sa fenêtre, je te plains, encore trois roses qui doivent éclore, encore trois jours de bonheur pour attirer et enivrer les papillons, puis, après, il partiront sans retour.

> Le parfum qui suivit quand la fleur est flétrie,
> Ne saurait rappeler l'inconstant papillon.
> Et qui peut retenir, du vent de la prairie,
> Un léger tourbillon !

Hélas! votre cadavre parfumé restera seul désormais; ni souvenirs, ni pensées, ni amour, ne les ramèneront vers vous. Quand ils fuient, c'est donc pour toujours? Je m'étais trompée! si les fleurs aiment les papillons, combien elles doivent souffrir aussi.

Elle donna un baiser sur le calice d'une de ses rose, puis referma sa fenêtre. Elle prit un livre.

— Il vaut mieux lire, pensa-t-elle, puisque tout est pour moi souvenir et douleur.

C'était un livre de religion, aux pensées abstraites et mystiques. Elle tournait en vain les feuillets; ses yeux en avaient parcouru machinalement tous les caractères, mais son esprit ni son âme n'avaient été ni captivés ni distraits un seul instant.

— Que faire, mon Dieu! s'écria-t-elle en se promenant à grands pas dans sa petite cellule? Que faire pour échapper à ces souvenirs qui me tuent? M. Leblanc ne se doutait guère du mal qu'il me faisait en me forçant de chanter! il a fait ainsi surgir devant moi mille apparitions qui me poursuivent comme les fantômes de mon bonheur passé, bonheur qui ne doit jamais plus revenir! Il est inutile de me coucher, je sens que je ne dormirais pas, si je pouvais travailler, non, c'est impossible. Et elle jeta son ouvrage au loin, ce qui ne lui était jamais arrivé.

Elle approcha alors un siége d'une petite table dont le tiroir fermait à clef, ouvrit ce tiroir, en tira plusieurs papiers enfermés dans un portefeuille, puis, ayant posé sa lumière sur la même table, elle ouvrit ces lettres et en en relisant quelques fragments, son teint s'animait, ses yeux brillaient : elle était presque jolie.

— Aimée, oui, aimée, oui, on m'a aimée! et il ne reste plus de cet amour que ce qu'il reste des fleurs abandonnées par les papillons, des souvenirs parfumés; et moi je ne suis plus que le cadavre du rosier, dont les pétales se sont détachés. Oh! quel horrible souffrance que de se survivre à soi-même; que d'assister vivante à ses funérailles; tout ceci me fait plus de mal encore.

Elle reploya les papiers, les remit dans le porte-feuille, puis en fermant de nouveau le tiroir :

— Allons, chers et tristes regrets, rentrez dans votre tombe eu attendant que nous y retournions bientôt tous deux. Oh! mon Dieu! pourquoi avoir brisé cette enveloppe de glace dont je m'efforçais de couvrir mon cœur depuis si longtemps? Pourquoi avoir brisé cette digue que j'avais élevée entre moi et les passions? Voilà qu'un instant est venu renverser mon ouvrage de bien des années. Pauvre fragilité humaine! il suffit d'un souffle pour nous détruire, il suffit d'une corde qui vibre pour ébranler toute l'or-ganisation et faire évanouir les plus fermes résolu-tions. La soirée, la nuit plutôt, me semble froide. Je vais allumer du feu pour égayer ma chambre et mes pen-sées, et réchauffer mes membres qui s'engourdissent.

Elle mit quelques brins de 'agot dans la vaste cheminée qui faisait face à son lit, et bientôt la flamme
qui petilla vint éclairer toute la chambre d'une lumière rougeâtre et vacillante. Elle s'assit sur une petite chaise basse dans un des angles de la cheminée
et se prit à suivre des yeux les formes bizarres,
tremblantes et capricieuses que la flamme accentuait
sur les morceaux de bois devenant charbon.

Quelques instants après elle fut tirée de cette nouvelle rêverie par le chant mélancolique d'un grillon.

— Ah ! te voilà revenu, pauvre petit grillon ! tu
me rappelles mon enfance ; ma mère avait coutume
de nous dire que tu étais l'âme de la maison. Lorsque mon frère et moi nous cherchions à te saisir,
elle nous en empêchait en disant que les grillons
portaient bonheur dans les familles, et qu'il ne fallait jamais leur faire mal ; pourtant malgré la défense
de notre mère, nous le poursuivions sans cesse, mais
inutilement. J'ai souvent cru que les grillons étaient
des sorciers ou des fées, puisqu'ils sont insaisissa-
bles, et que tandis qu'ils chantent à droite, ils ont

l'art ou la malice de faire raisonner leur voix à gauche, ce qui les sauve de la poursuite des enfants;
pour moi, je connais mieux leur chant que leur cor-
sage, mais ce chant m'impressionne d'une manière
inouïe. Chante, petit grillon, chante toujours; je ne
te ferai pas de mal, tu seras mon compagnon, mon
ami dans les longues soirées d'hiver. Je te parlerai
souvent comme ce soir, tu t'habitueras à ma voix,
puis tu finiras par la comprendre et l'aimer, et je
ne serai plus seule. Tu seras l'écho de mes plaintes
et de mes soupirs! car tes chants sont plaintifs, petit
insecte aux yeux noirs, au corps frêle, aux ailes
grises, et qui t'élances en chantant comme font les
sauterelles dans les prés! Qui dirait que la voix d'un
grillon a eu plus de pouvoir pour me calmer que
tout ce que j'ai tenté de faire?

Et en causant ainsi toujours avec le grillon, qui
semblait lui répondre à des intervalles réguliers,
elle finit par s'endormir sur son siége, insoucieuse
du feu et de ses ravages.

V

APPARITION.

Gaston fut de retour le lendemain de bonne heure, et il entra dans sa chambre à petit bruit, de crainte d'éveiller sa sœur dont il respectait le sommeil.

Il essaya inutilement de se jeter sur son lit, il ne put dormir; voyant que le soleil était déjà haut dans le ciel, il s'étonna de ne point entendre du bruit dans la chambre de Stéphanie, qui, d'ordinaire, était si matinale.

Il heurta doucement à sa porte; point de réponse. Il l'appela d'abord faiblement, puis enfin à voix haute, et il devint tremblant d'inquiétude quand un silence de mort lui répondit seulement. N'y pouvant plus résister, il ouvrit la porte qui séparait sa chambre

de celle de sa sœur, et il pensa tomber à la renverse
lorsqu'il l'aperçut endormie sur son siége, et la tête
appuyée contre le marbre de la cheminée.

— Stéphanie, Stéphanie ! cria-t-il en lui embrassant le front, ma sœur, ma sœur bien-aimée ! ouvre
donc les yeux.

— Et Stéphanie s'éveilla toute troublée de se voir
à cette place et plus troublée encore de l'air égaré
de son frère.

— Comment, et ton lit n'est pas défait, sœur ?
Tu ne t'es point couchée ? Tu es donc malade ! Tout
ceci cache un mystère qui m'effraie horriblement.
Parle, parle donc ?

Et il lui serrait les mains dans les siennes, comme
pour la réveiller entièrement et les lui réchauffer.

— Il n'y a rien de tout ceci, mon cher enfant, dit
enfin Stéphanie en détirant ses membres engourdis
et endoloris ; seulement ne pouvant me résoudre à
me coucher hier soir, je me sentais inquiète et agitée
plus que de coutume, j'ai fait du feu pour me tenir
compagnie, j'ai causé avec un grillon, et il me paraît

que notre conversation m'a endormie sans que je le
susse ou sans que je le voulusse. Tu vois qu'il n'y a
pas là de quoi t'alarmer.

Gaston, un peu rassuré, se mit à lui raconter
toutes les fêtes de la noce, pendant qu'elle se coif-
fait, réparant le désordre arrivé dans sa toilette
pendant son tête-à-tête avec son grillon; elle ouvrit
sa fenêtre aux rayons du soleil, regarda son rosier
en soupirant, donna à déjeuner à son frère, et se
mit sur son fauteuil à travailler.

— Eh bien, sœur, tu ne manges pas, ce matin, et
tu veux que je ne te croie pas malade? Tu me caches
quelque chose, c'est sûr, et tu vas m'ôter l'appétit?
Ôter l'appétit d'un jeune homme de vingt ans!

Alors Stéphanie, pour ne point affliger son frère,
vint s'asseoir à côté de lui et prit une tasse de lait
froid, ce qui composait leur déjeuner habituel; puis,
pour l'égayer un peu, car elle le voyait profondément préoccupé, craignant qu'il fût malade, elle lui
raconta comment, grâce au bon curé, elle avait
passé, la veille, une journée charmante, et Gaston

fût très-étonné quand il apprit que sa sœur avait chanté et savait chanter.

— Encore un talent que tu m'avais caché? Mais quelle femme es-tu donc, Stéphanie? Quelles merveilles je découvre en toi, trésor inépuisable de bonté, de douceur, de patience et de savoir! Chaque jour de ta vie est un jour de souffrance et d'abnégation, Va! je le sens maintenant que je ne suis plus un enfant! aussi combien je t'aime! et comment pourrai-je jamais te rendre tout ce que tu as fait, tout ce que tu fais pour moi?

— En m'aimant et en étant heureux, mon enfant chéri!

Après quelques moments de silence, pendant lesquels Gaston semblait avoir réfléchi.

— Sœur, dit-il, pourquoi donc ne t'es-tu pas mariée, toi qui aurais rendu un homme si heureux? Il n'y a pas deux femmes comme toi au monde!

— Quelle étrange question tu me fais ce matin, enfant! Quand on n'a pas de fortune, comment veux-tu qu'on se marie?

— Ceci n'est point une réponse, sœur!

— D'ailleurs, je suis si laide que...

Gaston lui mit la main sur la bouche, en lui disant:

— Toi, toi, laide? oh! ma sœur, quelle folie est celle-ci? Quand une âme comme la tienne se reflète sur un visage, vois-tu, il est impossible qu'on soit laid.

Stéphanie avais repris son ouvrage et Gaston approché son tabouret du fauteuil de sa sœur, en la regardant avec une indéfinissable expression.

— Tu m'aimes, je le sais, ma sœur, et pourtant, à présent que je suis un homme, tu ne m'ouvres pas toute ton âme, comme moi, je le fais avec toi. Ton passé te serait moins triste, si tu déposais tous tes chagrins, toutes tes larmes, tous tes souvenirs, dans le cœur de ton frère. Crois-moi, je suis digne de ta confiance.

— Bientôt, mon enfant, bientôt, je te le promets; mais pas aujourd'hui, c'est impossible, je mourrais. Tu as raison; quand je pourrai t'ouvrir mon cœur, je souffrirai moins. Mais, je t'en prie, changeons de conversation dans ce moment, j'en ai besoin.

— J'ai foi en ta promesse, Stéphanie. Je vais aller retrouver ce pauvre M. Spéro, qui doit donner au diable tous ses enfants; puis, je reviendrai de bonne heure près de toi...

— Et tu me raconteras l'histoire que tu sais sur le château?

— Je te raconterai tout ce que tu voudras, sœur. A bientôt.

Il l'embrassa et partit.

— Oui, oui, reprit Stéphanie restée seule, mon cher Gaston, je te ferai mon confident; ce secret me pèsera moins. D'ailleurs, je ne voudrais pas l'emporter dans la tombe! Oh! non !

La journée sembla longue à Stéphanie, bien qu'elle travaillât assidûment. Mais il est de ces jours qui paraissent interminables.

La nuit était venue, et Gaston ne rentrait pas; elle ne pouvait demeurer en place; et, pour tromper l'ennui de son attente, elle voulut aller respirer l'air dans la cour. A peine y avait-elle fait quelques pas, qu'elle entendit un grand cri, puis comme le poids d'un corps tombant rudement sur le pavé.

Son premier mouvement fut la frayeur, elle voulut se sauver, mais la seconde pensée fut que peut-être quelqu'un était blessé, et, courageusement, elle fut dans sa chambre prendre une lanterne, se munit toutefois d'un poignard, et retourna dans la cour pour l'explorer dans tous les coins, car cette cour était immense et couverte d'herbes le long des murs, tant elle était peu fréquentée. Stéphanie arriva près d'un homme étendu par terre, mais elle ne pouvait pas voir son visage, et, malgré sa bravoure, elle songeait aux bruits qui couraient sur le château et à l'histoire que son frère devait justement lui raconter ce soir-là.

— Qui êtes-vous ? cria-t-elle, non sans avoir fait le signe de la croix.

Le corps ne bougea pas et ne répondit rien.

Un frisson parcourut les veines de Stéphanie.

— Qui êtes-vous ? cria-t-elle encore. Je vous adjure, par le Dieu vivant, de me répondre à l'instant, ou je vous regarde comme un mauvais esprit et saurai bien vous chasser. Je ne suis pas seule ici, ajouta-t-elle en élevant la voix plus haut encore, comme pour se forcer à avoir du courage.

Enfin, ce corps inerte se remua, et tourna peu à peu la tête, en se relevant lentement, et il demanda :

— Qui êtes-vous vous-même, vous qui me questionnez ?

Cette fois, en apercevant un visage pâle et inconnu, Stéphanie fut effrayée tout à fait, et c'était un étrange spectacle que celui de ces deux figures, éclairées à demi par cette lumière blafarde de la lanterne, pâlies par la peur, et toutes deux fascinées l'une par l'autre.

Cette position ne pouvait durer longtemps ainsi, la lanterne échapa des mains de Stéphanie, qui, à son tour, tomba comme privée de sentiment.

Jacques (car c'était lui) comprit que ce n'était point le diable, ramassa la lanterne, la ralluma au feu d'un briquet qu'il portait toujours dans sa poche approchant la lumière du visage de Stéphanie, il reconnut que c'était une femme, et devina tout de suite

7

que c'était la locataire invisible, comme il l'appelait,
parce qu'il ne l'avait jamais vue.

Alors, il la prit dans ses bras, sans quitter toutefois la bienfaisante lanterne, et tâcha, avec son aide,
de se diriger vers le coin du château qu'habitait cette
dame.

Il y parvint, non sans peine, la déposa sur son lit,
posa la lanterne sur la cheminée, et chercha partout
de l'eau pour lui en frotter les tempes; ce qu'il fit
longtemps inutilement.

— Pauvre chère âme? se dit-il, comme elle a eu
peur? Et moi donc, en v'là une sévère, une peur...
Cette fois, ce n'était pas une ombre, ce n'étaient pas
des chats noirs, et je n'en sais pas plus long sur le
compte de ces ombres-là! Quelque belle nuit je reviendrai et je les guetterai : une nuit de clair de lune;
on dit que les revenants aiment le clair de lune. Je
prendrai le fusil à deux coups de notre maître, et
alors j'aurai de quoi répondre. Mais, cette pauvre
dame ne revient pas. Est-ce que la peur l'aurait tuée!
Mon Dieu! mon Dieu! dans quelle position je suis!

Et si son frère rentrait à présent, il serait dans le cas de croire que j'ai assassiné sa sœur ! Et quand elle reviendra, qu'est-ce qu'elle va dire ?

« Je l'ai bien annoncé qu'il arriverait quelque malheur, et puis on me rit au nez comme si j'étais un imbécile. V'là plus d'un mois que je ne peux pas élever une araignée dans l'écurie de notre cheval Gris-Gris, et Dieu sait si c'est mauvais signe ! V'là plus de huit jours que Gris-Gris est malade, il va tourner de l'œil, c'est sûr. Quoi, elles sont enragées ces gueuses d'araignées-là, ordinairement qu'il y en a par nichées, plein l'écurie, plein les mangeoires, au point qu'elles vous filent sur la tête. Eh bien, non ! le guignon s'en est mêlé, il faut qu'elles crèvent toutes, ou bien qu'elles s'en aillent, on dirait que c'est comme une épidémie, je les apporte toutes fringantes le matin, je les mets dans de jolis petits coins, eh bien, le soir n'y a plus personne... Ah ! v'là la dame qui a remué. Seigneur, ça va faire encore une drôle d'entrevue... elle ouvre ses yeux... elle me regarde d'un air effrayé. Madame, madame, n'ayez

pas peur, c'est moi qui suis Jacques? Jacques, entendez-vous, le garçon du moulin? le domestique
de M. Lefèvre et de mam'zelle Jeanne. Je crois
qu'elle a compris ; elle n'ouvre plus ses yeux si
grands.

— Ah ! vous êtes Jacques ! bégaya Stéphanie peu
à peu honteuse de sa peur ; elle se jeta à bas de
son lit et pria Jacques de lui dire comment tout cec
s'était passé.

— Dame ! mam'zelle, voyez-vous, ce n'est pas plus
malin que ça, nous avons toujours tant et tant de blé
d'avance dans le moulin qu'on ne sait où tout loger,
et alors nous avons pris pour resserre une grande
remise qui est là dans la grande cour du château, on
pourait bien dire du défunt château, car il s'en va
tous les jours ; si bien que c'est moi qui apporte et
qui remporte tous ces sacs, et que je dis que ce n'est
pas un ouvrage de paresseux, puisque c'est le soir
ou la nuit que je charroie tout cela, et encore qu'il
faut monter et descendre ce diable d'escalier du pigeonnier qui est si tournant que c'est à en avoir des

vertiges, et qu'on n'est pas trop libre de ses mouvements quand on a déjà une pareille charge sur le
dos; si bien qué v'là que j'arrivais dans la cour pour
me charger, quand j'ai aperçu une grande ombre
noire qui gesticulait, et puis c'était vous, et puis vous
savez le reste. Mais peut-être que je n'aurais pas été
si poltron, s'il ne m'était déjà rien arrivé, mais...

— Comment, Jacques, il vous est arrivé quelque
chose?

Et alors Jacques lui raconta sa première aventure dans la cour, et Stéphanie, tout en cherchant à
lui expliquer cet événement d'une manière rassu-
rante, ne laissa pas que d'y rêver beaucoup elle-
même; Jacques qui voulait partir, resta encore un
peu, à la prière de Stéphanie, elle voulait, disait-elle
attendre le retour de son frère pour lui conter cette
histoire.

— Mais si monsieur votre frère allait me prendre
pour un voleur?

— Ne craignez rien, Jacques, mon frère ne s'effraye
pas si vite.

Gaston qui arrivait en effet ne fut pas peu surpris d'entendre d'abord une voix d'homme causant avec sa sœur, puis d'apercevoir l'homme lui-même dans la chambre de Stéphanie. .

Il entra d'un air tellement décomposé, qu'il avait eu le temps de jeter un regard furieux sur le pauvre Jacques, avant que Stéphanie eût eu celui de lui parler.

Elle s'empressa de lui expliquer tout cela, et le fit d'une manière si dégagée, si spirituelle, que Gaston ne put retenir un fou rire à l'endroit de la peur respective des deux individus.

— Tu comprends, mon cher enfant, combien il eût été risible pour un spectateur de cette scène, de nous voir là tous les deux en présence, et tous deux paralysés par la peur, tous deux voulant jouer la bravoure, et succombant à cette impulsion dont on n'est pas toujours maître ; à présent que j'en suis revenue et que tout est expliqué, je ne puis m'empêcher de rire moi-même du moment où j'ai laissé cheoir la lanterne, et, probablement sans l'adresse et l'humanité de Jacques, je serais encore, à l'heure qu'il est, couchée sur les herbes qui tapissent cette cour malencontreuse.

— M. Lefèvre ne veut pas croire aux revenants, lui, et il m'avait bien défendu de vous parler de ça; pour Dieu, ne lui dites pas, car il me chasserait.

— Ne craignez rien, mon pauvre Jacques, affirma Stéphanie.

— Mais, par exemple, mam'zelle Jeanne n'est pas comme son père, elle y croit bien aux revenants, et elle en sait long là-dessus; d'ailleurs, il n'y a pas que moi, il y en a bien d'autres qui en ont vu.

— Ah! Jeanne croit aux revenants! dit en riant Stéphanie. Du reste, il me sied assez mal actuellement de faire l'esprit fort.

— Vraiment, reprit Gaston, je n'avais jamais entendu raconter d'aussi étranges choses que depuis que je suis ici; ailleurs nous étions parfaitement tranquilles quant aux esprits.

— Oh! d'abord, faut que vous sachiez que c'est le pays : c'est le nid aux fantômes, comme on le dit et la raison, la v'là : Il y a beaucoup de gens qui, pour réussir dans n'importe quoi, se sont donnés au diable ; ils ont réussi, c'est très-bien, mais le diable ne veut pas perdre ses droits, et il revient chercher ses âmes, et comme il y en a à foison dans le canton, il y a du grabuge entre le diable et ces âmes, et tous ces gens-là ne peuvent cependant pas rester tranquilles dans leur bierre. Tantôt c'est à droite, tantôt c'est à gauche ; on entend des voix par-ci, on aperçoit des ombres par-là ; on voit des feux follets courir vers la rivière, tout le long des ruisseaux... et des loups-garous. Vous riez, monsieur Gaston et mam'zelle Stéphanie ; eh bien, voyez-vous, ça vous arrivera tout comme aux autres, et moi, moi, qui vous parle en personne, pas plus tard qu'il y a comme qui dirait huit jours... Oui, oui, c'est ça, le jour qu'il a tombé un si grand déluge de grêle, eh bien ! je m'en revenais avec la charrette de notre bourgeois, j'avais reporté de la farine à la ville, v'là que tout d'un coup Gris-Gris (c'est notre cheval), Gris-Gris se mit à ruer et à ne plus vouloir avancer, v'là Clopinau,

mon chien que vous voyez là, qui se mit à aboyer,
dame! ce n'est rien que de le dire... et puis j'ai beau
fouetter Gris-Gris, impossible de le faire avancer ;
j'ai beau dire à Clopinau : Veux-tu te taire, brail-
lard! On ne s'entend pas tant seulement; c'est comme
si j'avais chanté aux corneilles : et puis j'entends des
cris, ni plus ni moins qu'un loup; et puis j'aperçois
quelque chose de blanc qui courait comme le vent
en zigzag dans la route, dame! je ne veux pas vous
dire que je suis plus brave que je ne suis... de
vrai, j'ai eu peur... Je ne peux pas m'habituer à
toutes ces farces du diable! pour ça, j'étais toujours
un peu rassuré, parce que mam'zelle Jeanne, qui a
fait un gâteau à la dernière Noël, le gâteau du bon
Dieu, vous savez, celui qu'on réserve...

— Nous ne savons pas disaient Stéphanie et Gaston.

— Eh bien, vous saurez donc qu'on fait deux gâ-
teaux, l'un qu'on mange de suite et l'autre bien mieux
fait, bien plus fin et qu'on garde pour préserver
du mal soi et ses bestiaux, si bien que moi qui
sors toujours comme ça à toutes les heures, mam'-

zelle Jeanne m'en a donné un morceau que je porte
sur moi, et sans ça je vous assure que je ne serais pas revenu de tout ce que j'ai vu. Elle est si
bonne, mam'zelle Jeanne ! c'est comme l'agneau du
bon Dieu ! mais tout ça ce n'est pas devant son père,
car il est si rude quelquefois, le meunier, faut filer
doux ; et puis il se moquerait de nous ; eh bien, ça
n'empêche pas que si on ne donne pas un peu de
gâteau à Gris-Gris, il est flambé cette pauvre bête ;
et tout ça parce que les araignées manquent dans
l'écurie, et tout ça, je sais bien depuis quand, mais
v'là que je m'embrouille dans mon récit; excusez
donc, c'est que je ne suis pas souvent en compagnie,
excepté Gris-Gris et Clopinaut. Allez, c'est un triste
séjour que d'être toujours seul comme une bête,
et avec les bêtes : faut bien le devenir. C'est déjà
pas si gai que d'être garçon de moulin mais, si ce
n'étaient les beaux yeux bleus de mam'zelle Jeanne,
et son petit air si gentil quand elle vous parle, que
c'est comme du miel qui coule sur du pain bis,
allez, je ne resterais pas ; pourtant je sais bien ce

que m'a dit la vieille Ursule, l'autre soir... mais...

— Quoi donc, Jacques, vous êtes amoureux de Jeanne?

— Je ne dis pas ça, monsieur, mais, voyez-vous, on est de chair et d'os comme un autre ; et le moyen de ne pas aimer un ange pareil?

— Elle est donc bien jolie? Mais je ne l'ai pas encore vue, répondit Gaston.

— Oh! jolie, jolie ! Demandez à mam'zelle votre sœur qui la connaît, puisqu'elles ont dîné ensemble chez le curé.

— Oui, mon frère, c'est vrai, Jeanne est une fort jolie personne, mais j'ai surtout admiré son air doux et modeste : elle paraît extrêmement timide ; du reste, tu la verras un de ces soirs, car elle doit venir prendre des leçons de tapisserie auprès de moi.

— Ah! dit Gaston.

Puis adressant de nouveau la parole à Jacques :

— Et que vous a prédit la vieille Ursule? Tout ce récit m'amuse beaucoup, si toutefois cela n'est point indiscret.

— Oh! ma foi non, monsieur Gaston, je ne parle pas déjà si souvent, que c'est une fête pour moi quand je peux parler à cœur ouvert; or, je m'en vas vous dire, ou plutôt je m'en vas reprendre où j'en étais; car c'était le soir ou la nuit du loup-garou, vous savez, quand Gris-Gris ne voulait plus avancer, et que Clopinau hurlait à fendre le cerveau. Dame! qui est-ce qui était embarrassé! c'était moi, bien sûr. Je regarde de tous côtés, et v'là que le loup-garou était disparu et que j'aperçois de loin une petite lumière, juste comme dans les contes des fées. Alors, je pense en moi-même : Ça sera peut-être quelque bûcheron qui est dans sa cabane; je vas toujours tâcher d'aller jusque là, pour voir s'il pourra m'aider. Je prends Gris-Gris par la bride, et je dis à Clopinau : En route! Et v'là que nous allons (c'est le cas de le dire) clopin-clopant, tous les trois, jusqu'à cette petite lumière; et lorsque j'en approchai, je vis que c'était une toute petite maison rouge que je n'avais pas vue avant dans cet endroit-là. Je frappe à la porte:

« — Qui est-ce qui est là? me dit une voix enrouée.

« — C'est moi, le garçon du moulin, qui suis égaré.

« Et puis, on ouvre la porte, et je vois une vieille femme, si vieille, si vieille, que je la croyais enterrée depuis longtemps : la vieille Ursule. Elle avait une vieille jupe rouge, toute déchirée, et le casaquin pareil, et une vieille cornette noire sur la tête, d'où pendaient les mèches de ses cheveux blancs et jaunes. Il y avait de quoi en prendre un mal, rien que de la voir.

« — Eh bien, qu'elle me dit, tu ne sais donc plus ton chemin, mon enfant ? Entre un peu te reposer, toi et Clopinau (vous remarquerez que v'là qu'elle savait le nom de mon chien), et puis je m'en vas faire reposer Gris-Gris (et aussi le nom du cheval), et nous lui donnerons à manger quelque chose qui lui rendra du *cœur au ventre;*

« Là-dessus elle me fait entrer, moi et Clopinau, et elle s'en va, trottinant et toute courbée, dételer Gris-Gris et le mettre dans un petit hangar, adossé à sa machine; je ne sais pas quoi elle lui donna, mais c'est qu'il était redevenu fringant comme un jeune poulain, et il hennissait plein son hangar. La v'là qui rentre et qui me dit :

« — As-tu faim, mon garçon ?

« — Oh ! que non, la mère Ursule, que je lui dis, je ne voulais pas lui laisser voir que j'avais peur d'elle.

« Elle donna un gâteau à Clopinau, qui se mit à danser comme un lièvre en ribote. Et puis, elle vint s'asseoir à côté de moi (ce dont je n'étais pas déjà si flatté), et elle se mit à me regarder avec ses deux petits yeux tout verts, comme ceux d'un chat.

« — Dis donc, Jacques (v'là qu'elle savait mon nom aussi) tu ne veux pas apprendre ta bonne aventure ?

« — Ah ! dame, si, la mère Ursule, si elle était bonne ; mais si c'est du mauvais, ça me fera peur, je ne vous le cache pas.

« — Comment, tu es poltron, toi ? toi, Jacques, le fils de Denis, le tisserand ! car ton grand-père était mon vieil ami, et c'est pour cela que je te vois d'un bon œil, mon enfant ; on n'oublie pas ses vieux amis.

« — Mais, la mère Ursule, pourquoi donc que, dans le pays, ils disent que vous êtes morte il y a longtemps ?

« — Parce que, dans le pays, ce sont tous des imbéciles ou des poltrons ; et puis, en outre, ce sont mes petits-neveux qui ont répandu ce bruit-là, pour hériter avant le temps ; mais je m'en suis bien vengée, je t'assure, et ils ont payé cher leur héritage !

« — Mais, la mère Ursule, à ce compte-là, quel âge donc que vous auriez ?

« — Cent vingt-neuf ans et trois jours, mon enfant, et tu vois que je suis encore assez alerte ; ça t'étonne, n'est-ce pas ? mais on vivrait bien plus longtemps, si chacun vivait toute sa vie et mourait de sa belle mort.

« — Et comment donc est-ce qu'on meurt ?

« — Ça serait trop long à te raconter cette nuit ; pour une autre fois, quand nous aurons le temps, car nous nous reverrons, j'en suis sûre.

« Moi, je me serais bien passé de ce pronostic-là.

« — Pourtant, la mère Ursule, puisque me v'là ici,

eh bien, dites moi donc ce qui m'en arrivera. Il ne doit pas y avoir grand'chose de curieux dans la vie d'un garde-moulin.

« — Donne-moi ta main, mon enfant.

« Et elle me prit la main dans les siennes, qui étaient froides comme la peau d'une couleuvre, et ses ongles étaient plus longs et plus crochus que des épines.

« — Allons ! tes lignes sont bonnes, et tu vivras autant que moi.

« — Dieu m'en garde ! repris-je.

« — Tu me trouves donc bien décrépite ?

« — Ça n'est pas pour cela, la mère Ursule ; mais, voyez-vous, quand on n'est pas heureux, on ne désire pas vieillir.

« Et puis, elle alla chercher une assiette de marc de café, et elle se mit à y regarder attentivement.

« — Tu es amoureux, Jacques ; mais l'oiseau est trop mignon pour toi, il perche trop haut pour que tu puisses l'atteindre.

« — Qui donc, mère Ursule ?

« — Tu me comprends très-bien; ce n'est pas pour toi, et il y a plus d'un oiseleur qui voudrait tendre ses filets pour attraper cette jolie fauvette; mais son avenir n'est pas le tien.

« — Mère Ursule, est-ce que vous ne pourriez pas me donner quelque petite fiole, quelque petit sirop, qui ferait qu'elle m'aimerait ?

« — Si fait, mon garçon, si fait; mais ça coûte un peu cher, ajouta-t-elle en riant sous sa vieille coiffe noire, que son rire ressemblait à un miaulement de chat.

« — Coûte que coûte, ça m'est égal.

« Et elle me donna une boutéille grosse comme la queue d'un rat, en me disant que ça suffirait, si elle pouvait seulement la sentir quand elle serait débouchée.

« — Et puis après, qu'est-ce qu'il m'arrivera encore ?

« — Tu seras heureux, si tu peux éviter le petit rigolet de la grande montagne; il y a dedans un caillou qui pourrait te donner la mort; sans cela, suis ton petit chemin ; si tu te trouves embarrassé, tu viendras voir la mère Ursule.

« Puis, elle me fit boire quelque chose qui me ragaillardit. Nous attelâmes Gris-Gris, et je quittai la mère Ursule, plus léger de bourse et de cœur ; Gris-Gris allait ventre à terre, et Chopinau courait comme un dératé ; et, depuis ce jour-là, Gris-Gris est malade, Clopinau boite davantage, et moi, il m'arrive mille aventures. Tenez, voyez-vous ? la mère Ursule porte malheur!

« Et, là-dessus, je m'en vas vous souhaiter le bonsoir, monsieur Gaston et mam'zelle Stéphanie, et prier Dieu de vous préserver de la mère Ursule. »

Il s'en alla suivi de Gaston, qui voulut l'escorter jusqu'au bas de l'escalier et remonta bien vite auprès de sa sœur. Puis, fatigués et pensifs tous deux, ils se séparèrent, se promettant l'histoire de Gaston pour le lendemain.

VI

CADEAUX ET VISITES.

Le meunier, qui s'était absenté pendant quelques jours pour aller en foire (expression du pays), était de retour et d'assez belle humeur; apparemment ses affaires avaient tourné à souhait. Après avoir visité toutes les parties de son moulin, qu'il trouva en fort bon état, il revint au parloir, près de sa fille, en lui donnant avec tendresse le baiser du retour.

— Êtes-vous fatigué, mon père? lui dit Jeanne en lui avançant son grand fauteuil. Avez-vous faim?

— Oui, mignonne, j'ai toujours faim d'embrasser ma fille, qui est une perle de sagesse comme de beauté! Sais-tu que je suis fier de toi, mon enfant?

— Que vous êtes bon, mon père; et comme je vous rends tout votre amour !

— J'ai songé à toi, ma Jeanninette, et je t'ai apporté quelque chose de la foire, dit le père en mettant la main dans sa poche. Voyons, devine petite.

—Un fichu, dit Jeanne, dont les yeux brillèrent d'une teinte de coquetterie.

— Non, tu n'y es pas.

— Une robe?

— Ce n'est pas cela.

Le meunier était enchanté que sa fille cherchât sans trouver, et sa fille, qui avait compris machinalement tout le plaisir que cela faisait à son père, faisait exprès de ne point deviner.

— Alors donc ce sera une mante?

— De moins en moins; tu ne brûles pas.

— De la dentelle?

— Non.

— Des rubans?

— Non, tu ne pourras pas.

— Alors, mon père, je jette ma langue aux chiens

dites-moi vite, je vous prie, ne me faites pas languir.

Le meunier sortit alors de sa poche, d'un air mystérieux, une petite boîte, et il la montra de loin à sa fille, absolument comme aux enfants aux yeux desquels on fait briller de loin un hochet :

— Et bien, y es-tu maintenant?

— Oh! c'est un bijou; n'est-ce pas, mon père?

— Oui, mais lequel?

— Une croix ou des boucles d'oreilles. Je meurs d'impatience.

— Cette fois, tu brûles, petite.

Et Jeanne, qui s'était levée, passa adroitement derrière son père et lui déroba sa boîte, puis revint toute joyeuse s'asseoir à côté de lui.

— Friponne! tu m'ôtes le plaisir de te l'ouvrir moi-même. Allons! ouvre donc.

Jeanne ouvrit cette jolie petite boîte bleue, entourée de dessins d'argent, et elle tira, du milieu d'un épais coton, les plus jolies boucles d'oreilles qui se pussent voir au monde; elles étaient en turquoises, entourées de petites roses, qui faisaient l'effet de marcassites. Une croix semblable; puis encore un jonc, semblable aussi, pour un de ses doigts mignons.

Elle sauta de joie à la vue de tant de trésors, et fit tomber, sur le front et les yeux de son père, une pluie de baisers qui le ravirent.

— Comme c'est joli, mon Dieu! regardez donc, mon père, et elle avait déjà paré ses oreilles, son cou et sa main de tous ces bijoux; si vous saviez comme je suis contente!

Et elle se promenait en retournant de tous les sens sa jolie tête blonde devant la grande glace, elle avait ôté son bonnet, et tout le luxe de sa chevelure se répandait à flots d'or sur ses épaules, elle était belle à miracle ainsi, et le meunier rougissait d'orgueil en la voyant si charmante.

— Maintenant que te voici si bellement adornée, mignonne, il nous faut te chercher un mari.

Mais Jeanne n'avait point entendu, absorbée qu'elle était dans la contemplation de sa parure.

— Jacques, ohé! du moulin, Jacques, cria Lefèvre

en ouvrant la porte, Jacques, à moi donc! dit-il, à celui-ci qui entra tout essoufflé.

— Qu'est-ce qu'il y a donc, notre maître?

— Ce qu'il y a! tiens, regarde donc comme notre demoiselle est gente et brave avec tous ces brin-borions-là que je lui ai apportés.

Et Jacques se prit à regarder la coquette jeune fille qui décrivait mille courbes avec son cou gracieux et sa taille souple en se tournant toujours devant le miroir, pour y contempler l'effet chatoyant d eses bijoux; jamais il ne l'avait vue nu-tête, elle lui sembla si belle, qu'il parut comme pétrifié, tandis que le meunier jouissait de ce double spectacle.

— Eh bien, qu'en dis-tu, garçon! elle est gentille? parle donc!

— Oh! notre sainte Valérie n'était pas si belle! c'est pire que cette statue qui est là-bas dans la niche de la chapelle.

— Qu'est-ce que tu diras donc, Jacques, quand tu sauras que je t'ai aussi rapporté quelque chose de la foire?

— Par exemple, notre maître, vous voulez vous gausser de moi.

—Non, parbleu, foi de Jérôme Lefèvre; tiens, garçon, tiens, tu es doux, honnête et laborieux ; je suis un peu bourru parfois, mais que veux-tu, faut que ça se passe.

Et il mit dans la main de Jacques une petite boîte aussi, et Jacques la retournait dans sa main sans oser l'ouvrir.

— Allons donc ! tu n'es guère curieux, tu ne ressembles pas à Jeanne qui se mourait de savoir ce qu'il y avait dans sa boîte. Allons donc, puisque tu n'oses pas... tiens, ça te plaît-il ?

Et le meunier fit briller aux yeux de Jacques une belle paire de boucles en argent, en les exposant sous un rayon du soleil.

— Comment ! c'est pour moi ça? j'ose pas le croire ; et comme le meunier les lui mit dans la main, il pensa en devenir fou. Qu'est-ce qu'elle disait donc cette vieille Ursule avec son rigolet? Radoteuse! nenni, nenni, mon bon maître, comment donc que vous avez fait pour me donner ça ?

— N'en parlons plus, c'est assez, tu vas courir chez M. Leblanc, lui dire que nous l'attendons à dîner lui et sa sœur.

— Oh! que oui, je vas joliment courir, allez.

— Jeanne, mon enfant, serre maintenant tous tes trésors et songe au dîner.

Quelques heures après on en était au poisson chez le meunier, et le curé paraissait le goûter très-fort, Jacques était à la table aussi, c'était fête complète.

— Vois-tu, Gertrude, tu fais toujours trop cuire le poisson.

— Pourtant, vous l'avez trouvé bon l'autre jour, n'est-ce pas, ma chère Jeanne? reprit la vieille fille offensée dans son talent culinaire.

— Sans doute, mademoiselle, car je vous demande toujours des avis, moi je ne sais pas grand chose en fait de cuisine.

— Histoire de vous contrarier un peu, mademoiselle Gertrude, dit Lefèvre, mais ne faut pas vous en chagriner; et pour mieux rire, Jacques, va chercher la grande dame-jeanne.

Le garçon posa sur la table un énorme bocal au fond duquel on puisa des cerises infusées dans l'eau-de-vie.

— Aujourd'hui c'est notre santé, ma chère fille, dit le curé qui était d'une gaieté charmante.

— A la santé de Jeanne ! crièrent-ils tous à ébranler les solives noircies du plafond.

Quand on eut bu assez copieusement, le curé reprit.

— A propos, Jeanne, êtes-vous montée chez votre voisine ?

— Non, monsieur Leblanc, je n'ai point encore osé.

— Que vous êtes enfant !

Alors le curé raconta à Lefèvre la journée que sa fille avait passée chez lui avec Stéphanie, puis la soirée, et sut faire valoir si habilement les talents de Stéphanie et son amabilité exquise, que le meunier gronda sa fille de n'avoir pas encore profité d'une offre aussi obligeante.

— Elle est si timide cette pauvre petite fille-là, c'est incroyable.

— Savez-vous ce qu'il faut faire ce soir, monsieur Lefèvre ? reprit le curé.

— Par ma foi, non, mais je suis disposé à tout, parlez, notre oracle.

— Eh bien, il nous faut monter tous faire une visite à Stéphanie.

— Allons, en route, tout le monde.

— Et moi, je vais devant vous annoncer, dit M. Leblanc, afin de la prévenir, parce qu'elle serait toute saisie, la pauvre fille, ajouta-t-il tout bas; Jacques, éclaire-moi dans l'escalier, c'est un vrai casse-cou que votre escalier.

Le curé, précédé de Jacques, arriva à la chambre de Stéphanie; elle travaillait et son frère lisait.

— C'est notre bon ange qui nous apparaît, s'écrièrent à la fois le frère et la sœur allant à la rencontre du pasteur.

— Ce n'est pas tout, mes enfants, je suis l'avant-garde de toute la compagnie qui est au moulin, ne fermez pas la porte et préparez des siéges.

— Oh! monsieur Leblanc, vons me jouez là un mauvais tour, vous savez bien que je ne puis plus, que je ne dois plus recevoir personne.

— Vous avez bien fait, mon digne ami, s'écria Gaston, cela distraira un peu ma sœur, elle serait capable de mourir son ouvrage dans la main.

— Et qui donc ! mon Dieu, allez-vous m'amener ?...

— Tenez, les voilà qui entrent, entrez maître Lefèvre, entrez ma chère Gertrude, et mon enfant, ma chère petite Jeanne, et Jacques, et son chien Clopinau ; c'est fête aujourd'hui, tous sont admis.

La pauvre Stéphanie essaya de cacher son trouble et sa vive contrariété, en approchant des siéges et en saluant tous ces personnages ; Gaston l'aidait à faire les honneurs de ce retrait, et pendant que la conversation était généralement engagée, pendant qu'on parlait poisson, fêtes, tapisserie, conserves à l'eau-de-vie, Gaston se prit à regarder cette Jeanne dont tant de personnes déjà lui avaient parlé, il l trouva charmante, malheureusement il n'était point assis à côté d'elle, il ne put lui adresser la parole, et chaque fois qu'il la regardait, et c'était aussi souvent que le lui permettaient les convenances, les doux yeux bleus de Jeanne s'abaissaient sous l'éclat de ceux de

Gaston; elle rougissait, la pauvre enfant, heureusement que personne ne le remarqua.

Le curé alla lui-même chercher la guitare, et la
posa sur les genoux de Stéphanie, en la priant de
chanter.

— Non, monsieur Leblanc, impossible ; cela m'a
rendue malade l'autre jour.

Et tout le monde l'obséda tellement, qu'elle dut
céder, bien malgré elle. Elle chanta, sous l'influence
qui la dominait, une romance pleine de tristesse,
qu'elle avait composée elle-même autrefois pour le
départ d'une personne qui lui était chère ; elle ex-
prima avec tant de vérité ces paroles et cette musique, elle s'en impressionna tellement elle-même,
que des larmes sillonnaient ses joues pâles, et cette
tristesse trouva un écho dans l'âme des auditeurs,
qui furent tous plus ou moins émus.

Gertrude était toute troublée, la pauvre fille, dont
la vie s'était écoulée calme comme un lac dont aucun
orage ne vient troubler la surface; elle ignorait
tout ce qui n'avait point eu rapport à son frère; elle

avait vécu de sa vie, et reflété cette vie douce et pure.

Le meunier était transporté ; il avait plusieurs fois entendu de la musique, dans le cours de ses voyages, mais aucune ne lui avait fait cette impression, disait-il.

Jeanne restait tremblante et oppressée ; une vague intuition lui révéla qu'il devait y avoir des sentiments qui pussent faire souffrir, et sans savoir pourquoi, elle regardait souvent Gaston ; celui-ci, qui n'avait jamais entendu chanter Stéphanie, fut pénétré jusqu'au fond du cœur. C'est qu'en effet, il y avait une suavité dans quelques-unes de ces inflexions, elle avait dans la voix de ces notes qui savent fouiller dans les âmes et en faire vibrer les cordes les plus secrètes. Gaston comprit que sa sœur avait aimé, et il devina alors une partie des chagrins qu'elle enfouissait et qui la faisait mourir.

— Pauvre sœur, pensa-t-il, je t'aimerai plus encore, si je le puis.

Puis ses yeux se tournèrent de nouveau vers Jeanne ; leur trouble à chacun fut comme une étincelle électrique, qui de leurs yeux s'infiltra jusqu'en

leur cœur à leur insu ; ils mirent cette émotion sur
le compte de la musique, et peut-être cette musique,
en ouvrant leur âme innocente à un sentiment inconnu, fut-elle la raison première du développement qu'il prit dans l'avenir. Si on voulait remonter
à la source de beaucoup de choses graves, combien
dans cette vie ont eu pour origine des causes aussi
petites en apparence, et qui souvent auraient pu paraître en dehors des résultats et de l'influence immense qu'elles ont exercé sur tous les événements
qui les ont suivies.

Quant au pauvre Jacques, il était sans mouvement
aucun, écoutant toujours, bien qu'on ne chantât plus,
le cou tendu, la bouche béante, et les yeux dans un
état de fixité effrayant. Ces chants avaient aussi
remué cette organisation grossière en apparence,
mais pleine d'une sensibilité d'autant plus vraie
qu'elle était tout à fait naturelle et dégagée en entier de tout ce dehors brillant que nous donne l'éducation, dehors qui enlève quelque chose à la sin-
cérité et à la pureté primitive. C'est le diamant brut ;

il faut l'œil du connaisseur pour en distinguer la valeur sous son enveloppe rugueuse.

Le curé fut le premier qui recouvra la parole et
qui vint auprès de Stéphanie lui demander comment
elle se troûvait.

— Pardonnez-moi, mon enfant, si je vous fais
mal, mais il faut vous habituer de nouveau au monde
et briser avec toutes vos fantaisies de réclusion ; vous
souffrirez d'abord et vous me remercierez ensuite.
Voyez-vous, il n'y a rien de pire que la solitude
pour les douleurs ; c'est un poison dont elles s'ali-
mentent toujours, un poison dont elles s'enivrent
avec une espèce de bonheur cruel : on sent que cela
fait du mal, et on aime presque ce mal ; on en veut
à celui qui tente de vous y arracher. Vous savez que
je suis le médecin, et il faut que j'extirpe le fer de
la blessure avant de pouvoir la cicatriser.

— Merci, mon digne ami, dit Stéphanie d'une
voix presque éteinte ; je connais vos sentiments
nobles et bons.

Mais, pensa-t-elle en elle-même, doit-il com-

prendre mon mal, lui qui n'a jamais aimé! Il y a
des maux, des choses dont on ne peut juger qu'autant qu'on les a éprouvées soi-même !

Le meunier et Gertrude admirèrent beaucoup les
ouvrages de Stéphanie, et Jeanne dit à son père :

— Vous voulez bien que j'apprenne à faire de la
tapisserie, puisque mademoiselle a été assez bonne
pour m'offrir quelques leçons?

— Certainement, ma Jeannette, et je remercie
déjà mademoiselle de son honnêteté.

— Tout le plaisir en sera pour moi, monsieur
Lefèvre, reprit gracieusement Stéphanie, puisque
j'aurai la compagnie de votre charmante fille.

Enfin, après tous les compliments d'usage, la
société se retira, le curé et sa sœur d'un côté, le
meunier, sa fille et Jacques par leur escalier intime.

— Ce pauvre M. Leblanc, il a résolu de me distraire à tout prix, dit Stéphanie à son frère; il ne
sait guère qu'il s'y prend au rebours!

— Sœur, je te le répète, c'est moi qui veux te

guérir à force d'amour, quand tu m'auras ouvert ton cœur, dont j'ai deviné bien des angoisses.

— Comment, deviné! dit Stéphanie en rougissant. Hélas! oui, j'ai souffert! voilà tout!

— Oh! tu as dû être aimée, tu es si adorable! J'attends ta confidence, ma sœur chérie.

— Bientôt, je te l'ai dit, Gaston ; mais laisse-moi reposer ce soir, je me sens fatiguée. Bonne nuit, mon frère, mon enfant !

— Bonne nuit, sœur ! compte sur mon cœur pour t'aimer toujours !

Souvent la pauvre Stéphanie se privait de son sommeil pour réparer le temps qu'elle avait perdu dans la journée; et ce travail de la nuit dérangeait beaucoup sa santé déjà altérée depuis longtemps; mais elle s'en cachait comme d'une mauvaise action, car son frère l'eût grondée. Ce soir-là, elle appela en vain son grillon, il ne voulut pas lui répondre, et, accablée, elle fut forcée de prendre quelques heures de repos.

VII

LA ROCHE-ROUGE.

M. Spéro, le maître d'école, obligé de s'absenter pendant une semaine, pria Gaston de le remplacer entièrement pendant ce temps-là lui promettant de l'en récompenser à son retour.

— Je ne veux d'autre récompense, mon cher monsieur Spéro, que celle de vous rendre un léger service.

— Excellent jeune homme! répondit le maître d'école; mais vous ne pourrez pas m'empêcher de publier partout vos mérites, et vous verrez si j'ai su vous apprécier.

— Je n'ai pas besoin de si éclatantes preuves! Mettez-vous en route, mon cher maître, et reposez tranquille sur l'une et l'autre oreille, votre maison sera bien gardée. Allez! bon plaisir, bon voyage et bon retour; surtout, prenez garde aux loups-garous, ajouta Gaston en riant, car on dit qu'il y en a beaucoup dans le pays.

— Vous dites peut-être plus vrai que vous ne le croyez, mon cher ami ; mais, enfin, je porte une relique sur moi, qui me gardera, je l'espère, de tous les sorts, engins et maléfices du démon et de ses satellites: A la garde de Dieu ! auquel je vous recommande aussi. Adieu donc !

Le maître d'école, enfourchant son petit rossin, partit, bien assis sur ses étriers et trottant de manière à avoir le crâne fendu, mais il en avait l'habitude.

Gaston, beaucoup plus occupé, par conséquent, puisque le soir il était obligé de préparer la besogne du lendemain pour les écoliers, dînait chez le curé qui l'avait exigé, ne rentrait plus que fort tard et ne voyait sa sœur que très-peu de temps, ce qui les affligeait beaucoup tous les deux, et tous deux aussi attendaient impatiemment le retour de M. Spéro.

Jeanne monta deux ou trois fois, le soir, passer une heure avec Stéphanie; elle n'osait pas lui demander pourquoi son frère n'était plus là; elle y pensait seulement. Peu à peu ces deux femmes, l'une si jeune et si jolie, l'autre âgée et dépourvue de beauté, finirent par se comprendre; elles avaient une âme tendre! c'est un lien de sympathie inévitable.

Stéphanie, bonne, douce et gracieuse pour Jeanne, avait fini par la mettre à son aise. Jeanne ayant enfin surmonté cette première timidité, était devenue gaie, expansive, elle se montrait charmante; elle avait compris combien Stéphanie avait souffert et pleuré en sa vie; et, en essayant de la distraire par ses récits enfantins, elle s'y attachait de plus en plus.

Le curé venait aussi, de temps en temps, emmener Stéphanie de vive force pour aller, disait-il, faire son cours de botanique, et il était charmé quand il apercevait un peu moins de pâleur sur les joues de

son élève; il la conduisait aussi souvent, par super-
cherie, dîner avec Gaston et Gertrude. Quoique ce
fût toujours malgré elle, ces jours-là Stéphanie ra-
jeunissait de quinze ans, et Gaston pensait en lui-
même :

— Si elle eût été heureuse, cette pauvre sœur!
elle eût été charmante. Le bonheur est à la vie ce
que le soleil est aux fruits et la rosée aux fleurs.

Stéphanie donc était beaucoup moins seule, et
elle s'en plaignait : son grillon chantait sans qu'elle
pût causer intimement avec lui, et il finirait par
l'oublier; tout est inconstance dans ce monde. Cette
phrase servait pour elle de complément à une foule
d'autres pensées, expliquées ou le plus souvent
sous-entendues ; c'était pour elle seule et à elle seule
qu'elle parlait ainsi.

Pourtant M. Spéro revint, malgré les loups-garous,
et il embrassa Gaston, en le raillant sur ses fâcheux
pronostics et en le félicitant de la parfaite tenue de
son école pendant son absence.

— Je n'ai fait que mon devoir, digne maître; mais,

à mon tour, je vais vous demander deux jours de congé pour les consacrer en entier à ma pauvre sœur, qui a été si abandonnée depuis ma réclusion forcée chez vous.

— Deux jours d'école buissonnière, c'est trop juste, mon ami; accordé, accordé de tout mon cœur.

Et, malgré les instances de M. Spéro, qui voulait garder Gaston à dîner, celui-ci accourut tout d'une haleine auprès de sa sœur; elle fut aussi surprise que ravie de son retour inespéré, du moins elle ne le croyait pas aussi prochain.

— Sœur, je dîne avec toi aujourd'hui, et, qui mieux est, voilà des provisions.

— Comment, des provisions, cher enfant?

— Oui, trois belles perdrix rouges, que M. Spéro a rapportées à ton intention; ainsi, hâte-toi de les faire cuire.

— M. Spéro est tout à fait aimable et galant, dit Stéphanie en regardant l'embonpoint des perdrix.

— Nous allons faire un repas de seigneur, dans notre château! ajouta Gaston en riant.

Au mot seigneur, le visage de Stéphanie s'assombrit ; mais ce nuage se dissipa sous la gaieté entraînante de son frère, et leur repas fut le plus gai qu'ils eussent fait depuis longtemps.

— A la santé de ceux qui ont élevé les murs que nous habitons ! s'écria Gaston.

— Laisse-les dans leurs tombes paisibles, et ne reviens pas toujours sur les maîtres de ce château, on dirait que c'est ton idée fixe, mon bon ami.

— Je ne sais ; mais il y a peut-être une sympathie entre eux et moi, une sympathie dont je ne me rends pas compte. Sœur, sais-tu ma fantaisie d'aujourd'hui!

— Non, mon enfant.

— Eh bien, l'autre soir, tu as eu envie d'aller sur la plate-forme du château ; ce soir, moi j'ai envie que nous transportions deux siéges et une table dans la grande galerie, pour que je t'y conte l'histoire dont il est question depuis si longtemps.

— Quelle folie! Et si Jeanne allait venir?

— Jeanne est à Maillé avec son père.

— Comment le sais-tu?

— Je les y ai vus... C'est que, ma sœur, mon récit fera beaucoup plus d'effet qu'ici.

— Soit! j'y consens; pourvu que je n'aie pas trop peur.

Gaston, en une minute, eut accompli le déménagement projeté.

Ils étaient assis en face l'un de l'autre, ayant entre eux deux la petite table, sur laquelle était posée la lumière, trop faible pour cet espace immense, et, par conséquent, éclairant d'une manière triste et douteuse les tapisseries en lambeaux que soulevait toujours le vent en se glissant par les portes et les fenêtres brisées, dont le bois vermoulu n'avait pu contenir les vitres. Au-dessus il y avait eu (on en voyait encore des vestiges) un parapet en bois sculpté, qui régnait tout autour et communiquait aux appartements de l'étage supérieur; de distance en distance, dans de larges panneaux, étaient enchâssés d'immenses portraits en pied d'une suite de chevaliers aux regards plus ou moins farouches, et on reconnaissait le siècle au costume. De loin en loin, quelques portraits de femmes, dont les dernières étaient représentées en Diane chasseresse, avec des oiseaux posés sur la main, ou des fleurs tenues mignardement entre le pouce et l'index; tandis que les autres doigts étaient relevés d'une manière prétentieuse et coquette. La plupart de ces peintures étaient endommagées par le temps, qui venait chaque jour augmenter l'humidité dont ces murs étaient empreints.

— Ma sœur, lequel de ces portraits représente Raoul? je t'en prie, montre-le-moi, dit Gaston prenant la lumière dans sa main.

Et Stéphanie, le suivant, s'arrêta devant un portrait plus voilé que les autres par les ravages du temps, il était plus près d'une fenêtre entièrement délabrée.

— Tiens, lui dit Stéphanie, si tu peux y distinguer quelque chose, voilà le comte Raoul de la Roche-à-Gué.

Et, en y passant un peu d'eau, Gaston aperçut un visage d'une beauté mélancolique. Sa belle chevelure noire, qui flottait en boucles capricieuses, était ombragée d'un feutre d'où s'échappait une plume noire aussi ; un pourpoint de velours était rehaussé par une collerette et des manchettes d'Angleterre. Ce portrait, quoique représentant un jeune homme, était empreint d'une expression pénible ; on aurait dit que ce visage n'avait dû jamais sourire.

— Sœur, il me rappelle bien la phrase qu'il disait à sa mère : « Il y a des fleurs qui se fanent avant d'être écloses ! »

— Quelle prodigieuse mémoire tu as, Gaston !

— Et Aloyse, où est-elle ?

Stéphanie l'emmena alors vers un autre point de la galerie, près d'un tableau représentant une jeune fille parfaitement belle et vêtue de blanc, caressant un petit épagneul noir qu'elle tenait entre ses bras. Elle était assise au milieu d'un parterre de fleurs, dont quelques-unes ornaient sa tête et son sein.

— Pauvre femme ! dit Gaston en soupirant.

— Tiens, voici le berceau des petits jumeaux ; vois comme ils étaient beaux !... Ici, ce grand maître de l'ordre de Saint-Jean de Jérusalem est Pierre d'Aubusson, qui fut si célèbre par sa valeur... Mais je n'en finirais pas si je voulais te dire les noms de tous ces illustres personnages. D'ailleurs, à te parler vrai, mon cher Gaston, il fait une fraîcheur horrible dans cette galerie, et j'aime mieux rentrer dans ma chambre. Je ne suis point à mon aise ici, et il me semble que j'aurai trop froid pour y écouter le moindre récit.

— Ou plutôt trop peur, ma chère Stéphanie ; mais je ne veux point te faire de mal, et nous allons établir notre camp ailleurs.

Et bientôt les siéges et la table furent transportés de nouveau. Stéphanie fit du feu dans la cheminée au grillon et s'assit à un des coins de cette cheminée, paraissant y chercher en vain quelque chose. Gaston, sur un petit tabouret, était placé tout auprès de sa sœur.

— Eh bien donc! ton histoire, mon frère. Je crains réellement que ce ne soit la montagne qui accouche d'une souris.

— Tu sauras, sœur, dit Gaston d'un air tout à fait mystérieux, que j'ai beaucoup de raisons de penser qu'Aloyse ne s'est point jetée dans la rivière, ainsi que tout le monde le crut au château.

— Et comment cela donc?

— J'ai beaucoup parcouru le pays, même les endroits tout à fait incultes, déserts qu'on appelle landes; il y a un de ces endroits, nommé les Grandes-Bruyères, qui se trouve assez éloigné d'ici, et il est en si mauvais renom dans toute la contrée, que nul n'ose en approcher de plus d'une lieue à la ronde, comme si les plantes et les arbres y étaient atteints de la peste. Un jour que j'avais besoin d'exercice, je me dirigeai à l'aventure; je rencontrai en route plusieurs paysans, qui me dirent : « N'allez point par là! » et qui me firent voir des marques noires sur les arbres, qui semblaient décrire un cercle alentour de cet endroit maudit, comme pour le circonscrire et en défendre l'approche.

« — Qu'est-ce qu'il y a donc par là? demandai-je.

« Et on me répondit tout bas :

« Il y a la Roche-Sanglante. Un meurtre a été
commis, et depuis ce temps la roche saigne toujours.
Il y a eu... oh! cela fait frissonner.

« Et le paysan se signa.

« J'étais partagé entre une espèce de crainte
vague et un immense désir ou curiosité qu'avaient
fait naître les phrases incohérentes des paysans voyageurs; je n'y pus résister, et franchis la limite que semblaient avoir posée entre un monde et un autre ceux
qui avaient ainsi marqué les arbres d'un signe de deuil.

« Je m'engageai dans un sentier étroit et tortueux;
il se perdait souvent au milieu des hautes bruyères,
qui ne paraissaient foulées par nuls pas humains;
quelques arbres épars, dont l'aspect était triste, animaient assez peu ces landes désolées; de hautes montagnes, à la tête nue et grise, s'élevaient comme pour
plonger dans ce vide affreux. Je n'avais pas peur,
bien assurément; mais, malgré moi, je ressentais
l'influence du lieu, et j'avançais toujours sans savoir
où j'allais, ni pourquoi j'allais, et bien moins encore
comment j'en pourrais revenir.

« Le ciel, qui s'était voilé depuis quelques instants, s'obscurcit alors tout à fait, et des tourbillons
d'une grêle énorme vinrent fouetter contre mon visage au point de m'aveugler. Je maudis ma fantaisie
de promenade, et cherchai partout un abri sans pouvoir rien découvrir. Je marchais toujours à l'encontre
de cette détestable grêle, souffrant davantage encore
à rester en place.

« J'arrivai, allant au hasard, au pied d'une montagne
que je n'avais même pas aperçue, et tournai autour
de sa base dans l'espoir d'y trouver quelque fragment
de roche caverneuse sous laquelle je pusse me blot-
tir tant que durerait cette tourmente des éléments ;
c'était, en effet, une montagne granitique, et je finis
par me glisser dans une de ses anfractuosités, assez
étroites pourtant ; il me sembla que j'entrais dans un
trou, qui me jouerait peut-être le tour de la belette,
non pas par l'embonpoint que je présumais prendre
dans cette roche, mais parce qu'il est souvent très-
difficile de pouvoir ressortir d'un de ces gouffres où
vous a jeté un instant de frayeur ou de danger.

« Ayant commencé d'entrer dans cette espèce de défilé obscur, je me trouvai lancé, comme sans le vouloir, à descendre toujours à peu près à tâtons; enfin, j'arrivai dans un endroit qui ressemblait à une grotte et qui était éclairé de deux côtés différents à peu près comme les cryptes, ces chapelles souterraines et factices, dont parfois on dotait quelques églises, comme pour que la prière ý fût mystérieuse, à cause du jour voilé mystérieux lui-même.

« Peu à peu mes yeux s'habituèrent à cette faible lumière; je finis par distinguer que j'étais réellement dans une grotte extrêmement spacieuse dont les parois rouges étaient stigmatisées de plaques verdâtres, où l'eau suintait goutte à goutte. Je m'assis sur un morceau de granit cassé, car j'étais harassé d'avoir marché si longtemps au milieu de ces grandes bruyères mouillées.

« Je promenai mes regards tout autour de cette grotte pour voir si elle n'avait point d'autre issue; il me sembla que non, et bien que je fusse transi, je succombai à la fatigue et m'endormis sur son sol humide; là je fus assailli de rêves bizarres et fantastiques, dont un, surtout, frappa mon imagination.

« Il me sembla qu'un des côtés de la grotte s'ouvrait comme par enchantement, et que je découvrais alors une enfilade de souterrains assez étendus, les premiers éclairés par le jour, et les deux derniers ayant une lampe suspendue à la voûte par une lourde chaîne en fer, et la lampe étant en fer elle-même, car j'avais tout d'un coup parcouru cette suite de cavernes, ne m'arrêtant qu'à celles du fond, bien que quelques-unes fussent assez poétisées par des lianes de ronces et de chèvrefeuilles qui s'étaient glissées par les ouvertures et tapissaient, gracieuses, les parois vers lesquelles elles projetaient leurs longues et vertes pousses.

« Au côté gauche de la dernière de ces grottes était un amas d'eau que je pris d'abord pour l'égout des pluies, puis pour une petite mare ; en regardant plus attentivement, je vis que c'était une source jaillissante de laquelle découlait un petit filet d'eau qui se perdait bientôt dans la grotte.

« Au fond je crus apercevoir une petite cabane couverte de bruyères séchées ; mais la clarté de cette lampe était si douteuse et si vacillante que je m'approchai, et, arrivant jusqu'à l'entrée de la cabane, j'y vis un vieillard endormi ; son corps était entièrement couvert d'une longue robe grise, tandis que sa tête était enveloppée d'un capuchon noir dont la pèlerine tombait jusque sur ses épaules.

« Je restai comme en contemplation, mais on eût dit qu'une intuition, lui révélant ma présence, vint l'éveiller subitement ; il se releva d'un mouvement rapide et vint à moi.

« — Tu es bien audacieux ou bien imprudent, jeune homme, de t'être aventuré jusqu'ici. Qui te dit que tu en sortiras ?

« — Peu m'importe, repris-je ; si tu peux vivre ici, vieillard, pourquoi donc n'y vivrais-je pas aussi ?

« — Es-tu sûr que ta vie ne coure aucuns risques ?

« — J'ai assez de vigueur dans mon poignet pour me défendre, et assez de générosité pour faire grâce au vaincu, en lui pardonnant.

« — Tu sais d'avance que tu serais le vainqueur?

« — Sans aucun doute.

« — Tu pourrais te tromper, enfant!

« — Et toi, n'as-tu donc jamais failli dans ta vie? Si tu n'as jamais péché, si tu n'as aucun crime à expier par une rude pénitence, pourquoi donc, alors, t'être enfoui vivant au sein de la terre?

« — J'aime l'âpre rudesse de tes paroles, jeune homme! il y a chez toi de la bravoure sans forfanterie, et de la générosité sans ostentation. C'est bien toi, j'attendais ta venue depuis un long temps, et je te reconnais maintenant; tu es bien de cette race noble et maudite, le signe est sur ton front; quoique jeune, une ride y a déjà imprimé son sillon qui décrit une courbe du côté gauche. Entre dans ma cellule, j'ai à te parler.

« J'entrai alors sans répondre, et m'aperçus que l'intérieur comme l'extérieur de cette petite cabane était tapissé de bruyères sèches; tout autour régnait un banc, recouvert aussi de bruyères, qui servait de siége et de lit à l'habitant de ce réduit; une table de bois tout à fait rustique était posée dans un des angles, il me parut qu'il y avait dessus quelques livres, un crucifix et une tête de mort, insignes obligés de tous les ermites.

« — Je suis assis, je vous écoute, parlez, dis-je au vieillard.

« — Mon temps est près de finir, et il faut que je dépose dans ton sein tous les tristes secrets d'une malheureuse branche de ta famille.

« — Comment! de ma famille? J'ai une sœur et suis orphelin.

« — Tu ne sais rien de toi, enfant, et je veux te l'apprendre : tu n'étais pas né pour être... D'ailleurs, remarque tous ceux qui auront au côté du front un pli sinueux, eh bien, c'est ta race, sois-en sûr, ce signe est fatal. Regarde-moi bien : je l'ai aussi, au milieu de toutes les autres rides qui ont creusé leurs sillons sur mon visage décrépit.

« Je regardai, en effet, l'ermite, et je découvris ce pli, bien plus marqué, bien plus profond que les autres : cela me fit une étrange impression ; puis,

comme il prenait ma main pour y chercher sans
doute encore un autre signe, le contact de sa main
me glaça tellement, que je m'éveillai en sursaut,
glacé réellement par ce sommeil troublé de visions,
qui s'était emparé de moi dans cette grotte froide et
sombre, tandis que mes vêtements mouillés, s'étant
collés sur mes membres, les avaient roidis de froid.
Je me crus perclus, je ne pouvais remuer; mais
pourtant je compris que si je m'abandonnais davantage à ce sommeil, ce serait le sommeil de mort
qui vous envahit souvent quand on parcourt les gla-
ciers de la Suisse, et auquel il est si difficile de résister
sans un violent effort. Je finis par m'arracher de la
pierre qui m'avait servi de lit, et je frottai mes bras
et mes jambes jusqu'à ce qu'ils eussent repris un
peu d'élasticité.

« Puis le souvenir de mon rêve, encore tout pal-
pitant, se dressa devant moi comme une apparition,
et il me sembla qu'il devait m'avoir été envoyé comme
un avertissement de chercher dans le présent les
restes du passé, et ce qu'il pouvait y avoir d'avenir.

« Alors je me mis à tâter avec une attention scru-
puleuse toutes les parois de la grotte dans laquelle
j'étais, espérant y trouver quelque ressort caché qui
me découvrît ce que je cherchais. Je ne sentais que
les aspérités du granit, contre lequel je me déchi-
rais les mains. Néanmoins je persistai avec une
opiniâtreté et un courage inconcevables. Enfin,
sans que je susse comment, un des quartiers de
ce roc s'abaissa réellement, et je découvris les
grottes que je venais de voir en rêve. Je frottai mes
yeux, je crus être fou. Avais-je rêvé? ou maintenant rêvais-je encore? Je me crus le jouet de
quelque hallucination, et j'eus peur de moi et de tout
ce qui m'entourait; je voulais fuir, mais on aurait
dit qu'une puissance surnaturelle me forçait de
rester.

« Je passais inutilement la main sur mes yeux, je
voyais réellement toutes les grottes de mon rêve;
j'essayai alors de marcher pour explorer, les unes
après les autres, ces cavernes sombres et froides.

« Je marchais lentement, je craignais quelque

embûche autour de moi ; je faillis être renversé ; en effet, mes pieds s'étaient embarrassés dans une des lianes de ces ronces qui serpentaient de l'ouverture jusque sur le sol de la grotte. J'en fus quitte pour quelques égratignures, et je rougis de mon sang les rochers rouges déjà.

« — C'est peut-être, pensai-je, cette roche à laquelle on aura donné le nom de Roche-Sanglante ; car il faut souvent si peu de chose pour que les paysans superstitieux prêtent un nom effrayant.

« J'arrivai enfin à la dernière de ces grottes ; un saisissement affreux s'empara de moi, lorsque je reconnus de point en point jusqu'aux plus petits détails qui m'étaient apparus en songe : la fontaine à gauche, et la cabane au fond. Je t'avouerai, ma sœur, qu'à ce moment, je croyais à tout, aux rêves, aux revenants, aux sorciers, aux loups-garous, enfin à toutes ces croyances que je traitais de billevesées le matin même encore.

« J'avançais pourtant toujours, poussé par je ne sais quelle mystérieuse puissance ; mais une sueur découlait de mon front, aussi froide que l'eau qui découlait de la voûte des grottes.

« La lampe était suspendue par une chaîne de fer, et la cabane de bruyères sèches était bien au fond; seulement le vieillard (car il y en avait un aussi, et vêtu exactement de même) était assis sur le devant de cette cabane et lisait attentivement dans un livre. Il ne paraissait pas m'entendre.

« — Vous m'attendiez, n'est-ce pas? lui dis-je en l'abordant, essayant de me faire un courage factice.

« Il leva la tête sans étonnement, puis la baissa de nouveau sur son livre sans m'avoir répondu.

« Et, me rappelant une à une toutes les paroles de mon rêve, je continuai :

« — Examinez bien ce pli au côté gauche de mon front, et je suis sûr que vous aurez une révélation à me faire ou un secret à me confier.

« Le vieillard releva encore sa tête blanche, et parut me regarder fixement avec une expression singulière.

« — J'ai peine à concevoir que vous soyez arrivé

jusqu'ici, me dit-il enfin ; car cet endroit est aussi
inconnu qu'inaccessible.

« Je lui racontai alors ma promenade se dirigeant
vers ce lieu, malgré les avertissements des paysans,
l'ouragan de grêle qui était venu m'assaillir, et qui,
en me forçant de chercher un refuge, m'avait fait
trouver l'entrée difficile et étroite de la première
grotte ; mais, je ne sais pourquoi, je ne voulus point
lui parler de mon songe. Je lui dis que c'était par
hasard, sans doute, que ma main avait découvert le
ressort secret qui cachait l'entrée de toutes les autres grottes.

« Il ne parut pas très-convaincu, pourtant il ne
me fit aucune objection.

« — Vous êtes curieux, n'est-ce pas, jeune homme,
et vous voudriez bien savoir pourquoi je suis ainsi
renfermé et le mystère que recèlent toutes ces
grottes ?

« — Vous avez lu dans ma pensée, lui dis-je.

« — Eh bien, écoutez-moi, et surtout prêtez-moi
toute votre attention.

« Il y a un siècle à peu près, quelques années de moins peut-être, qu'une belle châtelaine habitait un château situé d'une manière assez étrange. Elle vécut en mauvaise intelligence avec son mari, et tout d'un coup elle disparut, sans qu'on pût deviner comment, sans qu'aucunes traces pussent donner le moindre indice, soit de sa mort, soit de sa fuite. Mais comme elle passait presque tous ses jours sur la plate-forme d'un château bâti à pic sur la Creuse, elle avait vu quelquefois la barque d'un pêcheur aventureux; car le cours de la rivière y est si rapide, qu'un bateau y est en grand danger. Ils échangèrent des signes, elle lui écrivit pour le supplier de la sauver de l'horrible captivité dans laquelle elle vivait; on prétend même que ce pêcheur était un grand seigneur déguisé qui, ne trouvant plus d'autres moyens de voir cette femme, arrachée tout d'un coup au monde, au péril de sa vie laissait flotter sa barque sous les yeux de cette belle comtesse.

« — Et cette comtesse, interrompis-je, se nommait ?

« — Qu'importe le nom !

« — Eh bien, je vais vous le dire, moi, vieillard : elle se nommait Aloyse de la Roche-à-Gué.

« — Puisque vous le savez, pourquoi le demandez-vous ?

« — Pour en être plus sûr encore.

« — Que savez-vous de cette femme ?

« — J'ai vu son portrait, j'habite les ruines de son château, je sais qu'elle a disparu, puis je ne sais lu rien.

« — Or, écoutez donc, reprit le vieillard, et ne m'interrompez plus. Une nuit elle avait préparé des cordes pour attacher au balcon de sa fenêtre une échelle que lui avait jetée le pêcheur, tandis que lui, dans sa barque, en tenait l'autre extrémité ; il y avait une témérité extrême d'oser tenter de s'enfuir ainsi : le bateau menaçait d'être emporté d'une minute à l'autre par le courant, d'autant plus rapide à cet endroit qu'il est brisé par les roues d'un moulin ; enfin, quand cette femme eut commencé de descendre quelques-uns des degrés de cet appui tremblant, et qu'elle ne vit au-dessous d'elle que la rivière prête à l'engloutir, elle fut prise d'un tel vertige, qu'elle ferma les yeux et descendit alors à tâtons, se cramponnant avec ses mains aux cordes de chaque côté, et frémissant des mouvements saccadés que les vagues, qui faisaient dériver la frêle embarcation, imprimaient à la base de cette échelle légère.

« Tandis que le pêcheur usait de toutes ses forces et de tout son courage pour tenir l'échelle d'une main et, de l'autre, enfoncer un crochet dans les cailloux dont se compose le lit de la rivière, afin que la barque ne fût point emportée, elle tournoyait d'une manière effrayante. Ses mains se lassaient, et il était si troublé d'inquiétude que son cœur battait à briser sa poitrine, en voyant cette femme qu'il aimait, suspendue au-dessus de l'abîme qui pouvait la couvrir d'un froid linceul.

« Enfin, elle arriva presque morte, et tous deux étaient si émus qu'ils faillirent succomber ; le pêcheur ayant alors lâché le crochet et n'ayant point eu la présence d'esprit de prendre les rames, le bateau fut

emporté avec une effrayante rapidité ,et vint bientôt
se briser et échouer contre un des rochers qui bor-
dent la rivière ; il la prit dans ses bras et il gravit
ainsi péniblement ce rocher ardu et rendu glissant
par le contact des vagues qui le battaient sans cesse.

« Elle vécut quelque temps cachée, à ce qu'on
dit, dans une retraite que lui avait trouvée ce seigneur qui était attaché à la cour d'Allemagne comme
diplomate ; elle eut un fils qui fut confié en des mains
sûres et fidèles, on le marqua d'un signe au bras
gauche. Peu de temps après la naissance de cet enfant, elle suivit à l'étranger le duc qui l'avait enlevée
si miraculeusement et séduite ; mais là elle eut beaucoup à souffrir, non-seulement de l'isolement dans
lequel elle vivait, mais aussi de l'isolement de son
cœur; elle était reléguée dans une petite maison qui
touchait à une forêt aux environs de Francfort.

« Les premiers mois furent encore empreints de la
poésie dont se pare toujours un premier amour, elle
attendait le duc avec bonheur, et sa vie s'écoulait
douce et mystérieuse.

« Bientôt les visites de son amant devinrent plus rares, il lui parut froid, contraint, et un jour qu'elle le questionnait sur la cause de ce changement, il lui avoua que des raisons de haute politique l'avaient forcé de se marier ; il avait dû accepter une femme que lui avait donnée, ou plutôt imposée son prince; il lui promit néanmoins de l'aimer toujours et de venir aussi fréquemment qu'il le pourrait.

« Mais Aloyse ne put lui pardonner ; pourtant, elle aurait dû trouver plus d'indulgence au fond de son cœur, elle qui avait abandonné son mari et ses enfants, sans souci de leur avenir.

« Elle réalisa quelques bijoux que lui avait donnés le duc, disparut sous un costume d'homme, et mena, dit-on, pendant beaucoup d'années, une vie aventureuse et dissipée, puis elle fut prise de la nostalgie et voulut à tout prix revoir son pays. Elle arriva en France, y voyagea sous le nom de la baronne de Lussac, et loua une habitation très-modeste dans une ferme des environs de Maillé.

« Elle apprit la mort de son mari sans aucuns re-

mords ; elle sut que ses fils étaient à la cour en qua-
lité de pages ; son cœur, qui d'abord s'était séché,
fut bientôt gangrené, aucun souffle n'avait le pouvoir d'y faire éclore un sentiment tendre, noble ou
naturel, elle ne fit aucunes démarches pour apprendre ce qu'était devenu l'enfant de son amour avec
le duc.

« Elle avait formé, à ce qu'on prétend, une nouvelle liaison avec un gentilhomme du voisinage, et
souvent ils faisaient ensemble, la nuit, des excursions
dans la campagne.

« La ferme était immense et occupait un grand
nombre de domestiques. Parmi tous ces valets, il y
en avait un plus beau que tous les autres, qui lui, non
plus, n'avait pu voir impunément cette femme extrêmement belle encore ; on le nommait Cyprien ; il fut
donc pris d'une horrible jalousie en découvrant que
la baronne accueillait l'amour grossier de son rival,
il résolut de s'en assurer et de la suivre la première
nuit qu'elle sortirait.

« En effet, peu de jours après, quand toute la ferme

était endormie, couverte d'une mante, Aloyse se glissa hors des bâtiments, et parvint, après une marche assez longue, jusqu'à cette roche sous laquelle nous sommes maintenant. La nuit était si noire qu'à peine pouvait-on rien distinguer, et il fallait qu'elle eût une grande habitude de ce chemin pour avoir pu arriver ainsi sans s'égarer. Elle entra dans cette première grotte que vous avez vue, et là, attendit, non sans impatience, la venue de son amant et se plaignit tout haut de son retard.

« Cyprien savait fort bien qu'il ne viendrait pas, car le soir, au souper, il avait jeté dans son gobelet un narcotique assez fort pour le tenir longtemps endormi. Dans ce pays rempli de superstitions et de vieilles femmes jouant le rôle de sorcières, les paysans ont toujours sur eux quelques fioles contenant des philtres amoureux ou des poudres pour plonger dans un épais sommeil, moyens adroits de se faire aimer quand même, surtout en endormant son rival.

« Le rusé Cyprien résolut, en attendant mieux, de

profiter de l'obscurité et de l'attente amoureuse de
la baronne; il s'approcha d'elle; mais il eut l'impru-
dence de parler; elle fut effrayée et alluma une petite
lanterne sourde qui souvent lui servait à diriger ses
pas la nuit. Que devint-elle lorsqu'au lieu de celui
qu'elle attendait elle reconnut Cyprien ?

« On prétend que les femmes, et surtout les femmes
comme Aloyse, sont très-indulgentes pour pardonner un égarement semblable, causé par l'excès d'une
passion qu'elles ont inspirée. Au moment même le
chevalier, réveillé on ne sait comment, arrivait à
l'entrée de la grotte, assailli par mille tortures diverses; il aperçut le jeune homme près d'Aloyse, et
avant qu'elle ait eu le temps de retenir son bras
armé d'une épée, le pauvre Cyprien, sans défense,
en avait déjà reçu un coup dans le côté gauche, et
la perte de son sang le rappela à la vie, pour la
perdre encore de nouveau.

« La baronne se précipita sur lui afin de le secourir; mais elle recula comme piquée d'un aspic,
lorsqu'ayant dérangé son vêtement pour visiter sa

blessure, elle aperçut le signe qu'elle-même avait autrefois gravé sur le bras de son fils.

« — Qu'avez-vous? reprit brusquement le chevalier, c'est ainsi que je me venge.

« — Je ne veux pas qu'il meure, dit-elle, et je ne vous reverrai de ma vie.

« — Vous l'aimez donc? reprit son amant, d'un air farouche.

« — Oui, monsieur, répondit-elle, oui, je l'aime; car cet enfant est mon fils, mon fils abandonné par moi, et un crime a failli se commettre; mais Dieu m'a épargné cet horrible remords. Aidez-moi donc à soigner ce pauvre orphelin qui vient de retrouver sa mère.

« Le chevalier fut contraint d'obéir, et ce ne fut point sans une difficulté extrême qu'ils parvinrent à sortir de la grotte.

« Enfin, Cyprien fut installé dans une chambre d'un mauvais cabaret de campagne, et le médecin, qu'on fit appeler, mit le premier appareil sur la blessure du jeune homme. Le chevalier, qui connaissait la vie d'Aloyse, la laissa libre de soigner son enfant.

« Elle ne quitta pas le chevet de Cyprien tant qu'il fut en danger, puis un soir qu'elle le croyait endormi, elle déposa un papier cacheté sur la table placée à côté de son lit; mais depuis longtemps l'enfant feignait de dormir pour jouir du bonheur de voir cette belle créature à côté de lui, le regardant avec l'intérêt le plus tendre ; il paraissait avoir perdu tout souvenir, excepté celui de son amour pour cette femme; il était heureux de la sentir près de lui, et craignait de prononcer une seule parole, comme si un souffle eût dû faire évanouir cette céleste vision. Pourtant, lorsqu'il ouvrit les yeux... »

— Mais, ma sœur, dit Gaston, ce récit est bien long ; n'en pourrions-nous pas remettre la suite à demain?

— Oh ! non, non, s'écria Stéphanie pâle d'émotion et de curiosité, poursuis, frère!

« — Lors donc que Cyprien ouvrit les yeux après qu'il eut senti un baiser tomber sur son front, il plongea vivement son regard dans toute la salle : il était seul.

« — Partie, partie, se dit-il, et je ne lui ai pas parlé ; mais elle va revenir, sans doute, elle reviendra demain, je la reverrai...

« Puis il aperçut ce papier cacheté à côté de lui, et, troublé d'avance, sans savoir pourquoi, il l'ouvrit en tremblant après avoir rompu le cachet. Il y vit une lettre des plus touchantes et des plus désespérées : Aloyse lui avouait sa naissance, l'abandon où elle l'avait laissé, elle lui en demandait pardon et finissait par l'exhorter à la pénitence en expiation de l'amour criminel qu'il lui portait ; elle allait elle-même se jeter dans un cloître, afin d'obtenir la rémission de ses fautes et de prier pour lui.

« Cyprien crut qu'il avait mal lu ; mais à une seconde lecture, ne pouvant plus douter de cet horrible mystère, un froid mortel s'empara de lui, son sang était figé dans son cœur.

« — Ma mère ! ma mère ! cria-t-il avec des hurlements frénétiques.

« Et le malheureux enfant retomba dans un tel état, que le médecin désespéra de lui pendant quelques jours. Quand il revint encore à cette vie qu'il détestait maintenant, il quitta le village sans prononcer une seule parole ; il vendit la propriété que lui avait léguée Aloyse en entrant en religion, fit construire, ou plutôt ouvrir toutes ces grottes, et là vécut comme un grand pécheur, afin d'apaiser le ciel, disait-il. Il sortait quelquefois pour chercher sa nourriture et on le regardait comme un maudit, comme un sorcier ; on prétendait même qu'il avait fait quelques miracles. Un petit pâtre qu'il rencontrait souvent sur la route et qui l'avait aidé souvent aussi à porter ses provisions, finit par éprouver pour lui une si vive sympathie, qu'il supplia l'ermite de l'emmener avec lui ; mais ce ne fut qu'après des supplications réitérées avec une persistance rare chez un enfant, que l'ermite consentit enfin à le conduire jusque dans ses grottes.

« L'enfant, loin d'être effrayé de cet aspect triste et sombre, parut s'attacher de jour en jour davantage au reclus de la Roche-Rouge, et obtint enfin de rester avec lui tout à fait.

« Cet enfant a été l'élève, le compagnon, le ser-
viteur et l'ami de ce pieux ermite ; il ne l'a jamais
abandonné, a reçu ses derniers soupirs et ses dernières instructions. Cyprien est mort comme un saint,
les chagrins et la réclusion l'ayant vieilli avant l'âge.
Il institua cet enfant dépositaire de tous ses secrets
et de toutes les douleurs qui étaient venues empoi-
sonner sa vie avant qu'elle fût éclose. Cet enfant...
c'est moi !

« — Vous, respectable vieillard ? m'écriai-je.

« — Quant à Aloyse, elle s'enferma dans un cou-
vent, où elle mena la vie la plus exemplaire, se
soumit volontairement aux règles les plus difficiles
et les augmentait encore de terribles macérations.
Elle fut atteinte de remords cuisants sur toute sa
vie passée ; mais elle pleura tant ; elle pria tant,
qu'elle mourut en odeur de sainteté, et le ciel lui
aura sans doute pardonné !

« — Et vous, mon père, depuis combien d'années
êtes-vous enterré dans ce sépulcre ?

« — Je l'ignore, je ne sais plus le compte des

années, mon enfant ; mais il me semble qu'il y a bien longtemps, et que je touche au terme d'une existence si triste, depuis que le père Cyprien est mort! Voilà ce que je voulais vous raconter, à vous... vous...

« Puis, sans pouvoir achever cette phrase, le vieillard s'éteignit dans mes bras, épuisé sans doute par les efforts qu'il avait faits en parlant si longuement, lui qui ne parlait plus depuis que son ami était mort. Je le posai sur son banc de bruyères ; je mis le crucifix entre ses mains que je croisai sur sa poitrine ; je fis une prière à côté de lui pour son âme et pour celle des membres de cette malheureuse famille, puis j'essayai de m'arracher à ce douloureux spectacle. Mais je me trouvai seul, couché dans les bruyères, à dix pas de la Roche-Rouge. Je cherchai vainement l'entrée des grottes, le rocher seul s'élevait à pic sans qu'il me fût possible de découvrir une issue. Avais-je rêvé ? était-ce une vision, une réalité ? je l'ignore encore. »

— Cette aventure est tellement inouïe, ma

chère Stéphanie, que je ne saurais la raconter sans
être saisi d'un frisson mortel, et je voudrais pouvoir
me persuader que tout ceci n'est qu'un rêve? Tu
avais bien raison de dire que cette famille était
maudite !

— Oh! oui, tâchons d'oublier cette histoire
comme un mauvais rêve, dit Stéphanie dont la pâleur, toujours croissante depuis le commencement
du récit de Gaston, était arrivée à la couleur livide.
Bonsoir, mon enfant, dit-elle à son frère, prions et
dormons.

VIII

AMOUR NAISSANT.

Pendant quelques jours, Stéphanie fut réellement malade de l'histoire que son frère lui avait
racontée; mais elle évitait avec soin d'en parler,
comme pour faire croire qu'elle en avait perdu le
souvenir.

M. Leblanc était venu la visiter, et, l'ayant trouvée
plus abattue que de coutume, il l'emmena de vive
force se distraire quelques instants auprès de sa
sœur Gertrude; il voulut en prévenir Gaston, mais
celui-ci était absent pour les affaires de M. Spéro.

— Qu'importe, ma fille! nous vous reconduirons.

— Gaston sera inquiet, mon digne ami, reprit
Stéphanie.

11

— Il se doutera que vous êtes ici, et se hâtera d'y accourir.

Enfin, Stéphanie se laissa persuader et resta à dîner dans la famille du curé.

Justement, Gaston, ayant accompli sa mission plus tôt qu'il ne l'espérait, retourna plus tôt aussi au château pour y rejoindre sa sœur dont la tristesse profonde l'inquiétait vivement. Il fut étonné de ne point la trouver ; il devina parfaitement où elle était, et résolut de l'attendre et de travailler à une tapisserie qu'elle était occupée à faire pour le maire de la ville de Maillé. Gaston était adroit, il avait facilement appris à nuancer cet ouvrage ; il sourit à la pensée de faire une surprise à sa sœur et de lui dire qu'un sylphe, sans doute, avait passé par là.

Il avait déjà brodé quelques centaines de points qui ne déparaient pas l'ouvrage de Stéphanie, et s'encourageait à travailler, en se disant :

— C'est cela de moins qu'elle aura à faire,

Lorsqu'il entendit le frôlement d'une robe et des pas légers résonnant à la porte à laquelle on heurta timidement ; supposant que c'était sa sœur, il se cacha sous le métier à tapisserie et attendit avec impatience son entrée pour jouir de sa surprise.

Il regardait en dessous du métier et ne reconnut pas la robe de Stéphanie, mais bien celle de Jeanne, et le cœur lui battit déjà bien fort.

La jeune fille regardait partout, avançant sur la pointe du pied, et était toute troublée de n'apercevoir personne. Elle se hasarda à appeler.

— Mademoiselle Stéphanie, vous n'êtes pas là ?

Gaston sortit de sa cachette, et Jeanne jeta un cri perçant, en s'asseyant tout émue sur un fauteuil.

— Je vous demande mille pardons de vous avoir effrayée, mademoiselle, s'empressa de lui dire Gaston, je faisais une espiéglerie pour amuser ma sœur, et je ne me doutais pas du bonheur de votre visite.

— Oh ! je ne vous en veux pas, monsieur, reprit Jeanne à peu près remise ; mais on a la tête farcie de tant d'histoires dans ce pays, qu'on devient peureux malgré soi. Excusez-moi et faites, je vous prie, mes compliments à mademoiselle votre sœur.

— Je vous en conjure, restez quelques instants, ma sœur va revenir; ne me laissez pas croire que vous ayez peur de moi comme du diable.

— Mais pourtant...

—D'ailleurs, je suis capable de vous donner une leçon de tapisserie, car je travaillais à celle de ma sœur.

— Mon Dieu, je vous remercie, il faut que je m'en aille.

— Oh! mademoiselle, je vous supplie, ne partez pas, dit Gaston avec une voix accentuée par l'émotion, ne m'enlevez pas le seul instant de bonheur que j'aie peut-être goûté dans toute ma vie!

Et Jeanne s'assit en déployant son ouvrage, qu'elle avait tenu jusqu'alors roulé dans sa main. Gaston, comme professeur, vint se placer tout près d'elle; et, pour s'en approcher davantage encore, il avait toujours quelques observations à lui faire, quelques conseils à lui donner; ses lèvres effleuraient les cheveux de Jeanne, qui se soulevaient sous cette haleine brûlante.

— Que ma sœur est heureuse, s'écria-t-il, d'avoir une pareille écolière!

— Mais, monsieur Gaston, dit Jeanne maligne-
ment, en relevant sa jolie tête, vous ne manquez
pas d'écoliers toute la journée, ainsi vous devez
être heureux aussi.

— Ceux-là me font évoquer le diable mille fois
par jour, et je les donnerais tous pour une minute
passée près de vous ; comme celles-ci, de pareilles
minutes valent des siècles.

Jeanne, plus émue qu'elle ne voulait le paraître,
laissa échapper son ouvrage de ses doigts délicats,
et Gaston, qui s'empressa de le relever, se saisit de
ses deux mains et les serra dans les siennes ; puis,
comme honteux de cette hardiesse :

— Vous avez bien froid aux mains, mademoiselle
Jeanne, vous me permettez de vous les réchauffer,
n'est-ce pas ?

— Vous croyez que j'avais froid, monsieur Gaston ? je ne m'en étais point aperçue, dit Jeanne avec
une adorable naïveté, essayant faiblement de retirer
ses mains de celles de Gaston.

— Savez-vous, mademoiselle, reprit celui-ci, ne

lâchant toujours point ses mains, que vous faites bien des malheureux ?

— Je ne comprends pas, je vous assure, monsieur Gaston.

— Vous êtes si jolie, qu'on ne peut vous voir sans vous admirer, et croyez-vous qu'on puisse impunément vous voir chaque jour ? Ce pauvre Jacques est fou ! vous lui avez tourné la tête.

— Comment savez-vous cela ? dit Jeanne en rougissant.

— Parbleu, ce pauvre garçon laisse échapper son secret malgré lui, sans s'en douter. Mais vous, mademoiselle Jeanne, est-ce que vous l'aimez, reprit Gaston en dardant sur elle ses yeux noirs pleins de flamme ?

— Oui, certainement, je l'estime beaucoup, et il mérite qu'on l'aime.

— Alors vous l'aimez donc, reprit Gaston, lui serrant les mains à la faire crier ?

— Vous m'avez fait mal, monsieur, dit Jeanne toute rouge.

—Répondez-moi, de grâce! aimez-vous Jacques d'amour?

—Oh! non, je n'en voudrais pas pour mon mari.

—Merci, merci, ma chère Jeanne; je me sens mieux. Vous avez raison, c'est un excellent garçon que Jacques; il est surtout bien amusant quand il raconte ses histoires de revenants, de loups-garous.

Ici, Gaston s'arrêta tout court en pâlissant.

—Il vous a donc raconté des histoires?

—Sans doute. Est-il souvent seul avec vous?

—Quelquefois.

—Que je voudrais être à sa place! Il vous voit tous les jours, lui.

—Mais il fait un rude métier.

—Qu'importe? ce ne serait point acheter trop cher un pareil bonheur.

Jeanne ne répondait pas, elle avait ses deux yeux sur les yeux de Gaston; celui-ci posait déjà ses lèvres sur la main de la jolie meunière, lorsqu'on entendit le bruit des pas de Stéphanie et ceux du curé.

Jeanne se hâta de reprendre son ouvrage, et Gaston eut le temps de reculer son siége.

— Ah! vous voilà, mes enfants, dit M. Leblanc en entrant.

— Tu n'étais pas inquiet, Gaston? ajouta Stéphanie en embrassant son frère. Que vous êtes aimable, ma chère Jeanne, d'avoir bien voulu m'attendre.

— C'est M. Gaston qui m'a donné une leçon en votre absence, chère demoiselle, répliqua Jeanne en surmontant l'embarras qu'elle éprouvait d'abord.

Et Stéphanie, voulant ranger son métier, fit un cri de surprise, son ouvrage avait beaucoup avancé.

— Méchant! dit-elle à Gaston, au lieu de te reposer, tu travailles encore, et tu me grondes parce que je travaille trop, moi.

— Est-ce que tu me crois capable d'accomplir des prodiges, sœur?

— Je crois, non, je suis parfaitement sûre que c'est toi qui as fait toute cette fleur. Regardez donc, monsieur Leblanc, elle est délicieusement nuancée! Mais, une autre fois, je cacherai mon métier.

Stéphanie regarda celui de Jeanne, trouva que les conseils de Gaston l'avaient parfaitement instruite : et, d'elle-même, elle alla prendre sa guitare pour être agréable à son vieil ami M. Leblanc.

Elle chanta un morceau italien, qui allait admirablement à sa voix : *Mi laguero tacendo dal mio destino amaro*; et, comme toujours, elle charma ceux qui l'écoutaient.

Gaston, pour clore la soirée, comme il le disait, chanta un air patois du pays avec une finesse et un entrain charmants, au point que le curé lui-même était comme électrisé, on aurait dit qu'il avait des velléités de danse, aux mouvements nerveux que trahissaient ses jambes par un tremblement incessant.

Gaston s'offrit de reconduire M. Leblanc, prétextant qu'il était trop tard pour le laisser aller seul ; mais bien pour accompagner Jeanne jusqu'au moulin, où le curé devait la remettre entre les mains de son père. L'escalier du colombier était si tournant, si difficile, que nécessairement Gaston dut soutenir Jeanne de peur que le pied lui manquât. Il paraît

11.

qu'il lui manqua souvent; car elle fut souvent obligée de s'appuyer sur Gaston, qui lui serrait alors la main contre son cœur. Il y a de ces instants dans la vie où le bonheur se compose d'un rien, et ce bonheur-là est peut-être plus réel, plus enivrant que celui qui, par la suite, devient si exigeant; mais celui de Gaston finit avec la dernière marche où il dut quitter Jeanne. Pourtant, le père Lefèvre accueillit fort bien les visiteurs; l'heure étant avancée, le curé ne voulut pas s'arrêter, quelques instances qu'on lui fît.

Bientôt après, le curé soupait avec sa sœur Gertrude, tandis que Gaston, qui avait regagné le château, après avoir dit bonsoir à Stéphanie, rêvait seul dans sa chambre; c'était à Jeanne qu'il rêvait!

Ce sentiment avait fait, en si peu de temps, des progrès si rapides au fond de son cœur, que lorsqu'il essaya d'y sonder, comme pour faire un examen de conscience, il le trouva tout envahi par cet amour de quelques heures! il subissait un pouvoir qu'il ne comprenait pas.

— Il y a huit jours, se disait-il, il m'était tout à

fait indifférent que le meunier eût une fille ; et aujourd'hui... aujourd'hui... cette fille, Jeanne, si adorable de jeunesse, de candeur et de beauté, Jeanne est la reine de mon âme ! Quel mystère est donc celui-ci ? Oh ! ma pauvre sœur, oui, tu dois avoir bien souffert, si, par un événement que j'ignore, tu as été séparée de celui que tu aimais ; combien je te plains ! Puisse une pareille douleur ne pas m'être réservée !

Puis à cet âge où tout se colore de bonheur et de poésie, Gaston s'endormit en rêvant que Jeanne écoutait son amour, qu'elle y répondait, et que tous deux, loin du monde, vivaient dans un eldorado dont nul profane ne devait franchir l'enceinte. Il y a de ces rêves qui devraient durer toute la vie !

IX

MYSTÈRE.

A son réveil, le lendemain matin, sa première pensée fut pour Jeanne, au lieu d'être pour sa sœur, ainsi que cela avait toujours été depuis qu'il avait le sentiment de son existence.

— Voilà donc ce qu'on nomme amour, se dit Gaston ! en effet, je me sens déjà maîtrisé par ce sentiment tyrannique. Et, tout en songeant ainsi, sans le savoir, il avait dirigé ses pas vers les bords de la Creuse, seulement pour apercevoir les fenêtres de Jeanne, car il savait qu'il était trop matin pour qu'elle pût être levée ; mais c'était encore pour lui un de ces mille rêves qui vous font heureux.

Il était si préoccupé, qu'il partit pour rejoindre

M. Spéro sans avoir dit bonjour à sa sœur, sans avoir déjeuné; mais ce remords lui gonfla le cœur tout le jour, et il lui tardait de se jeter dans les bras de Stéphanie, pour en obtenir son pardon.

Elle se hâta, en effet, de le lui octroyer, bien qu'elle eût cruellement souffert toute cette journée qui lui parut si longue sans avoir reçu le baiser de son frère, elle qui, depuis un si long temps, ne vivait plus que par lui et pour lui; elle ne lui fit aucun reproche, mais il sentit quelques larmes tomber sur son visage lorsqu'il embrassait cette sœur chérie; et cela lui fit plus de mal et lui révéla plus de choses que tout ce que sa sœur eût pu lui dire, aussi s'efforça-t-il d'être plus tendre que de coutume pour lui faire oublier le chagrin qu'il lui avait causé.

Plusieurs jours se suivirent dont presque toutes les soirées furent délicieuses pour Gaston, car Jeanne venait presque tous les soirs; elle avait, disait-elle, un fauteuil qu'elle voulait finir pour la fête de son père, et qu'elle n'était pas capable de terminer sans conseils; les jeunes filles ont tant de ruses souvent, sans le savoir elles-mêmes, et l'amour donne tant d'esprit !

Gaston s'enivrait du bonheur de la voir, de lui parler, de toucher sa main ; mais déjà ce bonheur ne lui suffisait plus, car les désirs vont toujours croissant ; et maintenant il avait besoin de lui parler sans témoins ; il aurait bien voulu retrouver une soirée comme celle où Stéphanie était allée dîner chez le curé ; mais il n'osait pas l'y engager, il ne pouvait trouver aucuns moyens, d'autant que Jacques montait assez souvent pour chercher sa jeune maîtresse, ainsi qu'il le disait, et privait par là Gaston de reconduire Jeanne dans le bienheureux escalier où on était si près l'un de l'autre.

Alors, une idée, qui lui sembla lumineuse, surgit de son cerveau et il se résolut d'écrire à Jeanne, et à peine fut-il seul qu'il commença sa première lettre d'amour ; il était embarrassé, mais pourtant le cœur donne toujours de l'esprit, et il lui sembla que ses idées, retenues d'abord comme dans une chrysalide, s'étant fait jour enfin, coulaient rapides et passionnées comme elles lui montaient du cœur à la tête.

« O Jeanne, disait-il, quelle puissance êtes-vous donc? Comment avez-vous bouleversé ainsi tout mon être, depuis le jour où vous m'êtes apparue? Que voulez-vous de moi? Vos deux yeux bleus, qui ressemblent à deux myosotis au sein desquels la nuit aurait versé une perle brillante, m'ont fasciné de leur regard d'azur! Mon âme s'arrête étonnée, tant vous avez remué ma vie! Du jour où je vous ai vue je ne me suis plus appartenu. O Jeanne! pourquoi êtes-vous si belle? Pourquoi mon cœur bat-il si fort du moment où je vous aperçois? Qu'avez-vous fait dans tout mon être? Je ne me reconnais plus! c'est comme une nouvelle vie qui commence, une vie qui n'est plus à moi, que je ne puis plus maîtriser à mon gré. Votre image adorée vient à chaque instant me faire tressaillir. Au bout de toutes mes pensées il en est une pour vous : Je vous vois avec vos cheveux d'or, avec votre taille de nymphe, avec vos mouvements si simples et si gra-

cieux, avec tous vos charmes qui m'ont rendu
fou ! Jeanne ! je viens vous implorer, n'est-ce pas
que vous ne me refuserez pas ? Il faut absolument que je puisse vous parler, ma vie en dépend.
Demain, une demi-heure avant celle où vous arri-
vez le soir chez ma sœur, trouvez-vous dans la
grande galerie, auprès du portrait de Raoul. J'y serai, haletant d'impatience, d'amour !.. et vous viendrez, vous viendrez, si vous ne voulez pas que je
meure ! »

Enfin, cette lettre terminée, il lui sembla qu'un
poids affreux qui l'oppressait depuis quelques jours
était enlevé de dessus son cœur ; il fut plus gai et
plus heureux toute la journée et attendit avec impatience l'heure où il pourrait la remettre à Jeanne.
Elle arriva cette heure bienheureuse qui amena
Jeanne sur ses ailes dorées, et en la reconduisant, il
lui glissa ce papier dans la main. Comme le curé
était là, Jeanne ne put oser le rendre ni le laisser
tomber ; elle referma donc ses doigts mignons sur
le papier qui semblait les lui brûler ; puis elle courut

en toute hâte dans sa chambre, impatiente qu'elle
était de lire ce qu'il pouvait contenir.

Elle fut émue, troublée, elle n'avait rien lu de
pareil, et un monde nouveau d'idées se glissa sous
ses cheveux blonds, en ayant pris le chemin du cœur;
elle était aimée ! elle entrevoyait, sans les avoir
jamais goûtées, mille joies inconnues; son cœur
battait sous son corset de velours ; elle ne pouvait se
résoudre à se coucher. Toutes ses facultés intelli-
gentes, qui avaient été éveillées en un instant, ne
pouvaient la tromper de même. Être aimée, pour
une jeune fille, c'est la réalisation d'un rêve qui est
né avec elle, qu'elle entrevoit longtemps dans le
lointain sous des formes indécises. Elle compare,
elle comprend, elle désire, et ce rêve accompli lui
semble une révélation anticipée du ciel ; car l'être
qu'on aime pour la première fois est toujours paré
d'une beauté et d'une âme célestes. Heureuse époque de la vie où tout est joie et bonheur ! un regard,
un soupir, un serrement de main. Jeanne était heureuse, elle était folle : elle relisait ces pages qui

semblaient lui brûler les yeux et le cœur. Gaston était si beau ! il avait tant d'esprit, tant de talents ; il était si supérieur à tout ce qu'elle avait jamais rencontré ! Quelle différence avec l'amour de ce pauvre Jacques ! Puis, dans toutes les passions il se glisse toujours, à notre insu d'abord, un sentiment de vanité bien flagrant : on est fier d'être l'objet de la préférence d'un être qui se distingue de la foule ; les uns placent cette distinction dans la beauté physique uniquement, d'autres dans les titres et la fortune, d'autres dans l'esprit, d'autres dans l'élévation de l'âme et les talents ; ceux-là doivent avoir moins de désillusion que les autres, à moins qu'il s'en trouve d'assez heureux pour rencontrer tout réuni ; mais qui peut tout avoir ?

Il ne lui vint même pas la pensée de ne point aller au rendez-vous que lui assignait Gaston. Il avait quelque chose d'important à lui dire ; ferait-elle une autre toilette (car Jeanne était un peu entachée de coquetterie) ou garderait-elle son vêtement simple de chaque jour ?

— Non, je ne changerai rien à mon costume pour demain ; mais, plus tard, se dit-elle, comme pressentant que dans l'avenir elle trouverait des moyens d'augmenter encore un sentiment dont les premières expressions la remplissaient de tant de joie et d'orgueil.

— Il faut pourtant que je dorme cette nuit, ajouta-t-elle ; il le faut, car demain j'aurais les yeux rouges, et Gaston ne me trouverait plus aussi jolie ; et s'il allait ne plus m'aimer !

En achevant cette phrase, elle roulait ses cheveux blonds dans un petit bonnet blanc, et elle s'endormit en songeant que quelques heures seulement la séparaient du lendemain.

Quoique bien lente au gré de Gaston, la journée s'écoula enfin, et il était dans la galerie bien avant l'heure qu'il avait indiquée à Jeanne ; il se promenait avec une inquiétude fiévreuse en se demandant :

— Viendra-t-elle ?

Puis il regardait, pour abréger le temps qui lui semblait mortel, les portraits de toute cette galerie,

et, malgré lui, une attraction douloureuse l'arrêtait
toujours devant celui de Raoul! il lui semblait qu'il
y avait une sympathie sainte entre la vie du jeune
comte et la sienne ; il lui semblait aussi parfois que,
comme lui, il devait finir tristement, il devait mourir
jeune; puis, il ne pouvait oublier l'aventure de la
Roche-Rouge, dont le souvenir semblait avoir jeté
un crêpe noir sur les fraîches pensées du jeune
homme; il lui fallait toute la passion qu'il éprouvait
maintenant pour le distraire de cette mélancolie; et,
comme il recommençait pour la vingtième fois, au
moins, la longueur de cette galerie, il lui parut que
vers l'extrémité opposée à celle où il était se dessi-
naient deux grandes ombres noires, dont les yeux flam-
boyants se tournèrent sur lui comme pour le contempler et le plaindre ; il songea à la vision qu'avait eue
Jacques dans la cour, il pensa qu'il était destiné à
découvrir l'énigme de ce mystère; il voulut se persuader, ainsi que l'avait dit le meunier, que c'étaient
sans doute des gens du pays qui cherchaient à effrayer ceux du château et en discréditer la pro-

priété peut-être pour s'en rendre acquéreurs eux-
mêmes ; il hâta donc le pas pour atteindre le bout de
la galerie, faiblement éclairée par la lune que voi-
laient des nuages orageux ; mais avant qu'il eût pu
rejoindre ces ombres, il les vit très-distinctement
s'obscurcir dans la muraille derrière le portrait de
Raoul, et lorsqu'il arriva à cet endroit, il souleva
inutilement le pan de la tapisserie, il s'assura qu'il
n'y avait aucun ressort derrière le panneau qui ren-
fermait le portrait, et il demeura confondu de cette
apparition. Quoique loin d'être crédule, son esprit
était ébranlé depuis le rêve qu'il avait fait, mais il
y fut bientôt arraché par le bruit de pas humains :
c'étaient ceux des pieds mignons de Jeanne qui arrivait tout essoufflée, toute tremblante.

— Eh bien ! que me voulez-vous, monsieur Gaston ? s'empressa-t-elle de dire à celui-ci comme
pour échapper au trouble qui la dominait.

— J'ai voulu vous voir et vous parler, Jeanne, mon
adorée Jeanne, pour vous dire que...

— Que ?

— Que... tout ce que je vous ai écrit est bien faible encore auprès de ce que vous m'inspirez.

— Mais, monsieur Gaston, ce n'est pas pour entendre cela que je suis venue ; et alors... je...

— Oh ! non, non, vous ne me quitterez pas ainsi ! laissez-moi vous dire que je vous aime, vous dire que maintenant je ne vis plus que de souvenir et d'avenir, combien je souffrirai jusqu'à ce que vous ayez daigné me dire que vous m'aimez aussi ! Oh ! Jeanne, Jeanne, ayez pitié de moi !

— Mon Dieu, reprit Jeanne dont le cœur battait violemment, jamais on ne m'a tenu de semblables discours ; et, voyez-vous, je tremble que ce ne soit bien mal de vous écouter ; laissez-moi partir, monsieur Gaston, il le faut.

— Vous ne voudriez pas me réduire au désespoir, ma bien-aimée Jeanne, vous êtes trop belle pour ne point être bonne ; un mot ! un seul mot, puis je vous laisse, avec la promesse que vous viendrez ici, le soir, avant d'entrer chez ma sœur.

Jeanne, étonnée, éperdue, laissa tomber de ses

èvres de rose un mot que Gaston alla y cueillir avec les siennes ; elle faillit mourir de ce premier baiser, et Gaston la poussa doucement vers la chambre de sa sœur, en lui disant :

— Stéphanie, je t'amène une visite, je viens de rencontrer mademoiselle Jeanne.

Stéphanie, qui accueillit Jeanne avec sa grâce ordinaire, ne put s'empêcher de remarquer l'animation de son teint et l'agitation extrême de toute sa personne, agitation qu'elle essayait en vain de cacher en paraissant fort assidue à son ouvrage.

Elle fixa aussi sur son frère un regard pénétrant, et ne tarda pas à être convaincue qu'il existait une intelligence secrète entre Jeanne et Gaston, et il lui tardait que la soirée fût finie pour en causer avec son frère ; elle prétexta même un violent mal de tête, afin que Jeanne partît plus-tôt, ce qui arriva en effet, et lorsque Gaston, qui l'avait reconduite, fut rentré dans la chambre de sa sœur, elle lui fit signe de s'asseoir à côté d'elle.

— Mon frère, lui dit-elle, tu as un secret pour

moi, toi qui prétendais que ton cœur entier m'était connu, moi qui voulais enfin récompenser ta confiance en moi, de toute la mienne, j'avais résolu dans huit jours de t'ouvrir mon cœur et de te faire le dépositaire de toutes les tortures qui l'ont déchiré. Gaston ! ne suis-je donc plus ta sœur, ton amie ?

— Mais, ma chère Stéphanie, je ne te comprends pas, je ne comprends qu'une chose, c'est que tu m'affliges mortellement; comment ai-je pu mériter ce que tu me dis dans ce moment?

— Gaston, puisque tu ne veux pas me l'avouer, moi, je vais te le dire, tu es amoureux de Jeanne.

Et Gaston, qui ne savait pas mentir, se prit à rougir comme un enfant, en disant ingénument :

— C'est vrai, sœur !

— Je vais t'affliger bien plus encore, mon enfant, en te disant qu'il faut renoncer à Jeanne, oublier cet amour qui ne fait que de naître.

— Impossible, ma sœur, je ne le pourrai jamais!...

— Mon frère, tu es homme, tu dois avoir de la

raison; du courage, un obstacle insurmontable vous sépare.

— Quel peut être cet obstacle, Stéphanie?

— Je suis liée par un serment, je ne puis te répondre; mais cela doit te suffire, Gaston.

Gaston réfléchit quelques instants, et se dit :

Je devine le mystère, le meunier Lefèvre est fort riche, moi je n'ai rien, voilà l'obstacle; en effet, il ne consentirait probablement jamais à donner sa fille à un homme sans fortune; mais ma sœur est si fière! pourtant si je pouvais un jour gagner de l'argent et succéder au meunier, en épousant sa fille.

— Ma sœur, réponds-moi donc, à ton tour, je t'en supplie, et dis-moi, enfin, quelle est notre famille ; car tu m'as laissé jusqu'à présent dans l'ignorance la plus complète là-dessus.

— Que veux-tu, mon enfant, nos parents sont morts depuis longtemps, et tu n'as plus d'autre famille que ta vieille sœur Stéphanie.

— Mais leur nom, leur pays, quelque chose enfin, que je n'en ignore pas si complétement?

— Notre nom ? Ritner. Notre pays ? l'Allemagne.
Voilà tout ce que je sais, frère. Je t'en conjure, oublie
Jeanne, ou tu ferais mourir quelques années plus
tôt ta malheureuse sœur Stéphanie.

Et, en achevant ces mots, elle donna le baiser du
soir à son frère, en l'engageant à se retirer, ce qu'il
fit tristement.

Le pauvre Gaston passa la nuit dans une affreuse
perplexité ; son amour pour sa sœur, son amour pour
Jeanne, il espéra pouvoir tout concilier en instrui-
sant Jeanne de ceci, afin que leurs entrevues fussent
plus mystérieuses encore.

X

DANS LE COLOMBIER.

Le lendemain soir Jeanne ne put pas venir, son père l'avait emmenée dîner à Maillé dans une maison où on voulait marier Jeanne ; elle souffrit, mais elle dut obéir à son père.

Stéphanie profita de cette soirée de liberté passée avec Gaston, qui tournait à chaque instant les yeux du côté de la porte, mais inutilement, car Jeanne ne venait pas, pour lui confier l'histoire de ses chagrins.

— Le jour est arrivé, dit-elle, où mon frère doit être mon ami et connaître enfin la cause des larmes de sa sœur. Écoute-moi donc, mon enfant.

Elle espérait ainsi le distraire de son amour.

— Nous étions en Allemagne, et tu étais à peine

au monde, lorsque le baron de Meylan devint éperdument amoureux de moi. J'étais jeune, j'étais jolie, mon frère! tu as peine à le croire, tant je suis changée! Pourtant c'était la vérité, je t'assure, ajouta Stéphanie avec une adorable modestie.

— Ai-je besoin de cette assertion, sœur, moi qui te trouve charmante!

— Bien que le baron fût riche, il me demanda en mariage à notre père qui y consentit; j'étais heureuse alors, Gaston, j'étais aimée et j'aimais de toutes les puissances de mon âme. Le baron s'absentait souvent pour préparer le château dans lequel il devait me recevoir, et pendant ces courtes absences, il m'écrivait les lettres les plus passionnées, lettres que j'ai conservées et dont la lecture m'a fait répandre bien des pleurs! Tiens, les voilà, dit-elle en ouvrant son tiroir et son portefeuille; tu les liras, et tu comprendras après ce que j'ai souffert! Peu de jours encore nous séparaient de celui où je devais être sa femme, déjà j'avais reçu de lui plusieurs présents, et particulièrement une montre où son nom et le mien étaient gravés ensemble. Vois-tu, Gaston ?

Elle ouvrit sa montre, dans laquelle il lut : *Stanislas et Stéphanie.*

— Bientôt je me sentis atteinte d'un inconcevable malaise ; Stanislas fut d'abord empressé à me prodiguer les soins les plus tendres ; mais des symptômes effrayants se déclarèrent, et il fut constaté que j'étais attaquée de la petite vérole, maladie horrible qui faisait d'épouvantables ravages ; je perdis la connaissance et l'usage de la vue ! je revins à l'existence par je ne sais quel miracle ! miracle bien triste et qui devait être suivi de toute une vie de larmes ! Je questionnais pour savoir où était Stanislas, on éluda ma question, et enfin j'appris que du moment où il avait su que j'étais atteinte de la petite vérole, il craignit la contagion et il s'éloigna pour ne jamais revenir, sans s'inquiéter de ma mort ou de ma vie, de mon bonheur, de mon désespoir, au lieu de se dévouer à moi ainsi que j'aurais pu l'attendre d'un sentiment tel que le sien, et au moment même où nous devions nous marier.

12.

» Alors je maudis mon retour à la vie ; j'eus horreur de moi, lorsque, malgré toutes les précautions dont on m'entourait, je m'aperçus un jour dans un miroir : la douleur de me voir abandonnée par celui que j'aimais tant, l'effroi que me causait mon visage, me jetèrent dans une sombre mélancolie qu'on nomma spleen, et qui fit désespérer encore une fois de mes jours.

» Mais à cette époque notre père, déjà souffrant depuis longtemps, s'éteignit tout d'un coup, et je compris alors qu'il me restait un devoir sacré à remplir : celui de t'élever, Gaston, pauvre enfant qui n'avait plus que moi au monde ; désormais je te consacrai ma vie, je fis abnégation de moi, j'essayai de renfermer au fond de mon cœur la douleur dont je ne pouvais parler à personne. Cette douleur, comme un mal qui n'est pas extirpé et qu'on guérit à la surface, mina entièrement toute mon organisation et me vieillit bien avant l'âge. Cependant je t'ai élevé, mon enfant, j'espère avoir versé dans ton âme des sentiments nobles et élevés, et Dieu, qui n'a

pas voulu que tout fût pour moi désespoir, m'a
donné le bonheur de te voir grandir et prospérer :
songer à toi, Gaston, former des projets pour ton
avenir, me consacrer uniquement à ton éducation,
voilà quelles ont été mes occupations, mes consolations et ma récompense. »

Et, en achevant ces mots, comme par un mouvement spontané, le frère et la sœur se jetèrent avec
effusion dans les bras l'un de l'autre, et furent quelques minutes sans pouvoir parler, puis Gaston reprit le premier :

— Pauvre sœur ! comme tu as souffert ! ta vie
n'a été pour moi qu'un long sacrifice ! mais cette
confidence, dont je te remercie, pouvait-elle faire
que je t'aimasse davantage ? Merci, oh ! merci, toi,
l'ange qui as veillé sur moi et m'as guidé, merci !
puisse mon amour arracher quelques-unes des épines qui sont entrées dans ton cœur !

Stéphanie ne voulut pas parler de Jeanne, espérant que son frère se soumettrait à l'oublier; hélas !
elle se trompait bien !

Plusieurs jours se passèrent sans que Jeanne montât le soir ; Gaston ne savait plus que penser, il se désespérait, il craignait que sa sœur n'eût averti le meunier ; quel coup horrible vint le frapper lorsqu'il reçut des mains de Jacques une lettre de Jeanne, qui pensa le faire mourir de saisissement et de douleur:

« Oubliez-moi, Gaston ! si vous le pouvez ; moi, j'ai bien peur de ne pouvoir vous oublier comme je le voudrais. On me marie à un homme que je n'aimerai jamais puisque je vous aime, je puis encore aujourd'hui l'avouer sans crime. Si vous saviez combien j'ai souffert depuis que je vous ai vu ! Mon père, jusqu'alors si bon pour moi, s'est montré dur et inexorable ! mes prières, mes larmes, rien n'a pu le toucher ni le fléchir : c'est sans doute par orgueil qu'il me sacrifie, c'est un huissier de Maillé qu'il faut que j'épouse : un homme auquel ne devait pas prétendre une simple meunière, puisqu'il est placé par sa position et sa fortune dans un tout autre monde que le mien ; quel malheur qu'il ait jeté les yeux sur moi ! Plaignez-moi, Gaston, songez quel-

quefois à la malheureuse Jeanne, en vous promenant
dans la galerie du château; pour moi, j'espère que
je ne survivrai pas à cet odieux mariage ! Adieu !
adieu! Gaston ! ne cherchez pas à me voir, si vous
ne voulez nous perdre tous les deux ! »

Gaston courut comme un fou tous les jours qui
suivirent celui-là, mais il ne put rencontrer Jeanne;
enfin le moment fatal arriva. Le meunier avait fait à
ses locataires l'honnêteté de les engager, mais ils
refusèrent tous deux par des motifs bien différents :
Stéphanie, tout en plaignant les chagrins de son
frère, ne vit pas ce mariage sans une sorte de plaisir; elle pensa que c'était une digue à jamais élevée
entre Jeanne et lui ; elle se trompait encore sur
l'avenir de cet amour!

Le curé, qui revenait d'un voyage le matin même,
et sa sœur Gertrude, avant de se rendre au dîner de
noce, étaient allés visiter leur amie Stéphanie ; ils
la supplièrent en vain de les accompagner, elle
répondit qu'elle était malade, et pria M. Leblanc de
faire agréer cette excuse.

— Vous avez tort d'être aussi sauvage, mon enfant, lui dit Gertrude en la quittant.

La pauvre vieille fille était folle de joie d'aller à
un dîner de noce.

Malgré la grosse gaieté du meunier, malgré l'air
amoureux du marié, qu'on nommait M. Marbille, le
repas ne fut pas gai, car Jeanne était triste et avait
les yeux gros de larmes ; le pauvre Jacques était
tout seul dans un coin à pleurer son amour et ses
espérances envolés.

— La mère Ursule me l'avait bien dit que cet
oiseau-là perchait trop haut et qu'il ne serait pas
pour moi. Damnée vieille, va ! porte-malheur, vieille
chouette, si jamais je te retrouve, j'allumerai d'un
seul coup ton vieux corps parcheminé et ta vieille
baraque rouge. Tout s'ensuit : v'là Gris-Gris qui
est mort la nuit passée, et moi qui va sûrement
bientôt le rejoindre ; qu'est-ce que ça fait, un garçon
de moulin de plus ou de moins ! on ne me pleurera
pas tant seulement comme j'ai pleuré le pauvre
Gris-Gris ; puis, d'ailleurs, jamais je ne pourrai me

faire à voir mam'selle Jeanne avec un autre ! Allons, il faut prendre mon parti, il faut m'en aller.

Et, le cœur gros de soupirs, tandis qu'à table on buvait à la santé des nouveaux époux, Jacques fit son paquet qu'il noua au bout d'un bâton, et, suivi de Clopinaut, s'éloigna du moulin sans savoir où il allait; un hasard ou une destinée fatale le conduisit au bord du rigolet de la grande montagne : on y trouva son cadavre quelques jours après, ignorant comment il était mort; était-ce un accident, un suicide? on ne put le savoir. Clopinaut gisait à côté de lui ? Personne ne devina jamais quel cœur battait sous la veste grise du garçon de moulin Jacques!

Le dîner fini, Jeanne demanda quelques instants d'entretien à son second père, M. Leblanc. Ils passèrent tous deux dans une pièce voisine, et là, Jeanne, tombant à ses genoux, lui dit :

— Mon bon monsieur Leblanc, je vous en supplie, obtenez de mon père que je reste au moulin, ou je mourrai s'il me faut aller vivre seule avec cet homme que je déteste !

— Relevez-vous, ma chère fille, dit le curé en lui prenant les mains avec bonté, comment est-il possible que votre père vous ait mariée sans que vous le voulussiez? Comme il m'a trompé! il m'assurait que vous étiez ravie de ce mariage! Pauvre petite! la voilà donc malheureuse! mais je ne sais comment faire pour ce que vous désirez, si j'avais été ici ce mariage ne se serait pas fait.

— Cher monsieur Leblanc, et moi je voulais vous attendre, on ne me l'a pas permis: donnez pour motif que M. Marbille, forcé de s'absenter souvent pour des affaires qui le font rester plusieurs jours dehors, je serais toujours seule! Au nom du ciel et de votre sœur Gertrude, obtenez cela de mon père, ou je vais aller rejoindre mon fatal bouquet de mariée.

Et, en disant cela, elle jeta son bouquet de fleurs d'oranger dans la rivière où il disparut bientôt, emporté par le courant; d'une main elle tenait déjà la balustrade de la fenêtre; ses yeux avaient une expression d'égarement qui frappa le curé.

— Calmez-vous, ma fille, lui dit-il, je vais aller

parler à votre père, et j'espère que tout s'arrangera selon vos désirs, mais je ne vous demande pour récompense que de prendre un peu sur vous d'essayer de vous composer un visage plus riant; il le faut, croyez-moi, ou toutes mes tentatives seraient inutiles.

— Voyez-vous, cher monsieur Leblanc, reprit Jeanne, en s'essuyant les yeux et relevant les deux coins de sa bouche comme pour y simuler un sourire : est-ce bien ainsi ?

— Fort bien, ma fille; maintenant rentrons, car votre absence pourrait paraître étrange si elle se prolongeait.

Et Jeanne, précédée du curé, reparut la bouche riante et le cœur gros de larmes : il y a tant de masques qui cachent des douleurs ignorées du monde ! du monde qui ne les comprendrait ni ne les plaindrait.

Pendant que tous les convives se livraient follement à la danse, le curé prit le meunier à part et lui reprocha vivement d'avoir sacrifié sa fille.

— Bah ! bah ! c'est une enfant ! elle s'y fera comme

13

les autres, répondit Lefèvre brusquement; toutes les jeunes filles font les mêmes grimaces.

— Et si votre fille avait pris la chose tellement à cœur, que ce fût maintenant entre vous et elle une question de vie et de mort?

— Je ne vous comprends pas, monsieur Leblanc, dit le meunier qui commençait à se troubler.

— Je vous dis fort clairement, non pas que je donne raison à votre fille, que si vous ne lui accordez pas sa demande, vous courez grand risque que les fêtes de cette noce ne se terminent par un enterrement.

— Et de qui donc, grand Dieu! ajouta Lefèvre avec des yeux effarés?

— De votre fille Jeanne, qui veut se donner la mort. D'ailleurs, vous devez voir là-dedans l'amour immense qu'elle a pour vous, et vous devez avoir égard à sa peine en faveur de cet amour.

— Jeanne! Jeanne! ma fille! mourir! Oh! non non! pour rien au monde! Je ne croyais pas que c'était si sérieux, la chère enfant! Je l'ai bien vu pleurer; mais sa mère en a fait autant, et pourtant... Oui, certes, je vais parler à M. Marbille, et je garderai le ménage chez moi. Mon Dieu! pourvu que je n'aie pas fait le malheur de ma fille, de mon unique enfant!... Allez la rassurer, monsieur Leblanc, tandis que je vais tout faire préparer et avertir M. Marbille de ce changement.

Jeanne ayant obtenu ce qu'elle voulait, se calma comme par enchantement et attendit avec une impatience sans égale la première absence de son mari.

Elle avait trouvé le moyen d'entretenir une correspondance avec Gaston, et tous deux allaient déposer leurs lettres dans l'un des nids des pigeons du colombier; c'était pour empêcher Gaston de mourir, se disait-elle. Celui-ci n'osait plus parler de rien à sa sœur. Jeanne, dont l'intelligence avait grandi vite, avec son amour contrarié et son mariage, venait voir Stéphanie; mais elle choisissait les heures où Gaston n'y était pas, de peur que lui ou elle ne se trahissent.

Gaston, qui, dans chacune de ses lettres, sollicitait toujours quelques minutes de rendez-vous, pour la voir un seul instant et reprendre du courage pour supporter un malheur si cruel, pensa devenir fou de joie lorsqu'il lut dans le billet qu'il venait d'aller prendre en rentrant de chez M. Spéro :

« Demain matin, M. Marbille part pour cinq jours... Je vais enfin pouvoir respirer ; à minuit, soyez au colombier ; je vous accorderai quelques instants. Je compte sur votre loyauté, puisque je m'engage dans une démarche aussi téméraire. A demain, Gaston! »

Que la journée fut lente à l'impatience de Gaston! il erra dans la campagne tout le jour ; c'était congé pour l'école de M. Spéro. Il marcha au hasard, et, récapitulant dans sa tête la succession des événements inouïs et inexplicables qui se déroulaient autour de lui, son cœur se serra et il eut peur du passé, du présent et de l'avenir.

Enfin, minuit sonna aux horloges de Maillé, et, Gaston, qui épiait cette heure, descendit sur la pointe des pieds. Il avait si peur d'éveiller sa sœur et, par conséquent, ses soupçons.

Jeanne, de son côté, était sortie à petits pas, de crainte que son père n'entendît le moindre bruit. Quelle joie ils eurent de se retrouver après une si douloureuse séparation ! Il faut avoir aimé soi-même pour pouvoir s'en faire une idée. Ils avaient tant souffert tous les deux ! il avaient tant de choses à se dire ! leurs cœurs avaient besoin de s'appuyer l'un sur l'autre ! La pauvre Jeanne était si troublée, qu'elle s'enfuit précipitamment. Elle craignait que le devoir ne succombât. La lutte est périlleuse et l'amour est si séduisant. Elle promit de revenir le lendemain ; mais rentrée dans sa chambre d'épouse, seule, elle eut peur d'elle-même et écrivit à Gaston qu'elle ne reviendrait plus ; ensuite, présumant qu'il était capable de faire quelque extravagance, elle se dit :

— Non, il vaut mieux que je le lui dise moi-même ; je le calmerai, et je prierai mon père de m'emmener faire un voyage... Je le sens, je l'aime trop, je deviendrais coupable !

Enfin, les mêmes précautions prises de chaque côté, tous deux se rejoignirent à leur colombier ; et toutes les paroles de Jeanne, tous ses refus, toutes ses résolutions s'évanouirent. Ce soir-là, le devoir fut oublié pour l'amour ! et le pied une fois sur cette pente, glis-

sante et si douce, on ne peut plus reculer. Ivres de
bonheur et d'amour, ils se promirent de se retrouver
là chaque nuit, pendant toutes les absences que ferait
M. Marbille. Heureusement ou malheureusement, sa
clientèle s'augmenta tellement depuis son mariage,
qui semblait avoir consolidé sa position, qu'à son grand
chagrin (car il était fort amoureux de sa femme) il était
obligé de faire de longues et fréquentes absences.
Jeanne ne s'en plaignait pas, elle était gaie, heureuse.
Et son père disait au curé, en se frottant les mains :

— Je savais bien qu'elle s'y accoutumerait!

Lefèvre avait gardé pour lui le secret de la mort
de Jacques, il aurait eu trop peur d'affliger sa fille,
à laquelle il demandait chaque jour :

— Eh bien, mignonne, à quand nous donnes-tu
un poupon et des dragées?

— Et Jeanne rougissait en répondant :

— Je n'en sais rien, mon père.

Puis, elle avait coutume de l'embrasser pour
couper court à ces conversations qui l'embarras-
saient toujours.

A la surface, tout allait bien, dans le moulin et au château. Gaston était si heureux, qu'il déversait une partie de ce bonheur sur sa sœur, qu'il accablait de soins, de prévenances et de caresses ; et la pauvre Stéphanie se disait naïvement :

— Quel bonheur que Gaston ait si bien pris son parti sur le mariage de Jeanne ! Tout est au mieux, pourvu que cela dure ainsi ?

C'était un soir d'automne, le curé arriva tout en nage chez Stéphanie, et s'assit sans pouvoir parler d'abord.

— Qu'avez-vous donc, cher monsieur Leblanc, dit-elle avec intérêt ?

— J'ai une bonne nouvelle à vous annoncer, mon enfant, c'est pour cela que je suis venu si vite.

— Laissez-moi vous remercier avant de savoir ce que c'est, car vous êtes toujours le bon ange !

— Depuis quinze jours une nouvelle famille est venue s'installer dans notre ville ; je n'ai pas tardé d'y être appelé, et déjà j'y suis très-bien venu. Comme la dame s'occupe de tapisserie elle-même, je n'ai pas manqué l'occasion de parler de votre mer-

veilleux talent en ce genre, et de citer tels et tels
meubles que vous aviez faits, ornés de blasons, pour
telle ou telle famille. Le comte et sa femme ont té-
moigné un vif désir de vous visiter vous et vos ouvrages, et veulent vous en confier un très-important
qui vous sera fort bien payé ; or, je venais vous prévenir, mon enfant, que probablement demain, dans
la matinée, ils viendront avec moi.

— Mon Dieu ! mon digne ami, visiter le pauvre
réduit de...

— Allons Stéphanie, vous qui êtes si parfaite,
pourquoi vous laisser entacher par cette nuance d'orgueil ? Je vous en blâme, vous êtes ouvrière, il n'y a
pas là de quoi rougir, je pense !

— Vous avez raison, mon père ; ces retours de
fierté me saisissent malgré moi ; vous qui savez tout,
vous en connaissez bien la cause.

— Sans doute ; mais oublions-la, cette cause, et
songeons à la visite de demain.

— Comment nommez-vous cette famille, monsieur
Leblanc?

— Ma foi, c'est un diable de nom allemand que je n'ai jamais pu retenir; ils vous le diront eux-mêmes. A demain donc, ma fille, je vais retrouver Gertrude, qui s'inquiète toujours le soir quand je m'attarde; ma mission est remplie. Bonsoir, Stéphanie.

Et Stéphanie envoyait encore toutes ses bénédictions au curé, que celui-ci était déjà loin; il rencontra en route Guillaume qui venait au-devant de lui avec la lanterne, et Gertrude qui l'attendait à la porte.

— Frère, il t'arrivera quelque chose : tu es imprudent et tu cours comme si tu n'avais que quinze ans, tu ne portes jamais d'armes sur toi et tu me fais mourir d'inquiétude. Tiens, vois-tu, depuis la mort de Jacques, je n'ai plus un instant de repos. Hélas? que deviendrait donc ta pauvre sœur sans toi?

— Ma vie est entre les mains de Dieu, ma bonne Gertrude, et il dispose de moi selon sa volonté : je poursuis ma route sans songer aux embûches du chemin; fions-nous à la Providence et allons souper.

13.

XI

DÉSILLUSION

La journée du lendemain, qui s'était levée fort belle, fit espérer à Stéphanie qu'elle recevrait en effet la visite que le curé lui avait annoncée et qu'il devait accompagner; elle l'attendait paisiblement, elle avait, encore une fois muré son âme quant à l'extérieur, et elle s'efforçait de ne plus rien laisser échapper, pas même lorsqu'elle était seule; car elle craignait trop ses souvenirs, plongeant dans ce passé d'amour à jamais perdu pour elle. Sa vie, triste et uniforme, s'écoulait à travailler, à s'occuper de son frère et à bénir la bonté du curé. Mais à voir la surface unie et placide d'un lac, qui sait les volcans qu'il recèle au fond de son lit? Un souffle ne suffit-il pas pour raviver ces volcans, les faire tourbillonner, puis s'élancer et se répandre au dehors? Il suffit aussi d'un instant pour qu'un point dans le ciel se transforme en un ouragan terrible, il suffit d'un regard de Dieu pour faire fondre la neige que des siècles ont amassée sur la cime d'une montagne, et pour faire éclore en un jour des millions de fleurs que le lendemain doit flétrir. Qui sait tous les mystères de la nature et du cœur humain? Au moment où l'on croit avoir la clef de ces hiéroglyphes, où les pages du livre semblent se dérouler devant les yeux, le livre alors se referme, et l'on retombe dans le doute et dans les ténèbres plus épaisses encore! Tout est mystère, au ciel, sur la terre, au sein des volcans et au fond du cœur des hommes!

Stéphanie, quoiqu'elle attendît cette visite, n'avait même rien voulu changer à sa toilette de chaque jour; elle était donc vêtue de sa robe noire, de son tablier couleur pensée, et ses cheveux renfermés dans un bonnet simple. Elle était assise comme de coutume dans le coin de la grande fenêtre donnant sur la rivière ; son aiguille habile courait sur son canevas, tandis que ses pensées gravitaient dans un orbe bien différent. Elle ne devina même pas le bruit des trois personnes qui arrivaient, et le curé ayant inutilement frappé à la porte, finit par entrer, introduisant devant lui un monsieur et une dame. Stéphanie, troublée, se réveilla comme d'un songe, et s'excusa sur le mouvement de l'eau se brisant au moulin, qui l'empêchait souvent d'entendre.

Le curé fit les honneurs du réduit de Stéphanie, et pendant que les étrangers admiraient les ouvrages de la dame de céans, celle-ci demanda tout bas à M. Leblanc de savoir enfin le nom de ces nobles personnages, dont elle n'avait point encore regardé les traits.

— Mon Dieu, c'est le comte de Grudner. Il s'appelait autrefois le baron de Meylan ; mais il a épousé une riche héritière allemande, à la condition de prendre son titre.

Stéphanie jeta un cri, pâlit et s'évanouit. Ce fut tout un événement pour cette visite. Le curé dit qu'elle

était souvent indisposée, et bientôt elle-même, re-
prenant ses sens, s'excusa sur la douleur d'une aiguille
qu'elle avait maladroitement enfoncée sous son ongle.

Ayant enfin rassemblé toutes ses forces, elle se
hasarda à regarder la figure du baron, qui, quoique
vieillie un peu, était encore fort belle et parfaitement reconnaissable. A chaque instant, Stéphanie
s'imaginait qu'il allait la reconnaître aussi, et lui
dire un de ces mots, tourner vers elle un de ces regards qui ne peuvent être compris que par deux
âmes jointes autrefois par l'amour.

— Il n'ose pas, pensa-t-elle ; il craint sans doute
la jalousie de sa femme

Sans en avoir l'air, elle examina cette femme d'un
œil jaloux et scrutateur. Blonde, petite, frêle, d'une
admirable carnation, le pied et la main un peu forts
pour sa taille, peu d'expression aux yeux, et par
conséquent peu de chaleur au cœur, pensa Stéphanie. Ce jugement fut rapide et peu à l'avantage
de la baronne. Quelle est la femme qui peut trouver
bien celle qui lui a enlevé l'homme qu'elle aimait?

— Vraiment, madame, ajouta encore le baron, je ne saurais vous exprimer mon admiration pour toutes les merveilles que savent faire éclore vos doigts!

— Mademoiselle, tout simplement, reprit-elle en appuyant sur ce mot, comme pour lui faire comprendre qu'elle ne s'était point mariée, elle, qu'elle lui avait gardé sa foi, son cœur, ses souvenirs, et tout son amour encore!

— Mademoiselle, vous êtes réellement une fée, reprit le baron sans paraître avoir remarqué en aucune façon cette distinction, ni même fait la moindre attention au visage de Stéphanie.

— Minna, dit-il à sa femme, regardez donc, je vous prie, ces bluets et ces coquelicots, ne dirait-on pas qu'on vient de les cueillir au milieu d'un champ de blé?

— Ravissants, répondit Minna; mais voyez ces blasons, Stanislas, ceci me semble plus parfait. Au surplus, quoi qu'on regarde ici, mademoiselle, ajouta-t-elle gracieusement en se tournant vers Stéphanie, on est toujours forcé d'admirer.

— Madame la comtesse me flatte assurément, répliqua Stéphanie en s'inclinant. Il ne me reconnaît pas, se dit-elle à elle-même.

Le curé ne pouvait pas comprendre comment Stéphanie, d'ordinaire si aimable, si avenante, était laconique ce jour-là dans chacune de ses phrases.

— Elle souffre, apparemment; peut-être a-t-elle encore passé la nuit à travailler, je le lui avais pourtant bien défendu.

— Mademoiselle, reprit le baron, je désirerais que vous voulussiez bien vous charger de faire tous les écussons d'un meuble complet, tandis que la comtesse remplirait les fonds, de la sorte cela ira plus vite. Quant au prix, j'acquiesce d'avance à celui que vous fixerez.

— En vérité, monsieur le comte... dit Stéphanie balbutiant.

— Elle vous remercie de votre confiance et de votre extrême délicatesse, monsieur le comte, interrompit le curé; mais elle est parfois si timide ou si fière qu'elle ne sait plus parler. Je me fais sa caution.

— Pensez-vous commencer bientôt, mademoiselle?

— Dans huit jours, monsieur, je pourrai m'y mettre sans relâche.

— J'aurai l'honneur de vous apporter le dessin des blasons, et je les enluminerai; afin que vous puissiez...

— Oh! je sais, dit étourdiment Stéphanie, d'azur au léopard rampant, aux...

— Comment pouvez-vous connaître mes armes, mademoiselle? dit le comte étonné.

— C'est par hasard, dit-elle, qu'en voyageant, j'ai visité une bibliothèque; j'y ai pris quelques notes sur différentes armoiries, et je me rappelle parfaitement les vôtres. N'y a-t-il pas deux licornes pour support?

— Quelle prodigieuse mémoire vous possédez, mademoiselle! Nous y joindrons toutes mes alliances, et puis encore celles de la famille de madame la comtesse, et nous aurons ainsi un meuble complet et d'un fini merveilleux, puisqu'il sortira de vos mains; puis, levant les yeux sur la riche poignée du sabre qui était appendu, il en examina le travail et le trouva fort rare en demandant à qui il avait appartenu.

Stéphanie rougit en répondant qu'il lui venait de son père.

Toute la compagnie admira la vue enchanteresse qu'on découvrait de la fenêtre près de laquelle Stéphanie était toujours assise, solitaire et laborieuse.

— C'est un ange, ajouta tout bas le curé au comte ; mais elle a tant souffert !

Puis il offrit aux étrangers de gravir l'escalier de la tourelle et de jouir du coup d'œil de la plate-forme du château.

Le comte s'extasia, Minna fut ravie avec son organisation allemande, c'est-à-dire d'une manière parfaitement froide ; puis ils prirent congé de Stéphanie, sollicitant de la manière la plus gracieuse la permission de revenir visiter la fée du château.

— Il y faut bien une bonne fée, ajouta le comte, pour conjurer tous les revenants dont il est le repaire, à ce que j'ai déjà entendu dire. Mais nous abusons du temps et de la complaisance de mademoiselle, une autre fois, nous lui demanderons quelques histoires.

Stéphanie resta seule, dans un état difficile à dépeindre. L'avoir revu, lui, lui, Stanislas, dont elle refoulait chaque jour le souvenir si loin au fond de son cœur! Cet événement inattendu avait encore une fois brisé ses forces et son courage! .

— Marié! se dit-elle, et il ne m'a pas reconnue! Quelle douleur ignorée encore que celle-là! Comme il faut qu'il m'ait oubliée depuis longtemps! tandis que moi, son image, son nom, toute sa personne sont vivants là, dit-elle en posant la main sur son cœur.

Puis, en marchant impétueusement dans sa petite chambre, elle s'arrêta et se prit à se regarder dans la glace, comme si elle se voyait pour la première fois, elle tendit la main avec désespoir.

— Hélas! reprit-elle douloureusement, qui pourrait reconnaître la jeune fille d'autrefois, dans cette femme défigurée par la maladie et vieillie par tant de larmes et de souffrances?

En disant ces mots, elle retomba tristement sur son fauteuil et se prit à pleurer amèrement.

— Mon Dieu! pardonnez-moi ces larmes encore! puissent-elles être les dernières! puissent mes yeux, fermés à jamais, ne plus se rouvrir, ni pour voir, ni pour pleurer!

Elle entendit des pas, et elle se hâta d'essuyer ses paupières gonflées.

C'était le curé qui revenait, inquiet de l'avoir vue si agitée.

— Qu'avez-vous, mon enfant? ne suis-je plus votre meilleur ami?

— Oh! si, si, cher monsieur Leblanc; je vais vous ouvrir une des plaies de mon cœur, la seule qui vous fût cachée.

Elle lui raconta toute son histoire, et ce qu'elle avait éprouvé en revoyant, là, tout à l'heure, le comte de Grudner, ce Stanislas qu'elle avait tant aimé, qu'elle avait dû épouser. Le curé la plaignit de toute son âme et tâcha de ramener le calme dans son cœur; mais inutilement. Elle n'avait plus de raison, la pauvre fille!

Elle resta dans un état d'accablement dont rien ne

put la tirer pendant quelques jours; mais enfin, son courage surnaturel et son amour pour son frère, qu'elle voyait désolé d'inquiétude, lui firent encore surmonter cette crise; elle redevint, en apparence, la Stéphanie de tous les jours, travaillant, causant, et même chantant pour complaire à ses amis.

XII

CATASTROPHE

Gaston et Jeanne s'étaient rejoints au colombier. Cette nuit, commencée sous des auspices si doux, si tendres, qui voyait éclore tant de baisers et de paroles d'amour, d'espérances enivrantes pour le lendemain, espérances que devait colorer encore un long avenir, cette nuit fut fatale. Lefèvre, apparemment endormi d'un sommeil plus léger que les autres fois, entendit distinctement du bruit et n'hésita pas un instant à se lever.

Il s'arma de son fusil, supposant d'abord qu'on venait lui dérober ses pigeons, qui avaient une réputation de beauté dans tout le pays ; mais, en y réfléchissant, il pensa que c'étaient peut-être des voleurs plus dangereux.

Arrivé au bas de l'escalier, il cria d'une voix tonnante :

— Qui va là ?

Personne ne répondit.

Gaston et Jeanne étaient à demi morts de frayeur, ils n'osaient plus respirer, les pauvres enfants!

— Qui va là? répéta le meunier, dont la colère augmentait encore.

Même silence.

— Qui va là? dit-il pour la troisième fois. Si vous ne répondez pas, je tire.

Et il arma son fusil.

Cette interpellation restant sans réponse, comme les autres, il en répéta enfin une quatrième et tira son coup de fusil.

Gaston fut atteint et blessé, par un malheureux hasard, le meunier ayant tiré presque à bout portant; néanmoins, un courage surnaturel et la peur de compromettre Jeanne, lui firent trouver assez de force pour se traîner jusqu'à sa chambre et se soustraire ainsi à la vue des gens du moulin, auxquels ce coup de fusil avait donné l'alarme.

La pauvre Jeanne, au désespoir, fut obligée de tout renfermer en elle-même et d'user d'adresse pour arrêter tous les domestiques sur l'escalier, comme ils se disposaient à le gravir.

— Mon Dieu! quelle peur vous m'avez faite, mon père! s'écria-t-elle. J'étais seule; et comment vouliez-vous que je répondisse, quand vos cris m'avaient figé le sang au cœur?

— Et que faisiez-vous à une pareille heure sur cet escalier, lui dit le meunier, toujours en colère?

— J'ai entendu du bruit, et je suis accourue; voilà tout, mon père.

— Vous êtes donc bien brave, alors? Mais, ajouta Lefèvre à tous ses domestiques, devant lesquels il ne voulait rien découvrir de ce qu'il craignait et de ce qu'il soupçonnait, retirez-vous, mes amis, c'était une fausse alerte, et allons tous nous coucher. Jeanne, suivez-moi.

Les gens du moulin s'étant dispersés, le meunier,

qui était entré dans la chambre de sa fille, lui dit avec plus de calme apparent.

— Ne croyez pas que je sois votre dupe, ma fille.

— Comment, mon père ?

— N'avez-vous pas de honte de couvrir ainsi mes cheveux blancs d'un semblable déshonneur ?

— Mon père, je vous jure... balbutiait Jeanne, pâle et troublée.

— Ne jurez pas, n'ajoutez pas le mensonge à l'infamie de votre conduite! Quoi! à peine mariée, et déjà vous trompez votre mari ? Je vous renverrai à M. Marbille, je ne veux pas avoir l'air de donner les mains à une trahison si révoltante !

— Oh! mon père, ayez pitié de moi! je vous en conjure !

— Ah! vous avouez donc maintenant? Eh bien, nommez-moi votre amant, votre complice, je le veux !

— Mon père, je vous assure que j'étais seule.

— Pensez-vous me payer avec de pareilles sornettes? Non, non ! mais puisque vous ne voulez rien avouer, j'ai un moyen infaillible de connaître le séducteur. Je le punirai à la face de tous, dût la honte en retomber sur vous et sur moi! qu'importe!

— Que voulez-vous dire, mon père? ajouta Jeanne, de plus en plus effrayée.

— De quoi vous inquiétez-vous, puisque vous étiez seule? J'ai ramassé, moi, un portefeuille qu'il a laissé tomber en se sauvant, et avec les indices qu'il me fournira, je le poursuivrai comme voleur.

— Oh non! non, mon père, vous ne ferez pas cela, dit Jeanne, se traînant sur ses genoux.

Mais le meunier la repoussa rudement en prenant la porte de sa chambre, après lui avoir dit :

— Foi de Jérôme Lefèvre! justice aura son cours! et vous n'aurez pas impunément souillé ma maison et la vôtre! Votre amant sera arrêté et traduit comme voleur.

La pauvre Jeanne tomba sur le carreau et y resta longtemps sans connaissance ; elle ne revint à elle que pour souffrir plus cruellement encore, tandis que le meunier, après avoir visité le portefeuille,

14

passa la nuit à préparer sa vengeance du lendemain.

Stéphanie, inquiète de ne point voir son frère le matin venir lui dire bonjour et prendre son déjeuner avant de partir chez M. Spéro, se décida à entrer dans sa chambre. Quel spectacle affreux l'y attendait : le malheureux Gaston évanoui à terre et baigné dans son sang!

La pauvre fille, éperdue, se hâta d'aller chercher tous les spiritueux du monde, et finit par rappeler son frère à la vie; elle le traîna jusqu'à son lit, où elle le déposa, et arrêta le sang avec des bandages, comme elle le put, n'ayant aucun secours de l'art; puis, lorsqu'elle le crut en état au moins de répondre à ses questions, elle parvint à lui arracher l'aveu de tout ce qui s'est passé.

— Qu'as-tu fait! Seigneur! qu'as-tu fait? et comment tout ceci finira-t-il? Oh! mon frère! mon frère! dans quel abîme nous as-tu précipités? Il faudrait de suite un médecin.

— Ma sœur, garde-t'en bien, tu compromettrais Jeanne!

— Que faire, mon Dieu ? que faire ! Pauvre enfant !

Puis elle essaya de lui faire avaler quelques cuil-
lerées d'une potion calmante, afin de lui procurer
quelques instants de repos ; en effet, il ne tarda point
à s'endormir, et elle vint travailler à côté de lui,
détournant incessamment ses yeux de son ouvrage
pour les reporter sur le visage de son frère dont elle
épiait tous les changements successifs.

— Et pas de secours, pensait-elle ; mon Dieu !
ayez pitié de moi ! Si je pouvais seulement prévenir
M. le curé.

Bientôt elle entendit des pas lourds résonner dans
les corridors, elle tressaillit lorsqu'elle vit entrer le
meunier, et, comprenant à l'expression horrible de
ses traits tout ce qu'il pourrait lui dire, elle le pria
de passer dans sa chambre, de peur d'éveiller son
frère, qui dormait et qui était indisposé.

— Indisposé ! répéta Lefèvre avec sa voix de
stentor, en entrant dans la chambre de Stéphanie ; indisposé ! il doit être, je crois, plus qu'indisposé !

— Pourquoi, Monsieur Lefèvre? reprit Stéphanie toute tremblante.

— Parce qu'il est blessé assez gravement, peut-être; c'est moi qui l'ai blessé.

— Et comment pouvez-vous l'avoir blessé, il ne s'est pas introduit chez vous, que je sache?

— Ah! vous niez aussi, mademoiselle, vous faites comme ma fille; au surplus, je vous en fais mon compliment, vous teniez là une jolie école de scandale, où votre frère et ma fille ont reçu d'excellentes leçons; ils en ont parfaitement profité...

— Monsieur!...

— Mademoiselle, ne prenez pas de si grands airs, j'ai là de quoi vous confondre : voilà le portefeuille de M. votre frère, que j'ai ramassé sur l'escalier, il est encore taché du sang de sa blessure; le connaissez-vous?

Stéphanie, atterrée, ne répondit pas, il poursuivit:

— Et de plus, j'y ai trouvé toute une correspondance amoureuse de ma fille! de ma fille Jeanne, séduite par votre frère!...

Le curé, qui entra, entendit ces dernières paroles :

— Oui, je le répète devant M. Leblanc, il me faut une vengeance, de ma fille séduite, de mon nom déshonoré, et comme je ne veux pas ébruiter la séduction de Jeanne, je dénoncerai comme voleur celui qui s'est introduit chez moi la nuit. J'ai voulu seulement vous en prévenir, et aussi, mademoiselle, vous engager à chercher un autre domicile que celui du château ; je ne puis loger chez moi des personnes aussi dangereuses que vous, qui, sous le masque de la pruderie et de la vertu, entraînent des enfants dans le crime après le leur avoir enseigné.

— A qui en avez-vous donc, voisin ? reprit le pauvre curé qui ne comprenait pas.

Le meunier lui raconta ce qui s'était passé la nuit dernière, lui montra le portefeuille de Gaston et lui dit ce qu'il était résolu de faire.

— Oh ! non, non, vous ne ferez pas cela ! s'écrièrent à la fois Stéphanie et M. Leblanc.

— Et qui m'en empêchera ?

14.

— Moi, je l'espère, mon cher Lefèvre; regardez cette pauvre Stéphanie, dans quel désespoir affreux vous la plongez; oh! vous aurez pitié d'elle.

— Moi? je n'aurai pitié de personne! pas plus qu'on n'a eu pitié de l'honneur de ma fille.

— Grâce, grâce, monsieur Lefèvre! s'écria Stéphanie, en se traînant à genoux humblement devant le meunier.

— Non, non, je n'entends rien!

— Tenez, père Lefèvre, ajouta le curé au désespoir, s'il le faut, je vais vous prier aussi à mains jointes!

— Inutile, cher pasteur, reprit l'impitoyable meunier, mon parti est irrévocablement pris, et je vais...

Un bruit se fit entendre dans la chambre de Gaston, et Stéphanie courut vers le lit de son frère qui, ayant entendu la fin de cette conversation, venait de retomber en faiblesse.

Stéphanie, dans un paroxysme de désespoir dont les expressions étaient déchirantes, après avoir prodigué ses soins à son frère, voyant que le meunier était sourd à ses prières, à celles du curé, à ses cris, à ses larmes, prit tout d'un coup une résolution extrême ; et avec un de ces élans dont on subit le pouvoir sans se l'expliquer, elle entraîna de chacune de ses mains, le curé et le meunier auprès du lit du jeune homme, et dit au meunier d'un air solennel :

— Écoutez-moi, devant mon frère mourant. Savez-vous, monsieur Lefèvre, quel est celui à qui vous venez de donner la mort, peut-être ? Savez-vous quelle est celle que vous voulez chasser honteusement de chez vous ? le savez-vous ? Répondez, je vous somme de répondre par l'âme de votre femme, qui n'aurait pas fait ce que vous faites.

— Vous êtes Stéphanie et Gaston Ritner, voilà tout, dit le meunier dont la voix baissait sans savoir pourquoi.

— Eh bien, je vais vous le dire, moi, reprit Stéphanie dont la pose était devenue si majestueuse, qu'elle semblait avoir grandi en un instant. Le jeune homme qui est là, est le dernier rejeton de la famille de vos seigneurs, c'est le dernier des comtes de la Roche-à-Gué, qui va mourir dans mes bras et sous les coups de son vassal.

— Impossible ! s'écria le meunier anéanti, tandis que les yeux de Gaston s'animaient sous son effrayante pâleur !

— Monsieur Leblanc, qui possède nos titres et qui sait tous nos secrets, pourra vous attester la validité de nos droits.

— Je le jure sur le Christ, dit le curé en levant la main vers le ciel.

— Mon père, qui mourut à l'émigration, reprit Stéphanie tandis que le meunier était immobile, épousa en secondes noces celle qui fut la mère de Gaston; extrêmement orgueilleux de son nom et de sa noblesse, vous devez vous en souvenir, Lefèvre, il me fit jurer à son lit de mort où j'amenai le petit Gaston pour qu'il le bénît, de ne jamais souffrir la moindre mésalliance dans notre famille, nous devions plutôt mourir ! Nous le jurâmes sur ce sabre, gagné à l'armée de Condé, et je l'ai, depuis, toujours conservé comme une relique. Notre pauvre père

mourut calmé par ce serment. La mère de Gaston
l'avait précédé dans la tombe ; je restai seule avec ce
dépôt si cher et si sacré, ayant perdu toute notre
fortune et obligée d'élever mon frère avec le travail
de mes mains. Je résolus de garder le nom que mes
parents avaient pris à l'étranger, et pour que la mi-
sère ne nous fît pas tant rougir ni souffrir, je laissai
mon frère dans l'ignorance de sa naissance. Revenus
en France depuis quelques années, un vif désir de
revoir le château où j'étais née s'est emparé de moi,
nous avons fait péniblement le voyage. J'ai eu le
bonheur de retrouver le plus digne des hommes,
comme le meilleur des amis, monsieur Leblanc,
qui nous a aidés à prospérer tous les deux ; vous
savez comment je suis venue demeurer chez vous,
et maintenant que je vous ai révélé un secret que ma
fierté aurait emporté dans la tombe avec moi, allez
donc, Lefèvre, allez dénoncer le fils de votre seigneur,
celui qui vous a donné ce moulin et à qui vous devez
votre fortune et tout ce que vous êtes enfin. Allez,
je vous laisse libre maintenant.

Le meunier stupéfié et attendri tomba aux genoux de Stéphanie et lui baisa la main.

— Mademoiselle, dit-il, c'est moi qui vous demande grâce actuellement... puissiez-vous l'obtenir du comte votre frère.

Stéphanie le releva avec bonté et lui promit pour son frère, si Dieu voulait bien le lui conserver, qu'il ne reverrait jamais Jeanne ; elle s'y engagea d'une manière solennelle et sur son honneur de gentilhomme.

Le meunier suffoquait presque de sanglots et s'écriait par intervalles.

— Par saint Jérôme, et dire que c'est la fille de mon maître qui est venue loger chez moi presque comme une mendiante, tandis que moi je suis riche, riche des dons de son père. Oh ! je ne me pardonnerai jamais de ne l'avoir pas deviné, je ne me pardonnerai jamais l'attentat que j'ai commis. C'est l'orgueil qui m'a perdu ; mais, dites-moi, monsieur Leblanc, il est toujours temps de réparer ses fautes, n'est-ce pas ?

— Sans doute, répondit le curé attendri, pendant que Stéphanie faisait avaler un cordial à Gaston que cette émotion inattendue venait encore de faire retomber en faiblesse; il avait perdu tant de sang!

— Eh bien, reprit le meunier, je jure sur les cendres de ma pauvre femme! je jure de laisser habiter leur vie durant les enfants de mon maître dans ce château, et de leur faire une rente qui sera comme la redevance de ce moulin dont je ne serai plus que le tenancier. Voulez-vous bien accepter, mademoiselle, dit-il, en se tournant humblement vers Stéphanie?

En une minute, tout son amour, tout son respect pour ses maîtres étaient redevenus si vrais au fond de son cœur, qu'ils semblaient en avoir chassé toute la morgue qui l'avait endurci.

— Merci, mon ami, merci, dit mademoiselle de la Roche-à-Gué, je veux vivre comme j'ai vécu, pauvre, oubliée et ignorée tant que je pourrai travailler. Si je devenais aveugle, eh bien, alors, j'accepterais. Dans ce moment, je vais vous prier, vous et notre digne curé, de laisser reposer mon frère et de m'envoyer un médecin pour me rassurer.

Ils partirent tous deux, troublés et émus différemment de la scène qui venait de se passer, le meunier disant au curé :

— Savez-vous, monsieur Leblanc, comment il faudra nous y prendre pour ne pas blesser sa fierté? On lui commandera des travaux que nous lui ferons payer dix fois ce qu'ils valent; puis vous allez lui rendre un coffre qui a appartenu à son père, et dans lequel je veux remettre tout l'argent que j'y avais trouvé. Je vais vous envoyer du vin vieux, vous le lui offrirez comme de vous.

— Ne trahissons pas son secret, reprit le curé, vous savez qu'elle veut garder son incognito.

Ils se séparèrent : le meunier, pour prendre les dispositions dont il venait de parler, le curé, s'empressant d'aller chez le médecin et le ramenant avec lui, pour savoir ce qu'il penserait de l'état de Gaston.

Quand Stéphanie l'aperçut, elle s'écria :

— Oh ! certes, vous êtes bien l'ange envoyé de Dieu ! aussi bon qu'infatigable !

Le médecin examina attentivement la blessure de Gaston, et déclara qu'elle n'était pas dangereuse. qu'il fallait seulement beaucoup de repos et de soins. il la pansa et rassura complétement ses amis.

— Maintenant que me voici plus tranquille, dit Stéphanie, j'exige que vous retourniez auprès de votre sœur, qui doit être inquiète ; allez retrouver votre bonne Gertrude.

Le curé ne voulut pas et dit quelques mots tout bas au médecin lorsqu'il se retira ; bientôt après on vit arriver Gertrude et Guillaume qui venaient s'installer pour aider Stéphanie à soigner son cher malade.

Stéphanie, pénétrée de reconnaissance, manquait d'expressions pour la dépeindre.

Au bout de quelques jours, Gaston parut beaucoup mieux, et la famille du curé retourna chez elle en recevant toutes les bénédictions du frère et de la sœur. Le meunier accomplit sa promesse et fit restituer le coffre à Stéphanie qui, ne pouvant le méconnaître, consentit à le reprendre.

Jeanne n'osait rien dire à son père ; mais elle avait des nouvelles de Gaston par le curé, par tout le monde, et c'était déjà du bonheur pour elle que de le savoir bien, et de voir son père radouci tout en en ignorant la cause.

Enfin, grâce aux soins tendres et assidus de Stéphanie, Gaston fut bientôt en convalescence ; mais il lui restait une faiblesse extrême qui prolongea beaucoup cet état de langueur. Il se promenait alors dans les ruines du château qu'il regardait avec d'autres yeux ; tout était pour lui, maintenant, rempli d'un intérêt tout particulier : la galerie surtout l'arrêtait souvent, il contemplait avec émotion les portraits de ses ancêtres, et concevait toute la sympathie qu'il avait éprouvée pour le portrait de Raoul : puis il examinait avec un orgueil juvénile cette longue suite de nobles personnages dont il descendait. En songeant à la malheureuse Aloyse, aux ombres noires, il avait peur, et il voyait encore toutes les grottes de la Roche-

Rouge ; enfin, il montait sur la plate-forme et, après avoir regardé cette rivière dont les flots couraient toujours comme les heures, comme les années, comme les siècles, sans jamais revenir sur leurs pas, il s'attrista de nouveau et songea au présent, à l'avenir et à Jeanne, dont il ne parlait plus qu'avec lui-même.

— Pauvre enfant, pensait-il, comme elle doit souffrir depuis cette nuit sanglante! hélas! je ne la reverrai pas, je l'ai juré! ma sœur l'a juré pour moi! je dois tenir ce serment.

Un soir qu'il était avec sa sœur, il se leva, détacha le sabre que Stéphanie conservait si religieusement, et s'agenouillant devant elle :

— Sœur, dit-il, tu vas me bénir et m'armer chevalier avec la lame de ce sabre qu'a porté notre père.

— Et pourquoi, mon cher enfant, reprit-elle avec inquiétude?

— Parce qu'il est temps que j'accomplisse enfin mon devoir ; Gaston Ritner était un enfant, mais le descendant des nobles comtes de ce château doit acquérir une gloire dont il a soif ; d'ailleurs, pour garder ton serment, vois-tu, il faut que je parte, il le faut, je le sens !

— Eh quoi ! à peine revenu à la vie, c'est pour me quitter ! ô Gaston ! Gaston ! cette séparation me tuera ; quittons plutôt ce pays, alors tu n'auras plus la crainte de rencontrer Jeanne ! mais n'abandonne pas ta pauvre Stéphanie.

— Je reviendrai bientôt, ma sœur chérie, je te le promets, et nous irons où tu voudras, je ne te quitterai plus !

— Mon frère ! mon frère ! tu ne me retrouveras pas !

Pourtant Stéphanie accomplit le vœu de Gaston, et après lui avoir donné l'accolade, elle rattacha le sabre au-dessus de la glace. Mais elle ne put continuer son ouvrage, et lorsque son frère se fut retiré dans sa chambre, après l'avoir embrassé tendrement, elle resta seule devant sa cheminée, en se plaignant douloureusement au grillon qui semblait l'écouter et lui répondre.

—Quelle succession d'événements, tous plus tristes et plus effrayants les uns que les autres, se
disait-elle en essayant inutilement de s'endormir.

Ayant pris cette résolution cruelle, Gaston pensa
qu'il devait se hâter de l'accomplir, car ce sacrifice
lui déchirait le cœur. Quitter sa sœur! quitter
Jeanne! mais il le fallait. Il écrivit à Jeanne :

« Adieu! vous que j'ai tant aimée! vous que
j'aime encore! Il faut que je parte, pour ne pas devenir coupable, pour ne pas fausser le serment de
ma sœur. J'ai bien souffert depuis que je ne vous ai
vue, Jeanne, et mon âme a encore été plus atteinte
que mon corps blessé. Je sais que vous songerez à
moi, ma bien-aimée ; aussi, je pars presque tranquille. Je vais prendre du service en Espagne ; je
veux me couvrir de gloire, ou mourir. Mais, si la
chance m'est favorable, si Dieu me bénit (et il me
bénira), si vous, ô mon ange, daignez prier pour
moi, je reviendrai! J'avais trois ans lorsque ma
sœur jura à mon père que jamais aucune mésalliance
ne souillerait notre famille ; mais j'étais trop jeune

pour avoir fait ce serment, et, d'ailleurs, Jeanne,
une âme comme la vôtre ennoblirait le trône sur
lequel elle monterait. Je saurais bien vaincre la
résistance de ma sœur, si vous étiez libre, hélas!
Je voudrais vous revoir, mon aimée Jeanne, avant
de partir; dans deux jours, soyez à votre fenêtre,
et qu'un geste, un signe de votre main vienne me
dire adieu et répandre quelques gouttes de baume
sur la douleur qui me brise, afin que je puisse supporter ce long voyage et cette absence, peut-être
éternelle! soyez donc heureuse! Allez quelquefois
consoler ma pauvre sœur et pleurer avec elle; car
mon âme est pleine d'angoisses en songeant à la
solitude dans laquelle va être plongée cette pauvre
Stéphanie! Aimez-la à cause de moi! Adieu, Jeanne!
plus je vous écris, plus la force m'abandonne!...
Adieu! »

Le désespoir s'empara de Jeanne lorsqu'elle reçut
cette lettre.

— Partir! comment, il va partir? et je ne le reverrai plus! Oh! non, c'est impossible!

Elle lui répondit de suite dans un de ces moments d'exaltation où le désespoir et l'amour l'emportent sur la raison et le devoir :

« Si jamais vous m'avez aimée, Gaston, vous ne partirez pas; depuis que j'ai lu votre fatale lettre, je suis folle de douleur; ce mot départ a passé sur mes yeux comme un fer rouge, et s'est enfoncé dans mon cœur pour le brûler et le déchirer; ce mot est écrit partout, c'est comme un éclair sanglant qui m'environne. Non, je ne veux pas que vous partiez ! Gaston ! nous fuirons tous les deux, j'abandonnerai tout pour vous ! vous ! vous ! Que m'importe le monde, il n'y a plus rien pour moi sans vous, et mon cœur est maintenant séché à tout autre sentiment; vous l'avez envahi tout entier. Gaston, je vous aimerai tant, que je saurai vous faire heureux ! Vous voulez aller en Espagne ? eh bien, je me ferai un courage masculin et je vous suivrai; que m'importe le pays, je serai votre esclave, votre page, votre valet; un seigneur doit toujours emmener un vassal ; je me battrai à vos côtés, je couvrirai votre corps du mien,

pour que les balles ne vous atteignent pas ! Qu'est-
ce que ma vie ? ne sera-ce pas du bonheur que de
mourir auprès de vous. Hélas ! je mourrais bien
plus vite encore, si vous partiez sans moi ; et à votre
retour vous n'embrasseriez qu'une froide pierre, et
vos larmes brûlantes ne pourraient plus me ranimer
ni me faire soulever ce manteau de marbre ! Pourtant l'amour a fait tant de miracles ! Je ne sais, mais
ce que je sais, c'est que je veux partir avec vous, ou
que vous resterez. Je ne vous dis pas adieu, Gaston.
A bientôt, vous qui m'avez révélé mon âme et la vie
avec votre amour ; je n'ai vécu que du jour où je
vous ai aimé, il vaut mieux partir... Oh ! partons,
partons ! »

Elle trouva un moyen de faire parvenir cette lettre
à Gaston ; le malheureux jeune homme pensa devenir fou à cette lecture. Tant de passion, de dévoue-
ment, d'abnégation d'elle-même, se sentir aimé si
ardemment par la femme pour laquelle on donnerait
tout au monde ! Il fut ébranlé, il entrevoyait avec
une joie frénétique le bonheur de fuir avec Jeanne,

d'être seuls, uniquement l'un à l'autre, tout l'un pour l'autre, loin des yeux profanes qui ne peuvent comprendre un pareil amour et qui en flétrissent la pureté rien qu'en en parlant ; et une fois passés à l'étranger, ni son père, ni son mari n'auraient plus aucuns droits sur elle, et ils ne reviendraient jamais en France ! et tout ce monde de rêveries, de bonheur, où l'âme s'élance comme vers une des sphères désirées après laquelle on aspire toujours, sans jamais y atteindre !

Puis, le souvenir de sa sœur, de son serment, de son devoir, le rappelèrent à lui-même ; il retomba rudement du ciel sur la terre, sur cette terre de douleur, de déceptions et de larmes.

— Moi ! je partirai, je partirai sans la revoir ; je n'en aurais pas le courage après. Ah ! que l'honneur coûte cher, quand il faut le payer de tout son bonheur, du repos de toute sa vie ! j'aimerais mieux n'être que Gaston Ritner et l'époux de Jeanne ! Et ma sœur, ma pauvre Stéphanie, qui la consolera ?

Il courut chez M. Spéro pour lui faire ses adieux, prétextant des affaires de famille qui nécessitaient un voyage; le digne maître d'école fut attéré de cette nouvelle, perdre Gaston, c'était tout perdre pour lui, il lui dit :

— Mon bien cher enfant, j'ignore si je pourrai jamais vous remplacer comme suppléant; mais rien ne pourra vous remplacer dans mon cœur qui vous aimait comme un fils! Tenez, l'école, et surtout le triste maître d'école, ne vivront plus longtemps sans vous; laissez-moi vous offrir un petit souvenir toujours utile en voyage, pour moi je n'en ai plus besoin, je ne voyagerai plus! Et d'ailleurs, qui est-ce qui en voudrait à ma triste vie?

Puis il embrassa Gaston en pleurant et en lui remettant un étui contenant deux pistolets de poche magnifiques, qui lui avaient été donnés par le père d'un de ses anciens élèves. M. Spéro avait été professeur particulier, et des revers de fortune l'avaient forcé de descendre au rôle de maître d'école.

Gaston, extrêmement touché, le quitta avec un vif

regret, puis il alla chez le curé où d'autres regrets l'attendaient encore.

— Mon digne, mon respectable ami, dit-il à M. Leblanc, n'abandonnez pas ma sœur ! car je tremble que mon absence n'assombrisse sa vie déjà si triste ; et vous, chère mademoiselle Gertrude, allez souvent la voir, et souvent aussi amenez-la près de vous ; la pauvre chérie aura tant besoin d'être aimée et consolée, que tout mon courage m'abandonne au moment de la quitter.

— Quoi ! vous partez, Gaston, reprit le curé ? ne pouvez-vous tenir votre serment sans quitter votre seconde mère !

— Hélas ! non, monsieur Leblanc, j'ai sondé mon cœur comme le médecin a sondé ma blessure, et j'y ai trouvé l'image de Jeanne si profondément incrustée, que je ne puis répondre de moi si je reste.

— O mon fils, l'amour de Dieu et celui que vous devez porter à votre sœur, ne peuvent-ils chasser cet amour coupable ?

— Soyez indulgent comme un père, comme un

ami. Comment pourriez-vous comprendre une tache
au ciel, vous dont le cœur est pur comme l'azur sans
nuages ; vous ne connaissez les faiblesses humaines
que pour les plaindre et les consoler. Mon père,
croyez-moi, plaignez-moi, et bénissez-moi ! Il faut
que je parte, et ce départ me navre plus encore pour
celles que je laisserai derrière moi ! soyez là quand
je partirai, je vous en supplie, pour que ma sœur ne
soit pas seule ; puis, ajouta-t-il tout bas, par respect
pour les oreilles de la chaste Gertrude, ne quittez
pas Jeanne non plus et faites-la surveiller, car elle
veut me suivre ; assez de deuil et de désespoir se sont
appesantis sur cette habitation qui semble maudite
depuis une funeste époque.

Gaston, accablé, tomba sur le fauteuil du curé,
tandis que celui-ci et Gertrude essayaient de com-
battre sa résolution désespérée et de le calmer.
Enfin, il se releva brusquement, serra fortement la
main de l'excellente sœur du curé, prit celle de
M. Leblanc, qu'il embrassa avec effusion, et s'arracha
de cet asile où respiraient le bonheur et l'innocence.

Le curé le rejoignit presque aussitôt chez Stéphanie, où il s'engagea à dîner avec eux, et ne les quitta
pas de la soirée. Quelle fut triste, cette soirée, la
dernière que Gaston devait passer au château et avec
sa sœur.

En vain le curé fit tous ses efforts pour les égayer
un peu. Ils étaient tous d'une tristesse profonde, et,
malgré son apparente insouciance, Gaston retenait à
peine des larmes qui gonflaient ses paupières ; il pro-
digua à sa sœur les marques d'amour les plus tendres,
il lui disait ce que son cœur lui dictait.

— Je reviendrai bientôt, ma Stéphanie, et j'aurai
sur ma poitrine cette étoile des braves, et tu seras
fière de ton frère Gaston, qui ne fera pas mentir la
noble race dont il est issu. Vois donc, sœur, comme
tu seras heureuse! et puis, tu ne feras plus qu'un
fauteuil, ce sera celui de notre blason, à nous.

Enfin, le pauvre Gaston ne pouvant plus contenir
ses larmes, alla dans sa chambre pour y faire toutes
ses dispositions, et revint, tremblant d'émotion,
s'agenouiller devant le curé et sa sœur, en leur de-

mandant leur bénédiction; ils la lui donnèrent avec émotion, trouble et solennité. Puis, se relevant, il embrassa sa sœur et la serra convulsivement sur son cœur, brisé de sanglots, il embrassa aussi le digne curé.

— Au revoir, ma sœur bien-aimée; au revoir et à bientôt, j'espère! Adieu! adieu, mes amis!

Comme il franchissait le seuil de la porte, Stéphanie courut à lui, l'étreignit avec une force et une douleur extrêmes.

— Adieu, Gaston! puisque tu veux partir, dit-elle; nous nous reverrons auprès de notre père! il n'y a plus rien au monde pour moi.

Ils s'arrachèrent avec peine à ce dernier embrassement, et Stéphanie retomba anéantie sur son fauteuil, tandis que Gaston courait, comme pour fuir toutes les tentations qui l'auraient retenu s'il avait, peut-être, seulement retourné la tête.

Il prit la première diligence qu'il rencontra; il ne s'arrêta que lorsqu'il fut en Espagne, où il ne tarda pas à s'enrôler dans l'armée française.

— Pleurez, ma fille, pleurez, dit le bon curé, lorsque Gaston fut parti, les larmes vous soulageront; mais ayez confiance en Dieu, qui ne nous abandonne jamais, un bon pressentiment me dit qu'il reviendra bientôt.

— Oh non! non, mon cher monsieur Leblanc, il ne reviendra jamais, j'en suis sûre; j'ai un pressentiment qui m'annonce le contraire, à moi, dit enfin Stéphanie, dans une angoisse dont les cris étouffés déchiraient le cœur. D'ailleurs, s'il revenait, voyez-vous, il serait trop tard pour moi! Songez donc que, depuis vingt ans, je n'ai vécu que pour lui, que j'ai renfermé mes douleurs au fond de mon âme afin d'offrir un visage riant à son regard enfantin; pour lui, je me suis faite jeune, gaie et ouvrière; pour lui, j'ai tout bravé, j'ai tout supporté. J'avais de la force, parce que j'avais du courage, et j'avais du courage, parce que j'aimais mon frère et que je me dévouais à lui; je comprenais qu'il fallait que je l'aimasse immensément, pour que mon amour pût remplacer celui d'un père et d'une mère, qu'il avait perdus.

Ma vie n'a été que la sienne, ou plutôt le reflet de la
sienne ; il remplissait tout mon cœur comme toutes
mes pensées, il était le seul but de mon avenir. Pour
qui voulez-vous désormais que je travaille, que je
prenne soin de moi? pour qui voulez-vous que je
vive encore? Hélas! il n'a plus besoin de sa sœur!
Si, parfois, j'ai eu quelques retours de faiblesse en
songeant au baron de Meylan, je les ai presque tous
enfouis dans mon sein, essayant à me faire une
physionomie sereine pour ne pas attrister la jeunesse de mon frère ; car la jeunesse a besoin de
gaieté comme les fleurs ont besoin de soleil pour
éclore, et j'étais plus heureuse de ses joies, de son
bonheur, que je ne l'eusse été du mien propre!
Qu'ai-je à faire maintenant en ce monde? pourquoi y prolonger une existence inutile à tous, et
dont le poids m'écrase déjà depuis quelques minutes? Non, tout est fini pour moi, j'ai senti se
briser le dernier des fils qui me retiennent encore ici-bas. Et puis, vous le savez, *il* ne m'a pas
reconnue,

— Ma fille! ma fille! dit le pauvre curé, dont les larmes sillonnaient les joues ridées.

— N'ayez pas peur, mon père, dit Stéphanie, je ne veux pas commettre un crime; mais je me laisserai mourir, voilà tout; je lutte depuis si longtemps contre les douleurs qu'elles ont usé toutes mes facultés morales et physiques; la digue est rompu e, le courant m'emportera, et vous prierez pour moi!

— C'est vous, Stéphanie, qui prierez pour moi; mon enfant, je suis vieux et vous êtes jeune encore; ayez du courage pour votre vieil ami, ajoute le curé en joignant ses mains maigres et jaunies par l'âge, il suffoquait!

— Pardon! mon meilleur ami, de vous avoir affligé, c'est un torrent qui m'entraîne malgré moi. J'aurai, si je le puis, encore un peu de force pour vous, puisque vous me le demandez.

Et, bien que la nuit fût avancée, le curé, comprenant ce qu'il y aurait d'affreux pour Stéphanie dans ces premiers moments de solitude, l'emmena malgré elle et l'installa auprès de sa sœur ; elle reprit un peu de calme au sein de cette famille, aussi bonne, aussi pure, aussi aimante que celle des anciens patriarches.

XIII

FOLIE.

Jeanne comptait les heures de chaque jour et les voyait s'écouler avec effroi, sans qu'aucune réponse de Gaston arrivât pour la rassurer.

Enfin, elle entra chez Stéphanie, et fut aussi inquiète que surprise de trouver toutes les portes fermées ; elle redescendit en hâte, et, profitant d'une absence de son père, elle courut chez le curé, et, en y trouvant Stéphanie, elle se jeta dans ses bras avec un mouvement spontané, en s'écriant :

— Gaston ! Gaston ! où est-il ?

Et comme un silence effrayant succéda seul à cette question, elle porta sur tout le monde des yeux égarés, en répétant :

— Gaston! Gaston! qu'avez-vous fait de Gaston?

— Calmez-vous, chère enfant, Gaston avait des devoirs à remplir, il a fallu...

— Laissez-moi, monsieur Leblanc, ne me trompez pas. D'ailleurs, ajouta-t-elle avec un rire nerveux, je vais le rejoindre, entendez-vous? il m'appelle.

Tous les assistants, effrayés des paroles incohérentes de Jeanne, résolurent de la reconduire au moulin, de peur qu'elle ne s'échappât toute seule.

Le curé, qui s'oubliait toujours du moment qu'il y avait une douleur physique à secourir, une douleur morale à consoler, hâta le pas pour prévenir le meunier de l'état dans lequel était sa fille, lui recommandant bien expressément de ne la contredire en rien.

— Autrement, dit-il, sa tête se monterait; cette exaltation est dangereuse, et surtout gardez-la, surveillez-la sans en avoir l'air.

Le pauvre meunier fut désespéré, lorsqu'il vit Jeanne arriver accompagnée de Gertrude et de Stéphanie, et qu'elle parut à peine faire attention à son père, demandant à lui comme aux autres qu'on lui amenât Gaston.

— C'est ma faute ! s'écria-t-il, si j'avais reconnu le sang de mes maîtres, la main de Dieu ne se serait pas appesantie sur ma famille ! Oh ! mademoiselle, dit-il à Stéphanie, vous l'ange des anges, priez pour ma pauvre enfant !

Stéphanie partit avec Gertrude en lui promettant de revenir le lendemain. Elle aussi s'oubliait pour consoler les autres.

M. Marbille arriva de son voyage, plus empressé que jamais d'embrasser sa chère Jeanne ; mais que devint-il lorsqu'il vit la consternation sur tous les visages et qu'on lui apprit l'état dans lequel elle était.

Aussitôt que Jeanne l'aperçut, elle jeta des cris perçants et devint presque furieuse.

— Qu'on ôte cet homme de devant mes yeux, s'écria-t-elle ; je ne veux pas le voir ! c'est lui qui m'a séparée de Gaston ; c'est lui qui m'a enfoncé cet affreux désespoir dans le cœur ! Gaston mourra bien loin ! et moi ici. Alors nous aurons tous deux un même tombeau !

Puis s'avançant vers lui avec des yeux hagards :

— Rendez-moi Gaston, dit-elle, rendez-le-moi, vous qui me l'avez pris !

Et la malheureuse tomba épuisée et haletante, tandis que M. Marbille, épouvanté, demandait l'explication de cette affreuse énigme.

On lui dit qu'elle avait reçu un coup violent à la tête et qu'elle était devenue folle à l'instant.

M. Marbille parut peu satisfait de cette réponse, et déclara qu'il prétendait emmener sa femme chez lui et la soigner comme il l'entendrait. Lefèvre lui répondit qu'il fallait attendre qu'elle se portât mieux ; mais le gendre commença à menacer et à crier comme un huissier, disant qu'il userait de ses droits d'époux pour se faire rendre sa femme.

Pendant ce débat, la pauvre Jeanne, qui regardait son mari avec une frayeur horrible, s'enfuit à toutes jambes sans qu'on pût la retenir et ne s'arrêta qu'au colombier.

— Là, dit-elle, là est ma maison; c'est ici le palais de mon bonheur, et je n'en sortirai plus jusqu'à ce que le roi vienne chercher et épouser sa reine. Je veux rester avec ces blanches tourterelles, qui seules peuvent me comprendre, car elles savent aimer, elles, et on ne les marie pas par force, on ne les sépare pas de leurs amours!

— Mon enfant! mon enfant! reviens à toi, lui disait le meunier au désespoir; c'est ton père qui te parle... Oh! monsieur Leblanc, essayez donc de la calmer, je mourrai de chagrin de la voir ainsi.

— Oui, mon père, reprit-elle, allons en Espagne pour y chercher Gaston, et nous aurons pour guides les ombres noires de la grande galerie, n'est-ce pas?

M. Marbille, de plus en plus irrité, voulut essayer de prendre le bras de Jeanne; mais elle poussa des cris épouvantables en se réfugiant auprès de son père, comme pour lui dire : Sauvez-moi.

— C'est ma femme, monsieur! et vous avez perdu vos droits sur elle, s'écria le mari de Jeanne en fureur, et cette comédie cessera chez moi, je connais des moyens...

— C'est ma fille depuis qu'elle est au monde, monsieur, répliqua le meunier avec toute l'énergie que peut donner l'amour paternel et la crainte de perdre son unique enfant, et pour quoi que ce soit, vous ne l'emmènerez hors de chez moi dans l'état où elle est.

— Nous verrons, monsieur, je vais revenir avec main-forte !

— Allez au diable ! et ne vous présentez pas ici; car, je le jure devant monsieur le curé, ce serait votre dernière heure ! par saint Jérôme, mon très-honoré patron !

Et comme M. Marbille s'élançait pour attaquer le meunier, celui-ci dit à ses trois garçons :

— Jetez-moi cet homme dehors, et puis ne vous en embarrassez plus.

Le digne curé, craignant les effets de cette scène, alla prévenir le médecin qui ordonna à Jeanne de rester chez son père ; il alla aussi prévenir les autorités, afin qu'on ne pût point inquiéter le meunier, et tout ce qu'il disait avait tant de poids, que lorsque les dépositions de M. Marbille arrivèrent après celles du curé, elles ne furent point écoutées.

De peur d'irriter davantage sa fille, le meunier lui fit mettre un lit dans le colombier, et s'installa à côté d'elle sur un fauteuil ; il n'y avait plus pour lui ni repos, ni bonheur possibles !

— Cet homme est parti ? lui dit Jeanne tout bas.

— Oui, mon enfant, dors en paix.

Et, rassurée, elle s'assoupit un peu.

16

XIV

PRIEZ POUR EUX.

Stéphanie et Gertrude revinrent visiter la pauvre Jeanne, elles la trouvèrent un peu plus calme, mais sa raison ne pouvait revenir ; elles la gardaient à tour de rôle, pour que le meunier pût soigner ses affaires et son moulin, et il les bénissait comme des anges du bon Dieu, disait-il.

Stéphanie avait repris sa chambre ; Gertrude, qui ne voulait pas la laisser seule, s'était installée dans celle de Gaston, par conséquent le curé était beaucoup plus souvent chez Stéphanie que chez lui.

— J'ai élu domicile ici, disait-il en s'efforçant de faire sourire les autres.

Mais le rire semblait avoir fui pour toujours le moulin, le château et le presbytère.

Pour prévenir de nouveau toute discussion grave entre le meunier et son gendre, le médecin déclara qu'il était de toute urgence qu'on transportât Jeanne dans une maison de santé, car elle ne guérirait jamais dans les lieux où sa folie avait pris naissance. Ce fut encore le respectable M. Leblanc qui parvint à obtenir ce sacrifice ; car ce pauvre père ne voulait pas se séparer de sa fille chérie, tant il avait peur qu'elle ne retombât aux mains de M. Marbille, qui maintenant lui semblait un tyran.

En effet, au bout de quelque temps, Jeanne parut sensiblement mieux ; néanmoins le médecin ordonna qu'elle restât encore dans cette maison ; si on l'en sortait trop tôt, disait-il, elle retomberait infailliblement et serait peut-être alors incurable. Le pauvre meunier dut se soumettre à ces arrêts ; il était presque heureux : sa fille le reconnaissait et l'aimait.

Stéphanie, pour essayer de se distraire, avait entrepris les meubles du baron de Grudner ; les derniers souvenirs d'amour s'étaient envolés à l'aspect de douleur du départ de son frère.

— Vous le voyez, monsieur Leblanc, disait-elle au curé, les mois s'écoulent et il ne me donne pas signe de vie ! Oh ! je vous le disais bien !

— Vous aurez donc le courage de rester inconnue au comte, répondait le curé.

— Toujours, mon père ! cet homme ne mérite que mon mépris, je mourrai près de lui sans qu'il sache qui je suis.

— Dieu vous bénira, ma fille, car vous êtes forte !

Le pauvre curé, souvent, ne savait plus que répondre lorsqu'elle l'interpellait ; il cherchait alors à détourner la conversation.

— Ma sœur, disait-il en s'adressant à Gertrude, aie soin que ton gâteau de groseilles ne soit pas manqué aujourd'hui, et que ton poisson soit cuit à point ; car je vais faire une tournée dans la campagne, et je reviendrai mourant de faim. Stéphanie, voulez-vous m'accompagner ? cela vous fera du bien.

Mais Stéphanie avait perdu toutes ses forces, et à peine si elle pouvait se promener sur les anciens remparts. Elle s'excusait sur son travail, ne voulant point alarmer son digne ami en lui révélant au juste son état de dépérissement, que ne trahissaient que trop déjà sa pâleur et sa maigreur de spectre.

Un soir, plus triste encore que de coutume, Stéphanie était allée dans la grande galerie pour s'y réchauffer aux rayons du soleil couchant; elle s'assit en face du portrait de Raoul, se rappelant quelle prédilection son frère avait eue pour ce portrait entre tous les autres, et combien il était triste et absorbé alors qu'il s'arrêtait à le regarder. Elle se prit aussi à le contempler attentivement, y trouvant une ressemblance extrême avec Gaston. Tout à coup, le soleil se voila, et un ouragan terrible se déchaîna contre ces vieilles murailles démantelées; la grêle, frappant avec violence contre les vitres à demi brisées, en lança quelques nouveaux débris au milieu de la galerie. Stéphanie, sans avoir peur, songea à l'ouragan pendant lequel son frère avait été se réfugier dans la Roche-Rouge ; un éclair qui illumina l'obscurité, s'arrêta une seconde sur le portrait de Raoul, dont les yeux parurent remuer dans leurs orbites et laisser échapper une larme. Stéphanie, effrayée de ce prodige, voulut s'approcher ; mais l'éclair avait disparu, et le portrait lui sembla de même qu'auparavant.

— Hélas ! hélas ! se dit-elle, c'est un avertissement que mon frère est mort !

— Mort ! mort ! parurent répéter des voix dans le lointain.

Elle se retourna.

— Ce sont les échos qui me disent, après moi, que mon frère est mort !

Ce mot lugubre retentit encore dans toute la galerie. Mais, cette fois, regardant plus scrupuleusement dans toute sa profondeur, elle aperçut, malgré l'approche de la nuit, les deux ombres noires dont Jacques et Gaston lui avaient si bien fait la description. Cette fois, une troisième était avec elles. Elles s'arrêtèrent une minute, firent signe à Stéphanie

comme pour l'appeler, et disparurent en répétant le
mot :

— Mort !

La pauvre Stéphanie, glacée, se traîna jusqu'à
l'endroit où les ombres s'étaient abîmées dans la muraille, comme devant Gaston ; elle ne trouva que la
vieille tapisserie en lambeaux et la vieille muraille.

— O mon frère ! mon frère ! s'écria-t-elle en
tombant à genoux et en sanglotant; mon pauvre
frère, tu es mort ! et tu appelles ta sœur, n'est-ce
pas ? Je vais prier Dieu qu'il exauce nos vœux et nous
réunisse.

Puis elle répéta encore plusieurs fois :

— Mort ! mort !

Et ce mot qui semblait lui retomber sur le cœur
comme un froid linceul, ce mot, peu à peu, la glaça
tout à fait; ses membres engourdis s'affaissèrent et
elle resta privée de mouvement.

Le pauvre Gaston était mort, en effet, ce jour et
à cette heure, à la suite de l'affaire de Logrono ; il
était mort en héros !

La pauvre âme n'avait fait que languir depuis le départ de son frère; et ces visions, ces avertissements, ces hallucinations d'un cerveau troublé, inquiet et malade, achevèrent de briser ce reste de vie, ce souffle si fragile qui paraissait l'avoir encore retenue tant qu'une lueur d'espoir lui était restée de revoir son frère. Elle s'éteignit dans les bras du curé, et sa belle âme remonta au ciel.

Le respectable M. Leblanc lui rendit les derniers devoirs et voulut la déposer lui-même dans le caveau de ses ancêtres.

Le meunier, inconsolable, s'arrachait les cheveux, et Gertrude et son frère, retournés chez eux, restèrent bien des jours sans échanger une parole. Le pauvre curé, qui survivait à cette race aimée, à ces jeunes rameaux qu'il avait vus naître, pria pour eux le reste de ses jours. Ils prièrent pour lui, peut-être !

Ainsi s'éteignit cette noble famille, dont tous les membres furent comme marqués d'un sceau de malheur et de malédiction. Ce château, si brillant encore aux jours de la naissance de Stéphanie, ces ruines se refermèrent sur elle comme la pierre d'un sépulcre qui a englouti sa proie ! Il ne reste de toute cette histoire, que des souvenirs et des apparitions qui reviennent souvent, dit-on ; tantôt ce sont des ombres noires qui s'évanouissent aussitôt, tantôt ce sont des flammes qui voltigent, se poursuivent et disparaissent dans les vapeurs de la rivière.

On prétend que ces ombres sont celles d'Aloyse et de Cyprien, et les flammes les deux âmes de Stéphanie et de Gaston.

FIN.

TABLE

FIN DE LA TABLE.

Clichy. — Impr. Maurice Loignon et Cie, rue du Bac-d'Asnières, 12.

CATALOGUE

DE

MICHEL LÉVY

FRÈRES

LIBRAIRES ÉDITEURS

ET DE

LA LIBRAIRIE NOUVELLE

PREMIÈRE PARTIE

Nouveaux ouvrages en vente. — Ouvrages divers, format in-8º.
Bibliothèque contemporaine, format gr. in-18. — Bibliothèque nouvelle.
OEuvres complètes de Balzac. — Collection Michel Lévy, form. gr. in-18.
Bibliothèque des Voyageurs, in-32. — Collection Hetzel et Lévy, in-32.
Ouvrages illustrés. — Musée littéraire contemporain, in-4º.
Brochures diverses. — Ouvrages divers.

M · L

RUE VIVIENNE, 2 BIS

ET BOULEVARD DES ITALIENS, 15

AU COIN DE LA RUE DE GRAMMONT

PARIS

DÉCEMBRE — 1864

NOUVEAUX OUVRAGES EN VENTE

Format in-8

f. c.

M. GUIZOT
MÉDITATIONS SUR LA RELIGION CHRÉ-
TIENNE. — 1 vol. . . . . 6 »
MÉMOIRES POUR SERVIR A L'HISTOIRE
DE MON TEMPS. T. VI. — 1 vol. . 7 50

ARSÈNE HOUSSAYE
Mlle CLÉOPATRE. 7e édit. — 1 vol. . 6 «

A. PEYRAT
HISTOIRE ÉLÉMENTAIRE ET CRITIQUE
DE JÉSUS. 3e édit. — 1 vol. . . . 7 50

J.-J. AMPÈRE
L'HISTOIRE ROMAINE A ROME, avec des
plans topographiques de Rome à
diverses époques. 2e éd. — 4 vol. 30 »

J. SALVADOR
JÉSUS-CHRIST ET SA DOCTRINE, Histoire de la Naissance de l'Eglise et
de ses Progrès pendant le premier
siècle. *Nouv. édition revue et
augmentée.* Tome Ier. — 1 vol. . 7 50

EDMOND SCHERER
MÉLANGES D'HISTOIRE RELIGIEUSE. —
1 vol. 7 50

J. COHEN
LES DÉICIDES. Examen de la vie de
Jésus et des Développements de
l'Eglise chrétienne dans leurs rap-
ports avec le judaïsme. 2e édit.,
revue et corrigée. — 1 vol. . . . 6 »

ALFRED DE VIGNY
LES DESTINÉES. — Poëmes philosophiques, 1 vol. . . . . 6 »

LÉONCE DE LAVERGNE
LES ASSEMBLÉES PROVINCIALES SOUS
LOUIS XVI. — 1 vol. 7 50

AD. FRANCK
RÉFORMATEURS ET PUBLICISTES DE
L'EUROPE. — Moyen-âge et renais-
sance. — 1 vol. 7 50

PREVOST-PARADOL
ESSAIS DE POLITIQUE ET DE LITTÉRA-
TURE. — 3e série. — 1 vol. . . . 7 50

GEORGES PERROT
SOUVENIRS D'UN VOYAGE EN ASIE-MI-
NEURE. — 1 vol. 7 50

ERNEST RENAN
VIE DE JÉSUS. — 12e édit. — 1 vol. 7 50

LORD MACAULAY
traduction GUILLAUME GUIZOT
ESSAIS SUR L'HISTOIRE D'ANGLETERRE
1 vol. . . . . 6 »

L. DE VIEL-CASTEL
HISTOIRE DE LA RESTAURATION,
tome VII. — 1 vol. . . . . 6 »

MICHEL NICOLAS
ÉTUDES CRITIQUES SUR LA BIBLE
(Nouveau Testament). — 1 vol. . 7 50

DUVERGIER DE HAURANNE
HISTOIRE DU GOUVERNEMENT PARLE-
MENTAIRE EN FRANCE (1814-1848),
— Tome VI. 1 vol. 7 50

Format gr. in-18 à 3 fr. le vol.

vol.

CHARLES DE MAZADE
L'ITALIE ET LES ITALIENS. — Nouveaux
Récits de guerres et de révolutions
italiennes. 1

GEORGE SAND
THÉATRE DE NOHANT. 1

IDA HAHN-HAHN
Traduction AMÉDÉE PICHOT
LA COMTESSE FAUSTINE. 1

AMÉDÉE PICHOT
LA BELLE REBECCA. 1

PAUL PERRET
LA BAGUE D'ARGENT. 1

Mme MANOEL DE GRANDFORT
L'AMOUR AUX CHAMPS. 1

MÉRY
TRAFALGAR. 1

ERNEST FEYDEAU
LE SECRET DU BONHEUR. 2e édition. . 2

LE COMTE DE MONTALIVET
ancien Ministre
RIEN. — DIX-HUIT ANNÉES DE GOUVER-
NEMENT PARLEMENTAIRE. 2e édit. . 1

ROGER DE BEAUVOIR
DUELS ET DUELLISTES. 1

ÉDOUARD GOURDON
NAUFRAGE AU PORT. 1

L'AUTEUR de Mme la duch. d'Orléans
VIE DE JEANNE D'ARC. 2e édition . 1

D. NISARD de l'Acad. française
NOUV. ÉTUDES D'HISTOIRE ET DE LITTÉ-
RATURE. 1

J. BARBEY D'AUREVILLY
LE CHEVALIER DES TOUCHES. 1

CORNELIS DE WITT
LA SOCIÉTÉ FRANÇAISE ET LA SOCIÉTÉ
ANGLAISE AU XVIIIe SIÈCLE. . . . 1

PAUL GAILLARD
LES CHASSES EN FRANCE ET EN ANGLE-
TERRE. 1

L. VITET de l'Acad. française
ÉTUDES SUR L'HISTOIRE DE L'ART. . 1

ALEXANDRE DUMAS
THÉATRE COMPLET. Tomes I à XI. . . 11

Format gr. in-18 à 2 fr. le vol.

vol.

THACKERAY
Traduction AMÉDÉE PICHOT
MORGIANA. 1

ALEXANDRE DUMAS
LA SAN-FELICE. 6

EUGÈNE DE MIRECOURT
CONFESSIONS DE NINON DE LENCLOS. 1

Mme MANOEL DE GRANDFORT
MADAME N'EST PAS CHEZ ELLE. . . . 1

AURÉLIEN SCHOLL
LES AMOURS DE THÉATRE. 2e édition. 1

JULES NORIAC
MÉMOIRES D'UN BAISER. 2e édition. . 1

AUGUSTE MAQUET
LE BEAU D'ANGENNES. 1

OUVRAGES DIVERS
Format in-8

LE PRINCE EUGÈNE   f. c.
MÉMOIRES ET CORRESPONDANCE PO-
LITIQUE ET MILITAIRE, publiés,
annotés et mis en ordre par *A. Du
Casse*. — 10 vol. . . . . . . 60 »

J. FERRARI
HISTOIRE DE LA RAISON D'ÉTAT. 1 v. 7 50

GUSTAVE FLAUBERT
SALAMMBO. 4ᵉ *édition*. — 1 vol. . . . 6 »

A. DE FLAUX
SONNETS. — 1 vol. . . . . 5 »

LE COMTE DE FORBIN
CHARLES BARIMORE. — *Nouvelle édition*. — 1 vol. . . . . 3 »

AD. FRANCK *de l'Institut*
ÉTUDES ORIENTALES. — 1 vol. . . . 7 50
RÉFORMATEURS ET PUBLICISTES DE
L'EUROPE. — Moyen-âge et Re-
naissance. — 1 vol. 7 50

Cᵗᵉ AGÉNOR DE GASPARIN anc. dép.
L'AMÉRIQUE DEVANT L'EUROPE, prin-
cipes et intérêts. — 1 vol. . . . 6 »
UN GRAND PEUPLE QUI SE RELÈVE,
LES ÉTATS-UNIS EN 1861. — 1 vol. 5 »

ERNEST GERVAIS
LES CROISADES DE SAINT LOUIS. 1 vol. 6 »
CONTES ET POÈMES. — 1 vol. . . . 5 »

ÉMILE DE GIRARDIN
QUESTIONS DE MON TEMPS. — 12 vol. 72 »

ÉDOUARD GOURDON
HISTOIRE DU CONGRÈS DE PARIS. 1 vol. 5 »

ERNEST GRANDIDIER
VOYAGE DANS L'AMÉRIQUE DU SUD. —
Pérou et Bolivie. — 1 vol. . . . 5 »

F. GUIZOT
LA CHINE ET LE JAPON, par *Lau-
rence Oliphant*. Traduction nouv.
avec une introduction. — 2 vol. . 12 »
L'ÉGLISE ET LA SOCIÉTÉ CHRÉTIENNES
EN 1861. — 3ᵉ *édition*. — 1 vol. . 5 »
HISTOIRE DE LA FONDATION DE LA RÉ-
PUBLIQUE DES PROVINCES-UNIES,
par *J. Lothrop Motley*, trad. nouvelle, précédée d'une grande introduction (*l'Espagne et les Pays-Bas
aux* xviᵉ *et* xixᵉ *siècles*). — 4 vol. 24 »
HISTOIRE PARLEMENTAIRE DE FRANCE,
recueil complet des discours de
M. Guizot dans les Chambres de
1819 à 1848, accompagnés de résu-
més historiques et précédés d'une
introduction ; formant le complément des *Mémoires pour servir à
l'histoire de mon temps*.—5 vol. 37 50
MÉDITATIONS SUR LA RELIGION CHRÉ-
TIENNE. — 1 vol. . . . . 6 »
MÉMOIRES pour servir à l'histoire de
mon temps. — 2ᵉ *édition*.—6 vol. 45 »
LE PRINCE ALBERT, son caractère et
ses discours, traduit par ***, et
précédé d'une préface. — 1 vol. . 6 »
TROIS ROIS, TROIS PEUPLES ET TROIS
SIÈCLES (*sous presse*). — 1 vol. . 7 50
WILLIAM PITT ET SON TEMPS, par *lord
Stanhope*, traduction précédée
d'une introduction. — 4 vol. . . . 24 »

ROBERT HOUDIN
LES TRICHERIES DES GRECS DÉVOILÉES.
— 1 vol. . . . . 5 »

ARSÈNE HOUSSAYE   f. c.
MADEMOISELLE CLÉOPATRE. 7ᵉ éd. 1 v. 6 »

VICTOR HUGO
LES CONTEMPLATIONS. 4ᵉ édit. 2 vol. 12 »
LA LÉGENDE DES SIÈCLES. — 2 vol. . 15 »

PAUL JANET
PHILOSOPHIE DU BONHEUR. 2ᵉ édition. — 1 vol. 7 50

JULES JANIN
LES GAITÉS CHAMPÊTRES.— 2 vol. . 12 »
LA RELIGIEUSE DE TOULOUSE. 2 vol. 12 »

ALPHONSE JOBEZ
LA FEMME ET L'ENFANT. — 1 vol. . . 5 »

***
ÉTUDES SUR LA MARINE :
L'escadre de la Méditerranée. —
La Question chinoise. — La Marine
à vapeur dans les guerres continen-
tales. — 1 vol. 7 50

A. KUENEN — *Trad.* A PIERSON
HISTOIRE CRITIQUE DES LIVRES DE
L'ANCIEN TESTAMENT, avec une
préface par *Ernest Renan*. —
1ʳᵉ part. LIVRES HISTORIQUES. 1 v. 7 50

LAMARTINE
GENEVIÈVE.— Hist. d'une Servante. — 1 vol. 5 »
NOUVELLES CONFIDENCES. — 1 vol. . 5 »
TOUSSAINT LOUVERTURE. — 1 vol. . 5 »
VIE D'ALEXANDRE LE GRAND. — 2 vol. 10 »

CHARLES LAMBERT
LE SYSTÈME DU MONDE MORAL. 1 vol. 7 50

DE LAROCHEFOUCAULD (duc de Doudeauville)
MÉMOIRES. — Tome I à XV.—15 v. 12 50

JULES DE LASTEYRIE
HISTOIRE DE LA LIBERTÉ POLITIQUE
EN FRANCE.— 1ʳᵉ *Partie*. 1 vol. 7 50

DE LATENA
ÉTUDE DE L'HOMME. 3ᵉ édit. 1 vol. 7 50

LÉONCE DE LAVERGNE
LES ASSEMBLÉES PROVINCIALES SOUS
LOUIS XVI. — 1 vol. 7 50

JULES LE BERQUIER
LA COMMUNE DE PARIS. — 1 vol. . . 3 »

VICTOR LE CLERC ET ERNEST RENAN
HISTOIRE LITTÉRAIRE DE LA FRANCE
AU XIVᵉ — SIÈCLE. — 2 vol. . . . 16 »

CHARLES LENORMANT
BEAUX-ARTS ET VOYAGES, précédés
d'une lettre de *M. Guizot*. 2 vol. 15 »

L. DE LOMÉNIE
BEAUMARCHAIS ET SON TEMPS, études
sur la Société en France au xviiiᵉ
siècle, d'après des documents inédits. — 2ᵉ *édition*. — 2 vol. . . . 15 »

LORD MACAULAY
Traduction GUILLAUME GUIZOT
ESSAIS HISTORIQUES ET BIOGRAPHI-
QUES. — 2 vol. . . . . 12 »
ESSAIS POLIT. ET PHILOSOPHIQUES. 1 v. 6 »
ESSAIS LITTÉRAIRES. Précédés d'une
Notice sur lord Macaulay, par *Guil-
laume Guizot*. — (*S. pr.*)—2 vol. 12 »
ESSAIS SUR L'HISTOIRE D'ANGLETERRE.
— 1 vol. . . . . 6 »

JOSEPH DE MAISTRE
CORRESPONDANCE DIPLOMATIQUE (1811-
1817), recueillie et publiée par
Albert Blanc. 2 vol. . . . . . 15 »

JOSEPH DE MAISTRE (Suite)   f. c.

MÉMOIRES POLITIQUES ET CORRESPON-
DANCE DIPLOMATIQUE, avec explica-
tions et commentaires historiques,
par *Albert Blanc*. — 1 vol. . . . . 6 »

LE COMTE DE MARCELLUS
CHATEAUBRIAND ET SON TEMPS. 1 vol. . 7 50
LES GRECS ANCIENS ET LES GRECS
MODERNES.—Études littér. — 1 vol. 7 50
SOUVENIRS DIPLOMATIQUES. Corres-
pondance intime de M. de Chateau-
briand.— *Nouv. édition*. — 1 vol. 5 »
VINGT JOURS EN SICILE. — 1 vol. . . 5 »

J. MARTIN PASCHOUD
LIBERTÉ, VÉRITÉ, CHARITÉ. — Prédica-
tion chrétienne protestante, suivie
de la constitution actuelle des Egli-
ses réformées de France. — 1/2 vol. 2 »

LE DOCTEUR FÉLIX MAYNARD
SOUVENIRS D'UN ZOUAVE DEVANT SE-
BASTOPOL. — 2 vol. . . . . . . 6 »

J.-H. MERLE D'AUBIGNÉ
HISTOIRE DE LA RÉFORMATION EN
EUROPE AU TEMPS DE CALVIN. — 3 v. 22 50

MÉRY
NAPOLÉON EN ITALIE, Poëme. — 1 vol 5 »

LE COMTE MIOT DE MÉLITO
*Ancien ambassadeur, ministre, conseil-
ler d'État et membre de l'Institut*
SES MÉMOIRES, publiés par sa famille
(1788-1815), — 3 vol. . . . . . 18 »

LE COMTE DE MONTALIVET
LE ROI LOUIS-PHILIPPE (liste civile).
*Nouv. édit., entièrement revue et
consid. augm. de notes, pièces justificatives et documents inédits,
avec portrait et fac-similé du roi,
le plan du château de Neuilly.* 1 V. 6 »

MORTIMER-TERNAUX
HISTOIRE DE LA TERREUR. (1792-1794),
d'après des documents authenti-
ques et inédits. Tome I à IV. — 4 v. 24 »

LE BARON DE NERVO
LES BUDGETS DE LA FRANCE ET DE
L'ANGLETERRE. — 1 vol. 7 50
LES FINANCES FRANÇAISES SOUS L'AN-
CIENNE MONARCHIE, LA RÉPUBLIQUE,
LE CONSULAT ET L'EMPIRE. — 2 vol. 15 »

MICHEL NICOLAS
DES DOCTRINES RELIGIEUSES DES JUIFS
pendant les deux siècles antérieurs
à l'ère chrétienne. — 1 vol. . . . 7 50
ESSAIS DE PHILOSOPHIE ET D'HISTOIRE
RELIGIEUSE. — 1 vol. 7 50
ÉTUDES CRITIQUES SUR LA BIBLE. —
Ancien Testament. — 1 vol. . . . 7 50
ÉTUDES CRITIQUES SUR LA BIBLE. —
Nouveau Testament. — 1 vol. . . 7 50

CHARLES NISARD
LES GLADIATEURS DE LA RÉPUBLIQUE
DES LETTRES. — 2 vol. . . . . . 15 »

CASIMIR PERIER
LES FINANCES DE L'EMPIRE. — 1/2 vol. 4 »
LES FINANCES ET LA POLITIQUE. — 1 v. 5 »
LE TRAITÉ AVEC L'ANGLETERRE. —
2e édit. rev. et augm. — 1/2 vol. 1 50

GEORGES PERROT
SOUVENIRS D'UN VOYAGE EN ASIE-
MINEURE. — 1 vol. 7 50

A. PEYRAT   f. c.
HISTOIRE ÉLÉMENTAIRE ET CRITIQUE
DE JÉSUS, 3e *édition*. — 1 vol. . . 7 50

A. PHILIPPE
ROYER-COLLARD. Sa vie publique, sa
vie privée, sa famille. — 1 vol. . 5 »

L. PHILIPPSON, *Trad. de L. Levy-Bing*
DU DÉVELOPPEMENT DE L'IDÉE RELI-
GIEUSE dans le Judaïsme, le Chris-
tianisme et l'Islamisme. — 1 vol. . 6 »

L'ABBÉ PIERRE
CONSTANTINOPLE, JÉRUSALEM ET ROME,
*avec un plan de Jérusalem et une
carte des côtes orientales de la
Méditerranée.* — 2 vol. . . . . 15 »

LE COMTE DE PONTÉCOULANT
SOUVENIRS HISTORIQUES ET PARLEMEN-
TAIRES, extraits de ses papiers et
de sa correspondance (1764-1848).—
Tomes I à III. — 3 vol. . . . 18 »

PRÉVOST-PARADOL
ÉLISABETH ET HENRI IV (1595-1598).—
2e *édition*. — 1 vol. . . . . . . 6 »
ESSAIS DE POLITIQUE ET DE LITTÉ-
RATURE. — 2e *édition*. — 1 vol. . . 6 »
NOUVEAUX ESSAIS DE POLITIQUE ET DE
LITTÉRATURE. — 1 vol. 7 50
ESSAIS DE POLITIQUE ET DE LITTÉRA-
TURE. — 3e série. — 1 vol. . . . 7 50

ÉDGAR QUINET
HISTOIRE DE LA CAMPAGNE DE 1815. —
1 vol. *avec une carte*. 7 50
MERLIN L'ENCHANTEUR. 2 vol. . . . 15 »

Mme RÉCAMIER
SOUVENIRS ET CORRESPONDANCE tirés
de ses papiers. — 3e *édition*. 2 v. 15 »
COPPET ET WEIMAR. — MADAME DE
STAEL ET LA GRANDE-DUCHESSE
LOUISE. — Récits et Correspon-
dances, par l'auteur des *Souvenirs
de Madame Récamier*. — 1 vol. 7 50

CH. DE RÉMUSAT
de l'Académie française
POLITIQUE LIBÉRALE, ou Fragments
pour servir à la défense de la révolution française. — 1 vol. 7 50

ERNEST RENAN
AVERROÈS ET L'AVERROÏSME, essai his-
torique. — 2e *édition*. — 1 vol. . 7 50
LE CANTIQUE DES CANTIQUES, traduit
de l'hébreu, avec une étude sur le
plan, l'âge et le caractère du poëme.
— 2e *édition*. — 1 vol. . . . . . 6 »
LA CHAIRE D'HÉBREU AU COLLÈGE DE
FRANCE, 3e *édit*. — Brochure. . . 1 »
DE L'ORIGINE DU LANGAGE. 4e *édition*.
— 1 vol. . . . . 6 »
DE LA PART DES PEUPLES SÉMI-
TIQUES DANS L'HISTOIRE DE LA
CIVILISATION. — 5e *édit*. Brochure. 1 »
ESSAIS DE MORALE ET DE CRITIQUE.—
2e *édition*. — 1 vol. 7 50
ÉTUDES D'HISTOIRE RELIGIEUSE. —
6e *édition*. — 1 vol. 7 60
HISTOIRE GÉNÉRALE DES LANGUES SÉ-
MITIQUES. — 4e *édition revue et
augmentée*. — 1 vol. . . . . . 12 »

ERNEST RENAN (suite) f. c

HISTOIRE LITTÉRAIRE DE LA FRANCE AU XIVe SIÈCLE. — 2 vol. . . . .16 »

LE LIVRE DE JOB, traduit de l'hébreu, avec une étude sur l'âge et le caractère du poëme. 3e édit. — 1 vol. 7 50

VIE DE JÉSUS. — 12e édit. — 1 vol. . 7 50

D. JOSÉ GUEL Y RENTÉ

CONSIDÉRATIONS POLITIQUES ET LITTÉRAIRES. — 1 vol. . . . . 5 »

PENSÉES CHRÉTIENNES, POLITIQUES ET PHILOSOPHIQUES. — 1 vol. . . 5 »

LOUIS REYBAUD de l'Institut

ÉCONOMISTES MODERNES. — 1 vol.-. 7 50

ÉTUDES SUR LE RÉGIME DES MANUFACTURES. Condition des ouvriers en soie. — 1 vol. 7 50

LE COTON. Son régime, ses problèmes, son influence en Europe. — Nouvelle série des études sur le régime des manufactures. — 1 v. 7 50

LE COMTE R. R.

LA JUSTICE ET LA MONARCHIE POPULAIRE. — 1re partie : La Guerre d'Orient. — 1 vol. . . . . 3 »

J.-J. ROUSSEAU

ŒUVRES ET CORRESPONDANCE INÉDITES, publiées par M. Streckeisen-Moultou. — 1 vol. 7 50

J.-J. ROUSSEAU SES AMIS ET SES ENNEMIS, correspondance publiée par M. Streckeisen-Moultou, avec une introduction de M. Jules Levallois et une appréciation critique de M. Sainte-Beuve, de l'Académie française. — 2 vol. . . 15 »

LE MARÉCHAL DE SAINT-ARNAUD

LETTRES avec pièces justificatives. — 2e édit.; précédée d'une notice de M. Sainte-Beuve. — 2 vol. ornés du portrait et d'un autographe. . 12 »

SAINTE-BEUVE de l'Académie française

POÉSIES COMPLÈTES, JOSEPH DELORME, LES CONSOLATIONS. — PENSÉES D'AOUT. — Nouvelle édit. très-augmentée. — 2 volumes. . 10 »

SAINT-MARC GIRARDIN de l'Acad. fr.

SOUVENIRS ET RÉFLEXIONS POLITIQUES D'UN JOURNALISTE. — 1 vol. . 7 50

LA FONTAINE ET LES FABULISTES 2 vol.15 »

SAINT-RENÉ-TAILLANDIER

ÉTUDES SUR LA RÉVOLUTION EN ALLEMAGNE. — 2 vol. . . . . 15 »

J. SALVADOR

HISTOIRE DES INSTITUTIONS DE MOÏSE ET DU PEUPLE HÉBREU. 3e édition, revue et augmentée d'une Introduction sur l'avenir de la Question religieuse. — 2 vol. . . . . . . 15 »

JÉSUS-CHRIST ET SA DOCTRINE. Histoire de la naissance de l'Église et de ses progrès pendant le premier siècle. Nouv. éd. rev. et aug.-2 v.15 »

PARIS, ROME, JÉRUSALEM. Question religieuse au XIXe siècle. — 2 vol. . 15 »

MAURICE SAND

RAOUL DE LA CHASTRE — Aventures de guerre et d'amour. — 1 vol. . . . 6 »

EDMOND SCHERER

MÉLANGES D'HISTOIRE RELIGIEUSE. 1 v. 7 50

DE SÉNANCOUR f. c

RÊVERIES. — 3e édition. — 1 vol. . 5 »

JAMES SPENCE

L'UNION AMÉRICAINE, ses effets sur le caractère national et la politique. 1 v. 6 »

A. DE TOCQUEVILLE

L'ANCIEN RÉGIME ET LA RÉVOLUTION. — 4e édition. — 1 vol. 7 50

DE LA DÉMOCRATIE EN AMÉRIQUE.— Nouvelle édition. — 3 vol. . . . 18 »

ŒUVRES ET CORRESPONDANCE INÉDITES, précédées d'une Introduction de M. Gustave de Beaumont.— 2 vol.15 »

E. DE VALBEZEN

LES ANGLAIS ET L'INDE, avec notes, pièces justificatives et tableaux statistiques. — 3e édition. — 1 vol. . 7 50

OSCAR DE VALLÉE

ANTOINE LEMAISTRE ET SES CONTEMPORAINS. Études sur le XVIIe siècle. — 2e édition. — 1 vol. 7 50

LE DUC D'ORLÉANS ET LE CHANCELIER D'AGUESSEAU. — Études morales et politiques. — 1 vol. . . 7 50

LE DUC DE VALMY

LE PASSÉ ET L'AVENIR DE L'ARCHITECTURE. — 1 vol. . . . . 5 »

PAUL VARIN

EXPÉDITION DE CHINE. — 1 vol. . . 5 »

LE DOCTEUR L. VÉRON

QUATRE ANS DE RÈGNE. — OU EN SOMMES-NOUS ? — 1 vol. . . . . 5 »

LOUIS DE VIEL-CASTEL

HISTOIRE DE LA RESTAURATION.—8 v. 48 »

ALFRED DE VIGNY de l'Acad. franç.

ŒUVRES COMPLÈTES (NOUVELLE ÉDITION)

CINQ-MARS, avec autographes de Richelieu et de Cinq-Mars.— 1 vol. . 5 »

LES DESTINÉES, poëmes philos. — 1 v. 6 »

POÉSIES COMPLÈTES. — 1 vol. . . . . 5 »

SERVITUDE ET GRANDEUR MILITAIRES. — 1 vol. . . . . 5 »

STELLO. — 1 vol. . . . . 5 »

THÉÂTRE COMPLET. — 1 vol. . . . . 5 »

VILLEMAIN de l'Académie française

LA TRIBUNE MODERNE :

    1re PARTIE. — M. DE CHATEAUBRIAND, sa vie, ses écrits, son influence littéraire et politique sur son temps. — 1 vol. 7 50

    2e PARTIE (sous presse). 1 vol. 7 50

L. VITET de l'Académie française

L'ACADÉMIE ROYALE DE PEINTURE ET DE SCULPTURE. — Étude hist.—1 v. 6 »

LE LOUVRE. Étude historique, revue et augmentée (sous pr.). — 1 vol. 6 »

CORNELIS DE WITT

L'ANGLETERRE POLITIQUE ET RELIGIEUSE (1815-1860.) — Choix des meilleurs morceaux parus dans les principales revues anglaises, traduits et précédés d'une introduction. — 2 vol. . . . . 12 »

HISTOIRE CONSTITUTIONNELLE DE L'ANGLETERRE (1760-1860), par Thomas Eustine May, traduite et précédée d'une introduction. — 2 vol. . . 12 »

LE RÉV. CHRISTOPHER WORDSWORT

DE L'ÉGLISE ET DE L'INSTRUCTION PUBLIQUE EN FRANCE. — 1 vol. . . . 5 »

BIBLIOTHÈQUE CONTEMPORAINE
ET COLLECTION DE LA LIBRAIRIE NOUVELLE
Format grand in-18 à 3 francs le volume

EDMOND ABOUT vol.
LETTRES D'UN BON JEUNE HOMME A
SA COUSINE. — 2ᵉ *édition*. 1
DERNIÈRES LETTRES D'UN BON JEUNE
HOMME A SA COUSINE 1

AMÉDÉE ACHARD
LA CHASSE ROYALE. 2
LES CHATEAUX EN ESPAGNE. 1
LES PETITS-FILS DE LOVELACE . . . 1
LES RÊVEURS DE PARIS. 1

ALARCON
THÉATRE, traduit par *Alph. Royer*. . 1

***
LES ZOUAVES ET LES CHASSEURS A PIED. 1

***
VARIA.- Morale.-Politique.-Littérature. 5

ALFRED ASSOLLANT
D'HEURE EN HEURE 1

ALBERT AUBERT
LES ILLUSIONS DE JEUNESSE DE
M. BOUDIN 1

XAVIER AUBRYET
LES JUGEMENTS NOUVEAUX 1

L'AUTEUR *de Mᵐᵉ la duch. d'Orléans*
VIE DE JEANNE D'ARC. — 2ᵉ *édition* . 1

L'AUTEUR *des Études sur la marine*
GUERRE D'AMÉRIQUE. — Campagne du
Potomac (Mars-Juillet 1862). . . . 1

J. AUTRAN
ÉPÎTRES RUSTIQUES 1
LABOUREURS ET SOLDATS.— 2ᵉ *édition
revue et corrigée*. 1
LES POÈMES DE LA MER. — *Nouvelle
édition, revue et considérablement augmentée*. 1

LE COMTE CÉSAR BALBO
Traduction J. Amigues
HISTOIRE D'ITALIE. — 2ᵉ *édition*. . . 2

CH. BARBARA
HISTOIRES ÉMOUVANTES 1

J. BARBEY D'AUREVILLY
LE CHEVALIER DES TOUCHES 1
LES PROPHÈTES DU PASSÉ 1

ALEX. BARBIER
LETTRES FAMILIÈRES SUR LA LITTÉRATURE. 1

J. BARTHÉLEMY SAINT-HILAIRE
LETTRES SUR L'ÉGYPTE. — 2ᵉ *édition*. 1

CH. BATAILLE — E. RASETTI
ANTOINE QUÉRARD. — Les Drames de
Village 2

L. BAUDENS
Memb. du conseil de santé des armées
LA GUERRE DE CRIMÉE. — Les Cam-
pements, les Abris, les Ambulances,
les Hôpitaux, etc. — 2ᵉ *édition* . 1

GUSTAVE DE BEAUMONT
L'IRLANDE SOCIALE, POLITIQUE ET RE-
LIGIEUSE. — 7ᵉ *édition, revue et
corrigée*, avec un avant-propos sur
la situation actuelle de l'Irlande. . 2

ROGER DE BEAUVOIR
DUELS ET DUELLISTES 1
LES MEILLEURS FRUITS DE MON PANIER . 1

LA PRINCESSE DE BELGIOJOSO vol.
ASIE-MINEURE ET SYRIE. — Souvenirs de
voyage. — *Nouvelle édition* . . . 1
SCÈNES DE LA VIE TURQUE :
Emina. — Un prince kurde. — Les
deux Femmes d'Ismaïl-Bey. . . . 1
NOUVELLES SCÈNES DE LA VIE TURQUE
— (*Sous presse*). 1

GEORGES BELL
VOYAGE EN CHINE 1

LE MARQUIS DE BELLOY
THÉATRE COMPLET DE TÉRENCE (*Trad.*) 1

HECTOR BERLIOZ
A TRAVERS CHANTS, études musicales,
adorations, boutades et critiques. . . 1
LES GROTESQUES DE LA MUSIQUE. . . 1
LES SOIRÉES DE L'ORCHESTRE. — 2ᵉ *édi-
tion, entièrem. revue et corrigée*. 1

CH. DE BERNARD
LE NŒUD GORDIEN. 1
NOUVELLES ET MÉLANGES. 1
LA PEAU DU LION ET LA CHASSE AUX
AMANTS 1
POÉSIES ET THÉATRE. 1

PIERRE BERNARD
LA BOURSE ET LA VIE. 1

EUGÈNE BERTHOUD
UN BAISER MORTEL. — 2ᵉ *édition*. . 1
SECRETS DE FEMME.— 2ᵉ *édition* . . 1

CAMILLE BIAS
DIRE ET FAIRE 1

H. BLAZE DE BURY
LES AMIES DE GŒTHE (*Sous presse*) . 1
LE CHEVALIER DE CHASOT. Mémoires
du temps de Frédéric le Grand . 1
ÉCRIVAINS ET POÈTES DE L'ALLEMAGNE . 1
ÉPISODE DE L'HISTOIRE DU HANOVRE —
Les Kœnigsmark 1
MUSICIENS CONTEMPORAINS 1
INTERMÈDES ET POEMES. 1
SOUVENIRS ET RÉCITS DES CAMPAGNES
D'AUTRICHE. 1

***
HOMMES DU JOUR. — 2ᵉ *édition* . . 1
LES SALONS DE VIENNE ET DE BERLIN. . 1
LES BONSHOMMES DE CIRE. 1

JULES BONNET
AONIO PALEARIO, étude sur la réforme
en Italie. 1

J.-B. BORÉDON
GABRIEL ET FIAMETTA 1

LOUIS BOUILHET
POÉSIES, Festons et Astragales . . . 1

FÉLIX BOVET
VOYAGE EN TERRE-SAINTE. — 4ᵉ *édition,
revue et corrigée* 1

A. BRIZEUX
ŒUVRES COMPLÈTES.— *Edition défini-
tive, augm.* d'un grand nombre de
poésies inédites, précédée d'une étude
sur BRIZEUX par *St-René Taillandier*,
et ornée d'un portrait de Brizeux. . 2

ARSÈNE HOUSSAYE   vol.
BLANCHE ET MARGUERITE. . . . 1
MADEMOISELLE MARIANI, histoire parisienne (1858). — 4e *édition* . . . 1
CHARLES HUGO
LE COCHON DE SAINT-ANTOINE. (*Sous pr.*) 1
UNE FAMILLE TRAGIQUE. 1
UN INCONNU
MONSIEUR X... ET MADAME***. . . 1
WASHINGTON IRVING. *Trad. Th. Lefebvre*
AU BORD DE LA TAMISE. — Contes, Récits et Légendes. — 2e *édition* . . 1
ALFRED JACOBS
L'OCÉANIE NOUVELLE. 1
PAUL JANET
LA FAMILLE. — LEÇONS DE PHILOSOPHIE MORALE, ouvrage couronné par l'Académie française. — 4e *édition* . . . 1
JULES JANIN
BARNAVE. — *Nouvelle édition* . . . 1
LES CONTES DU CHALET. — 2e *édition*. 1
CONTES FANTAST. ET CONTES LITTÉR. 1
HIST. DE LA LITTÉRATURE DRAMATIQUE. 6
AUGUSTE JOLTROIS
LES COUPS DE PIED DE L'ANE. — 2e *édit.* 1
LOUIS JOURDAN
LES FEMMES DEVANT L'ÉCHAFAUD. 2e *éd.* 1
MIECISLAS KAMIENSKI *tué à Magenta*
SOUVENIRS 1
KARL-DES-MONTS
LES LÉGENDES DES PYRÉNÉES. — 4e *éd.* 1
ALPHONSE KARR
DE LOIN ET DE PRÈS. — 2e *édition*. . 1
EN FUMANT. — 3e *édition*. 1
LETTRES ÉCRITES DE MON JARDIN. . . 1
LE ROI DES ILES CANARIES. (*Sous presse*) 1
SUR LA PLAGE. 1
ALEXANDRE KEN
DISSERTATIONS HISTORIQUES, ARTIST. ET SCIENTIFIQUES SUR LA PHOTOGRAPHIE. 1
LA BRUYÈRE
LES CARACTÈRES. — *Nouvelle édition*, commentée par *A. Destailleur*. . . 2
LAMARTINE
LES CONFIDENCES. — *Nouvelle édition*. 1
GENEVIÈVE, Hist. d'une Servante. 2e *éd.* 1
NOUVELLES CONFIDENCES. — 2e *édition*. 1
TOUSSAINT LOUVERTURE. — 3e *édition*. 1
LE PRINCE DE LA MOSKOWA
SOUVENIRS ET RÉCITS 1
LANFREY
LES LETTRES D'ÉVÉRARD. 1
VICTOR DE LAPRADE *de l'Acad. franç.*
ouvrage couronné par l'Acad. franç. 1
POÈMES ÉVANGÉLIQUES. — 3e *édition*, 1
PSYCHÉ. — Odes et Poëmes. *Nouv. éd.* 1
LES SYMPHONIES. — IDYLLES HÉROÏQUES. — *Nouvelle édition*. 1
FRANÇOIS LE NORMANT
LA GRÈCE ET LES ILES IONIENNES APRÈS LA DERNIÈRE RÉVOLUTION. — Études de politique et d'hist. contemporaine. 1
E. LA RIGAUDIÈRE
HISTOIRE DES PERSÉCUTIONS RELIGIEUSES EN ESPAGNE. 1
CHARLES DE LA ROUNAT
LE TESTAMENT DU DOCTEUR OPHIDIUS (*Sous presse*). 1

FERDINAND DE LASTEYRIE   vol.
LES TRAVAUX DE PARIS, examen crit.
DE LATENA
ÉTUDE DE L'HOMME. — 4e *édition*, considérablement *augmentée*. . . . 2
ÉMILE DE LATHEULADE
DE LA DIGNITÉ HUMAINE. 1
ANTOINE DE LATOUR
ÉTUDES LITTÉR. SUR L'ESPAGNE CONTEMP. 1
ÉTUDES SUR L'ESPAGNE. 2
LA BAIE DE CADIX. — NOUVELLES ÉTUDES SUR L'ESPAGNE. 1
TOLÈDE ET LES BORDS DU TAGE. — NOUVELLES ÉTUDES SUR L'ESPAGNE. . . 1
L'ESPAGNE RELIGIEUSE ET LITTÉRAIRE. 1
CHARLES DE LA VARENNE
VICTOR-EMMANUEL II ET LE PIÉMONT. 1
CH. LAVOLLÉE
LA CHINE CONTEMPORAINE 1
JULES LECOMTE
VOYAGES ÇA ET LA. 1
A. LEFEVRE-PONTALIS
LES LOIS ET LES MŒURS ÉLECTORALES EN FRANCE ET EN ANGLETERRE. . . 1
ERNEST LEGOUVÉ *de l'Acad. franç.*
LECTURES A L'ACADÉMIE. 1
JOHN LEMOINNE
ÉTUDES CRITIQUES ET BIOGRAPHIQUES. 1
NOUV. ÉTUDES CRIT. ET BIOGRAPHIQUES. 1
JULES LEVALLOIS
LA PIÉTÉ AU XIXe SIÈCLE. 1
G. LEVAVASSEUR
ÉTUDES D'APRÈS NATURE. 1
CH. LIADIÈRES
ŒUVRES DRAMATIQUES ET LÉGENDES. 1
SOUV. HISTOR. ET PARLEMENTAIRES. 1
FRANZ LISZT
DES BOHÉMIENS ET DE LEUR MUSIQUE. 1
LE ROI LOUIS-PHILIPPE
MON JOURNAL. Évènements de 1815. 2
LE VICOMTE DE LUDRE
DIX ANNÉES DE LA COUR DE GEORGES II. 1
CHARLES MAGNIN
HISTOIRE DES MARIONNETTES EN EUROPE, depuis l'antiquité jusqu'à nos jours. — 2e *édition* 1
FÉLICIEN MALLEFILLE
LE COLLIER. — Contes et Nouvelles. 1
HECTOR MALOT
LES AMOURS DE JACQUES 1
LES VICTIMES D'AMOUR. — 1re *partie*: Les Amants. — 2e *édition*. . . 1
LES VICTIMES D'AMOUR. — 2e *partie*: Les Epoux. 1
LA VIE MODERNE EN ANGLETERRE. . 1
AUGUSTE MAQUET
LES VERTES-FEUILLES. 1
LE COMTE DE MARCELLUS
CHANTS POPULAIRES DE LA GRÈCE MODERNE, réunis, classés et traduits. 1
X. MARMIER
EN CHEMIN DE FER. — Nouvelles de l'Est et de l'Ouest. 1
CH. DE MAZADE
L'ITALIE ET LES ITALIENS. — Nouveaux Récits des guerres et des révolutions italiennes 1
L'ITALIE MODERNE. — Récits des guerres et des révolutions italiennes.

BIBLIOTHÈQUE NOUVELLE
Format grand in-18 à 2 francs le volume

OEUVRES COMPLÈTES

DE

H. DE BALZAC

NOUVELLE ÉDITION, COMPLÈTE EN 45 VOLUMES

à 1 fr. 25 centimes le volume (Chaque volume se vend séparément)

Les œuvres que BALZAC a désignées sous le titre de :

Comédie humaine, forment dans cette édition. . . . . . 40 volumes

Les Contes drôlatiques. . . . . 3 —

Le Théâtre, seule édition complète . . . . 2 —

CLASSIFICATION D'APRÈS LES INDICATIONS DE L'AUTEUR :

COMÉDIE HUMAINE

SCÈNES DE LA VIE PRIVÉE

Tome 1. — LA MAISON DU CHAT QUI PELOTTE, Le Bal de Sceaux. La Bourse. La Vendetta. Madame Firmiani. Une double Famille.

Tome 2. — LA PAIX DU MÉNAGE. La fausse Maîtresse. Etude de femme. Autre Etude de Femme. La grande Bretèche. Albert Savarus.

Tome 3. — MÉMOIRES DE DEUX JEUNES MARIÉES. Une Fille d'Eve.

Tome 4. — LA FEMME DE TRENTE ANS. La femme abandonnée. La Grenadière. Le Message. Gobseck.

Tome 5. — LE CONTRAT DE MARIAGE. Un Début dans la vie.

Tome 6. — MODESTE MIGNON.

Tome 7. — BÉATRIX.

Tome 8. — HONORINE. Le colonel Chabert. La Messe de l'Athée. L'Interdiction. Pierre Grassou.

SCÈNES DE LA VIE DE PROVINCE

Tome 9. — URSULE MIROUET.

Tome 10. — EUGÉNIE GRANDET.

Tome 11. — LES CÉLIBATAIRES. — I. Pierrette. Le Curé de Tours.

Tome 12. — LES CÉLIBATAIRES. — II. Un Ménage de Garçon.

Tome 13. — LES PARISIENS EN PROVINCE. L'illustre Gaudissart. La Muse du département.

Tome 14. — LES RIVALITÉS. La Vieille Fille. Le Cabinet des Antiques.

Tome 15. — LE LYS DANS LA VALLÉE.

Tome 16. — ILLUSIONS PERDUES. — I. Les deux Poètes. Un grand homme de province à Paris, 1re partie.

Tome 17. — ILLUSIONS PERDUES. — II. Un Grand homme de province, 2e partie. Eve et David.

SCÈNES DE LA VIE PARISIENNE

Tome 18. — SPLENDEURS ET MISÈRES DES COURTISANES. Esther heureuse. A combien l'amour revient aux Vieillards. Où mènent les mauvais chemins.

Tome 19. — LA DERNIÈRE INCARNATION DE VAUTRIN. Un Prince de la Bohème. Un Homme d'affaires. Gaudissart. — II. Les Comédiens sans le savoir.

Tome 20. — HISTOIRE DES TREIZE. Ferragus. La duchesse de Langeais. La Fille aux yeux d'or.

Tome 21. — LE PÈRE GORIOT.

Tome 22. — CÉSAR BIROTTEAU.

Tome 23. — LA MAISON NUCINGEN. Les Secrets de la princesse de Cadignan. Les Employés. Sarrasine. Facino Cane.

Tome 24. — LES PARENTS PAUVRES. — I. La Cousine Bette.

Tome 25. — LES PARENTS PAUVRES. — II. Le Cousin Pons.

SCÈNES DE LA VIE POLITIQUE

Tome 26. — UNE TÉNÉBREUSE AFFAIRE. Un Episode sous la Terreur.

Tome 27. — L'ENVERS DE L'HISTOIRE CONTEMPORAINE. Madame de la Chanterie. L'Initié. Z. Marcas.

Tome 28. — LE DÉPUTÉ D'ARCIS.

SCÈNES DE LA VIE MILITAIRE

Tome 29. — LES CHOUANS. Une Passion dans le Désert.

SCÈNES DE LA VIE DE CAMPAGNE

Tome 30. — LE MÉDECIN DE CAMPAGNE.

Tome 31. — LE CURÉ DE VILLAGE.

Tome 32. — LES PAYSANS.

ÉTUDES PHILOSOPHIQUES

Tome 33. — LA PEAU DE CHAGRIN.

Tome 34. — LA RECHERCHE DE L'ABSOLU. Jésus-Christ en Flandre. Melmoth réconcilié. Le Chef-d'œuvre inconnu.

Tome 35. — L'ENFANT MAUDIT. Gambara. Massimilia Doni.

Tome 36. — LES MARANA. Adieu. Le Réquisitionnaire. El Verdugo. Un Drame au bord de la mer. L'Auberge rouge. L'Elixir de longue vie. Maître Cornélius.

Tome 37. — SUR CATHERINE DE MÉDICIS. Le Martyr calviniste. La Confidence des Ruggieri. Les deux Rêves.

Tome 38. — LOUIS LAMBERT. Les Proscrits. Seraphita.

ÉTUDES ANALYTIQUES

Tome 39. — PHYSIOLOGIE DU MARIAGE.

Tome 40. — PETITES MISÈRES DE LA VIE CONJUGALE.

CONTES DROLATIQUES

Tome 41. 1er *dixain*. — LA BELLE IMPÉRIA. Le Péché véniel. La Mye du roy.

L'Héritier du diable. Les joyeulsetés du roy Loys le unziesme. La Connestable. La Pucelle de Thilhouse. Le Frère d'armes. Le Curé d'Azay-le-Rideau, L'Apostrophe.

Tome 42. 2e *dixain*. — LES TROIS CLERCS DE SAINCT-NICHOLAS. Le jeusne de François premier. Les bons propous des religieuses de Poissy. Comment feut basty le chasteau d'Azay. La faulse courtisane. Le dangier d'estre trop cocquebin. La chiere nuictée d'amour. Le prosne du joyeulx curé de Meudon. Le Succube. Désespérance d'amour.

Tome 43. 3e *dixain*. — PERSÉVÉRANCE D'AMOUR. D'ung iusticiard qui ne se remembroyt les chouses. Sur le moyne Amador, qui feut un glorieux abbé de Turpenay.

Berthe la repentie. Comment la belle fille de Portillon quinaulda son iuge. Cy est rimonstré que la fortune est touiours femelle. D'ung paouvre qui avoyt nom de vieulx par-chemins. Dires incongrus de trois pelerins. Naïfveté. La belle Impérial mariée.

THÉATRE

Tome 44. — VAUTRIN, drame en 5 actes. Les Ressources de Quinola, comédie en 5 actes et un prologue. Paméla Giraud, pièce en 5 actes.

Tome 45. — LA MARATRE, drame intime en 5 actes en 8 tableaux. Le Faiseur (Mercadet), comédie en 5 actes (entièrement conforme au manuscrit de l'auteur.)

OUVRAGES DIVERS

GEORGES BELL f. c.
LE MIROIR DE CAGLIOSTRO (Hypnotisme). — 1 vol. in-18 . . . . . 1 »

CHARLES BLANC
LES PEINTRES DES FÊTES GALANTES. — 1 vol. in-32 . . . . 1 »

ALFRED BUSQUET
LA NUIT DE NOEL. Poëme. — 1 joli vol. in-32 carré . . . . 1 »

LE COMTE DE CHEVIGNÉ
LES CONTES RÉMOIS illustrés par E. Meissonier. — 6e éd. (*elzévirienne*). — 1 vol. . . . . . . 5 »

CHARLES EMMANUEL
LES DÉVIATIONS DU PENDULE ET LE MOUVEMENT DE LA TERRE. — 1 vol. gr. in-18. . . . . 1 »

BENJAMIN GASTINEAU
MONSIEUR ET MADAME SATAN. — 1 vol. gr. in-18 . . . . 3 50

ALEXANDRE GUÉRIN
LES RELIGIEUSES. — 1 vol. gr. in-18. 1 »

LOUIS JOURDAN
LES PRIÈRES DE LUDOVIC. — 1 v. in-32 1 »

LASSABATHIE
Administrateur du Conservatoire
HISTOIRE DU CONSERVATOIRE IMPÉRIAL DE MUSIQUE ET DE DÉCLAMATION suivie de documents recueillis et mis en ordre. — 1 vol. grand in-18. . . . . 5 »

AUGUSTE LUCHET f. c.
LA COTE D'OR A VOL D'OISEAU. — 1 v. grand in-18. . . . . 2 »
LA SCIENCE DU VIN. — 1 v. gr. in-18. 2 50

P. MORIN
COMMENT L'ESPRIT VIENT AUX TABLES. — 1 vol. in-18 . . . . 1 50

LE PRINCE DE LA MOSKOWA
LE SIÉGE DE VALENCIENNES. — 1 vol. in-18, *avec carte*. . . . . 1 »

A. PEYRAT
UN NOUVEAU DOGME. — Histoire de l'Immaculée Conception. — 1 vol. in-18 1 »

LE DOCTEUR RAULAND
LE LIVRE DES ÉPOUX. — Guide pour la guérison de l'Impuissance, de la Stérilité et de toutes les maladies des organes génitaux. — 1 fort vol. gr. in-18. . . . . 4 »

LE Dr FÉLIX ROUBAUD
Inspecteur des Eaux minérales de Pougues (Nièvre).
LA DANSE DES TABLES, Phénomènes physiologiques démontrés, avec gravure explicative. — 2e *édition*. — 1 vol. in-18 . . . . 1 »
LES EAUX MINÉRALES DE LA FRANCE. Guide du médecin praticien et du malade. — 1 fort vol. gr. in-18 broché, 4 fr.; relié . . . . 5 »

SAVINIEN LAPOINTE
MES CHANSONS. — 1 vol. in-32 . . . 1 »

ÉTUDES CONTEMPORAINES
Format in-18

ODILON BARROT f. c.
DE LA CENTRALISATION ET DE SES EFFETS. — 1 vol. . . . . 1 »

LE PRINCE A. DE BROGLIE
UNE RÉFORME ADMINISTRATIVE EN AFRIQUE. — 1 vol. 1 50

ÉDOUARD DELPRAT
L'ADMINISTRATION DE LA PRESSE. 1 v. 1 »

A. GERMAIN
MARTYROLOGE DE LA PRESSE. — 1 vol. 2 50

LE COMTE D'HAUSSONVILLE f. c.
LETTRE AU SÉNAT. — 1 vol. . . . . 1 »

LÉONCE DE LAVERGNE
LA CONSTITUTION DE 1852 ET LE DÉCRET DU 24 NOVEMBRE. — 1 vol. 1 »

ED. DE SONNIER
LES DROITS POLITIQUES DANS LES ÉLECTIONS. — Manuel de l'Electeur et du Candidat. — 1 vol. . . . 1 »

***
LA LIBERTÉ RELIGIEUSE ET LA LÉGISLATION ACTUELLE. — 1 vol. . . 1 »

COLLECTION MICHEL LÉVY

ET BIBLIOTHÈQUE DE LA LIBRAIRIE NOUVELLE
1 franc le volume grand in-18 de 300 à 400 pages

EUGÈNE SUE — vol.

ADÈLE VERNEUIL	4
LA BONNE AVENTURE	2
CLÉMENCE HERVÉ	1
LES FILS DE FAMILLE	3
GILBERT ET GILBERTE	3
LA GRANDE DAME	4
LES SECRETS DE L'OREILLER	3
LES SEPT PÉCHÉS CAPITAUX	6
— L'ORGUEIL	2
— L'ENVIE. — LA COLÈRE	2
— LA LUXURE. — LA PARESSE	1
— L'AVARICE. — LA GOURMANDISE	1

Mme DE SURVILLE née de Balzac

BALZAC, SA VIE ET SES ŒUVRES	1

FRANÇOIS TALON

LES MARIAGES MANQUÉS	1

E. TEXIER

AMOUR ET FINANCE	1

WILLIAM THACKERAY
Traduction W. Hugues

LES MÉMOIRES D'UN VALET DE PIED	1

LOUIS ULBACH

L'HOMME AUX CINQ LOUIS D'OR	4
LES SECRETS DU DIABLE	4
SUZANNE DUCHEMIN	1
LA VOIX DU SANG	1

JULES DE WAILLY FILS — vol.

SCÈNES DE LA VIE DE FAMILLE	1

OSCAR DE VALLÉE

LES MANIEURS D'ARGENT	1

VALOIS DE FORVILLE

LE COMTE DE SAINT-POL	1
LE CONSCRIT DE L'AN VIII	1
LE MARQUIS DE PAZAVAL	1

MAX VALREY

LES FILLES SANS DOT	1
MARTHE DE MONTBRUN	1

V. VERNEUIL

MES AVENTURES AU SÉNÉGAL	1

LE DOCTEUR L. VÉRON

CINQ CENT MILLE FRANCS DE RENTE	1
MÉMOIRES D'UN BOURGEOIS DE PARIS	5

CHARLES VINCENT ET DAVID

LE TUEUR DE BRIGANDS	1

FRANCIS WEY

LES ANGLAIS CHEZ EUX	1
LONDRES IL Y A CENT ANS	1

BIBLIOTHÈQUE DES VOYAGEURS

1 FRANC LE VOLUME

Jolis volumes format in-32, papier vélin

	vol.
ÉMILE AUGIER	
LES PARIÉTAIRES, poésies.	1
THÉODORE DE BANVILLE	
LES PAUVRES SALTIMBANQUES.	1
LA VIE D'UNE COMÉDIENNE.	1
CHARLES DESMAZE	
MAURICE QUENTIN DE LA TOUR, peintre du roi Louis XV.	1
A. DE LAMARTINE	
LES VISIONS.	1
ALBERT DE LASALLE	
HISTOIRE DES BOUFFES-PARISIENS.	1
ALFRED DE LÉRIS	
MES VIEUX AMIS.	1
TROIS NOUVELLES ET UN CONTE.	1
ALBERT LHERMITE	
UN SCEPTIQUE S'IL VOUS PLAIT.	1

	vol.
Mme MANNOURY-LACOUR	
ASPHODÈLES.	1
SOLITUDES. — 2e *édition*	1
MÉRY	
ANGLAIS ET CHINOIS.	1
HISTOIRE D'UNE COLLINE.	1
MICHELET	
POLOGNE ET RUSSIE.	1
HENRY MURGER	
BALLADES ET FANTAISIES.	1
PROPOS DE VILLE ET PROPOS DE THÉÂTRE.	1
F. PONSARD	
HOMÈRE, poëme.	1
JULES SANDEAU	
LE CHATEAU DE MONTSABREY.	1
OLIVIER	1
***	
PARIS CHEZ MUSARD.	1

COLLECTION A 50 CENTIMES

Jolis volumes format grand in-32, sur beau papier

	vol.
UN ASTROLOGUE	
LA COMÈTE ET LE CROISSANT. — Présages et prophéties sur la Guerre d'Orient.	1
GUSTAVE CLAUDIN	
PALSAMBLEU!	1
Mme LOUISE COLET	
QUATRE POÈMES couronnés par l'Académie	1
ALEXANDRE DUMAS	
LA JEUNESSE DE PIERROT.—Conte de fée.	1
MARIE DORVAL.	1
HENRY DE LA MADELÈNE	
GERMAIN BARBE-BLEUE.	1
MÉRY	
LES AMANTS DU VÉSUVE.	1

	vol.
LÉON PAILLET	
VOLEURS ET VOLÉS.	1
J. PETIT-SENN	
BLUETTES ET BOUTADES.	1
NESTOR ROQUEPLAN	
LES COULISSES DE L'OPÉRA.	1
AURÉLIEN SCHOLL	
CLAUDE LE BORGNE.	1
EDMOND TEXIER	
UNE HISTOIRE D'HIER.	1
H. DE VILLEMESSANT	
LES CANCANS.	1
WARNER	
SCHAMYL, le Prophète du Caucase.	1

COLLECTION HETZEL ET LÉVY

1 FRANC LE VOLUME

Jolis volumes format in-32, papier vélin

OUVRAGES ILLUSTRÉS

MISSION DE PHÉNICIE (1860-1861)

Par ERNEST RENAN. — Planches exécutées sous la direction de M. THOBOIS, architecte. L'ouvrage se composera de 10 ou 12 livraisons. — Chaque livraison, in-folio. Prix : 10 fr.

VOYAGES ET AVENTURES DANS L'AFRIQUE ÉQUATORIALE

Mœurs et coutumes des habitants. — Chasses au Gorille, au Crocodile, au Léopard, à l'Éléphant, à l'Hippopotame, etc., par PAUL DU CHAILLU, membre correspondant de la Société géographique de New-York, de la Société d'histoire naturelle de Boston, et de la Société ethnographique américaine, avec illustrations et cartes. Édition française revue et augmentée. — 1 vol. grand in-8°. — Prix broché, 15 fr.; demi-reliure chagrin, plats toiles, doré sur tranches. Prix : 20 fr.

VOYAGE DANS LES MERS DU NORD
A BORD DE LA CORVETTE LA REINE-HORTENSE

Par CHARLES EDMOND. — 2me édition. — 1 vol. grand in-8°, illustré de vignettes, de culs-de-lampe et de têtes de chapitres dessinés par KARL GIRARDET, d'après CH. GIRAUD. Prix br. : 15 fr.; demi-rel. chagrin, plats toile, doré sur tranches. Prix : 20 fr.

ORATOIRE DE LA FAMILLE

Avec indulgences spéciales de S. S. le Pape PIE IX. — Magnifique album in-folio, contenant les triptyques de Rubens et diverses compositions religieuses des grands maîtres, gravés par MM. Lagye, Gérard, Marche, Lacharlerie, Catenacci, Cabasson, Hébert et Pannemaker. — Emboîtage, toile. Prix : 15 fr.

L'ASSEMBLÉE NATIONALE COMIQUE

180 dessins inédits de CHAM, texte par A. LIREUX. — 1 vol. très-grand in-8°. — Prix, broché : 14 fr.; demi-reliure chagrin, plats toile, doré sur tranches. Prix : 20 fr.

JÉROME PATUROT A LA RECHERCHE DE LA MEILLEURE DES RÉPUBLIQUES

Par LOUIS REYBAUD, illustré par TONY JOHANNOT. — 1 vol. très-grand in-8°, contenant 160 vignettes dans le texte et 30 types. — Prix, broché : 15 fr.; demi-reliure chagrin, plats toiles, doré sur tranches. Prix : 20 fr.

LE FAUST DE GŒTHE

Traduction revue et complète, précédée d'un Essai sur Gœthe, par HENRI BLAZE; édition illustrée de 9 vignettes de TONY JOHANNOT et d'un nouveau portrait de Gœthe, gravé sur acier par LANGLOIS, et tirés sur papier de Chine. — 1 vol. gr. in-8°. — Prix : broché, 8 fr.; demi-reliure chagrin, plats toile, doré sur tranches. Prix : 12 fr.

THÉATRE COMPLET DE VICTOR HUGO

1 vol. gr. in-8°, orné du portrait de Victor Hugo et de 6 grav. sur acier, d'après les dessins de RAFFET, L. BOULANGER J. DAVID, etc. — Prix, broché : 6 fr. 50. Demi-reliure chagrin, plats toile, doré sur tranches. Prix : 11 fr.

CONTES RÉMOIS

Par le comte DE CHEVIGNÉ. — 4e édition, illustrée de 34 dessins de MEISSONIER. — 1 joli volume format elzévirien (6e édit.), caractère du XVIe siècle, avec encadrements, édition tirée sur papier vergé par J. Claye. Prix : 5 fr. Quelques exemplaires ont été tirés sur papier de couleur. Prix : 10 fr. — In-8° carré. — Prix : 7 fr. 50. — Il reste quelques exemplaires du même ouvrage, tirés sur grand raisin vélin, 20 fr.; sur papier de Hollande, gravures tirées à part sur papier de Chine. — Prix : 60 fr.

CONTES BRABANÇONS

Par CHARLES DE COSTER, illustrés par MM. DE GROUX, DE SCHAMPHELEER, DUBWÉE, FÉLICIEN ROPS, VAN CAMP et OTTO VON THOREN, grav. par WILLIAM BROWN. — 1 beau vol. in-8°. Prix : 5 fr.

LE 101e RÉGIMENT

Par JULES NORIAC — 1 volume grand in-16, illustré de 84 dessins. — Prix : 4 fr. 50; demi-reliure chagrin, plats toile, doré sur tranches . . . . . . Prix : 6 fr. 50.

CONTES D'UN VIEIL ENFANT

Par FEUILLET DE CONCHES, 2ᵉ édition, imprimée avec le plus grand soin, illustrée de 35 gravures sur bois. — 1 vol. grand in-8 jésus, papier de choix, glacé et satiné. — Prix : broché, 8 fr. — Richement relié, tranche dorée. . . . . . Prix : 12 fr.

SCÈNES DU JEUNE AGE

Par Mᵐᵉ SOPHIE GAY, illustrées de 12 belles gravures exécutées avec le plus grand soin. — 1 vol. grand in-8. Prix : 6 fr. — Demi-reliure chagrin, plats toile, tranche dorée. . . . . Prix : 10 fr.

LES AVENTURES DU CHEVALIER JAUFRE

Par MARY LAFON, splendidement illustrées de 20 gravures sur bois tirées à part et dessinées par GUSTAVE DORÉ. — 1 vol. grand in-8 jésus, papier glacé satiné. — Prix : 7 fr. 50. — Demi-reliure chagrin, plats toile, tranche dorée. Prix : 12 fr.

PARIS AU BOIS

Par E. GOURDON, illustré de 16 gravures hors texte, par E. MORIN. —1 magnifique volume gr. in-8.—Prix : 10 fr.—Demi-reliure chagrin, plats toile, tranche dorée.—Prix : 15 fr.

LA CHASSE AU LION

Par JULES GÉRARD (le Tueur de lions). Ornée de 11 belles gravures et d'un portrait dessinés par GUSTAVE DORÉ. — 1 vol. grand in-8 jésus. — Prix, broché : 7 fr. 50. — — Demi-reliure chagrin, plats toile, tranche dorée. . . . . Prix : 12 fr.

FIERABRAS

Par MARY LAFON. Imprimé avec le plus grand soin, illustré de 12 gravures sur bois tirées hors texte, dessinées par GUSTAVE DORÉ, et gravées par des artistes anglais.— 1 volume grand in-8 jésus, papier de choix, glacé et satiné.— Prix, broché : 7 fr. 50 c. — Demi-reliure chagrin, plats toile, tranche dorée . . . . Prix : 12 fr.

LE ROYAUME DES ENFANTS — SCÈNES DE LA VIE DE FAMILLE.

Par Mᵐᵉ MOLINOS-LAFITTE. Illustré de 12 belles gravures par FATH. — 1 volume grand in-8. — Prix : 6 fr. — Demi-reliure chagrin, plats toile, tranche dorée. — Prix : 10 fr.

LA DAME DE BOURBON

Par MARY LAFON. — 1 volume grand in-16, illustré de 45 dessins. — Prix : 5 fr. ; demi-reliure chagrin, plats toile, doré sur tranches. . . . . Prix : 7 fr.

NADAR JURY AU SALON DE 1857

1,000 COMPTES-RENDUS. — 150 DESSINS. — Prix : 1 fr.

ŒUVRES NOUVELLES DE GAVARNI

34 MAGNIFIQUES ALBUMS IN-FOLIO LITHOGRAPHIÉS ET IMPRIMÉS AVEC LE PLUS GRAND SOIN.

par LEMERCIER

Chaque Album. — 4 fr. — La collection complète, reliée, demi-chagrin, toile rouge, dorée sur tranches. — Prix : 160 fr.

LES PARTAGEUSES. — 40 lithographies.	16 fr.
LES MARIS ME FONT TOUJOURS RIRE. — 30 lithographies. . .	12
LES LORETTES VIEILLIES. — 30 lithographies.	12
LES INVALIDES DU SENTIMENT. — 30 lithographies. . . .	12
HISTOIRE DE POLITIQUER. — 30 lithographies.	12
LES PARENTS TERRIBLES. — 20 lithographies.	8
PIANO. — 10 lithographies.	4
LES BOHÈMES. — 20 lithographies.	8
ÉTUDES D'ANDROGYNES. — 10 lithographies.	4
LES ANGLAIS CHEZ EUX. — 20 lithographies.	8
MANIÈRE DE VOIR DES VOYAGEURS. — 10 lithographies. .	4
LES PROPOS DE THOMAS VIRELOQUE. — 20 lithographies. .	8
HISTOIRE D'EN DIRE DEUX.—10 lithographies.	4
LES PETITS MORDENT. — 10 lithographies.	4
LE MANTEAU D'ARLEQUIN. — 10 lithographies. . . .	4
LA FOIRE AUX AMOURS. — 10 lithographies.	4
L'ÉCOLE DES PIERROTS. — 10 lithographies.	4
CE QUI SE FAIT DANS LES MEILLEURES SOCIÉTÉS. — 10 lithographies. . . .	4
MESSIEURS DU FEUILLETON. — 9 lithographies.	4

Outre les séries ci-dessus réunies comme reliure, chaque album broché, de 10 lithographies, se vend séparément — 4 fr.

LES GRANDES USINES DE FRANCE

Par TURGAN. — *Les grandes Usines de France* paraissent en livraisons de 16 pages grand in-8, imprimées avec luxe sur beau papier satiné, ornées de belles gravures et de dessins explicatifs, contenant l'histoire et la description d'une des grandes usines de France, ainsi que l'explication détaillée de l'industrie qu'elle représente.

Le 1er VOLUME, renfermant 82 belles gravures, comprend :

LES GOBELINS (3 livraisons). — LES MOULINS DE SAINT-MAUR (1 livraison). — L'IMPRIMERIE IMPÉRIALE (4 livraisons). — L'USINE DES BOUGIES DE CLICHY (1 livraison). — LA PAPETERIE D'ESSONNE (4 livraisons). — SÈVRES (4 livraisons). — L'ORFÉVRERIE CHRISTOFLE (3 livraisons).

Le 2e volume, renfermant 60 belles gravures, comprend :

LES ÉTABLISSEMENTS DEROSNE ET CAIL (4 livraisons). — LA SAVONNERIE ARNAVOS (4 livraisons). — LA MONNAIE (5 livraisons). — MANUFACTURE IMPÉRIALE DES TABACS (3 livraisons). — LITERIE TUCKER (1 livraison). — FABRIQUE DE PIANOS DE MM. PLEYEL, WOLF et Ce (2 livraisons). — FILATURE DE LAINE DE M. DAVIN (1 livraison).

Le 3e volume renfermant 64 belles gravures, comprend :

LA MANUFACTURE DES GLACES DE SAINT-GOBAIN (3 livraisons). — LES OMNIBUS DE PARIS (1 livraison). — L'USINE ÉLECTRO-MÉTALLURGIQUE D'AUTEUIL (1 livraison). — CHARBONNAGE DES BOUCHES-DU-RHONE (2 livraisons). — BOULANGERIE CENTRALE de l'assistance publique de la Seine (2 livraisons). — LA FOUDRE, filature de coton (3 livraisons). — LES PÉPINIÈRES D'ANDRÉ LEROY, à Angers (1 livraison). — L'USINE A GAZ DE LA COMPAGNIE PARISIENNE (2 livraisons). — L'USINE A GAZ PORTATIF DE PARIS (1 livraison). — MANUFACTURE DE MM. THIERRY-MIEG ET Cie, A MULHOUSE, impression sur étoffes (1 livraison). — ACIÉRIES JACKSON ET Cie, usines de Saint-Seurin ; appareils Bessemer (1 livraison). — CRISTALLERIE DE BACCARAT (3 livraisons).

Le 4e volume, renfermant 85 belles gravures, comprend :

LES ÉTABLISSEMENTS DE MM. DOLLFUS-MIEG ET Cie (4 livraisons). — MANUFACTURE DE TAPIS ET TAPISSERIES D'AUBUSSON (2 livraisons). — FABRIQUE D'OR, DE PLATINE ET D'ARGENT, EN FEUILLES, EN POUDRE ET EN COQUILLE, maison Favrel et Cie, (1 livraison). — MANUFACTURE DE PAPIERS PEINTS DE MM. DESFOSSÉS ET KARTH (1 livraison). — PARFUMERIE L.-T. PIVER (1 livraison). — ORGUE EXPRESSIF ; MANUFACTURE ALEXANDRE PÈRE ET FILS (1 livraison). — FABRIQUE DE COUTELLERIE DE MM. MERMILLIOD A CHATELLERAULT (1 livraison). — ÉTABLISSEMENT THERMAL DE VICHY (1 livraison). — HAUTS-FOURNEAUX, FORGES ET ACIÉRIES Petit, Gaudet et Cie, à Vierzon (1 livraison). — MINES ET FONDERIES DE ZINC DE LA VIEILLE-MONTAGNE (2 livraisons) — FAÏENCERIE DE H. SIGNORET, A NEVERS (1 livraison). — TEINTURERIE DE SOIE, GUINON, MARNAS ET BONNET, A LYON (1 livraison). — FABRIQUE DE BOUTONS CÉRAMIQUES DE M. BAPTEROSSES, A BRIARE (1 livraison). — IMPRIMERIE ADMINISTRATIVE DE M. PAUL DUPONT ; Paris-Clichy (2 livraisons).

Prix de chaque volume broché : 12 francs.
— Relié avec tranche dorée : 17 francs.

Prix de chaque livraison : 60 centimes

Les quatre volumes sont en vente.

ALBUMS COMIQUES DE CHAM

Chaque Album, avec une jolie couverture gravée, contient 60 dessins d'Actualités

Prix de chaque Album : 1 franc.

Salmigondis. — Macédoine. — Salon de 1857. — Saison des Eaux. — Nouvelles pochades. — Croquis de printemps. — Ces bons Chinois. — Nouvelles fariboles. — Souvenirs comiques. — Chasses et courses. — Les Kaiserlicks. — Revue du Salon. — Olla Podrida. — Emotions de chasse. — L'Age d'argent. — Paris s'amuse. — Folies parisiennes. — Un peu de tout. — Fariboles. — Parisiens et Parisiennes. — Croquis variés. — L'Arithmétique illustrée. — Paris l'hiver. — Croquis d'automne. — Ces bons Parisiens. — Nouveaux Croquis de chasse. — La Bourse illustrée. — Le Bal masqué. — Le Calendrier. — Croquis militaires. — Les Chinoiseries. — Encore un Album. — Les Français en Chine. — Ces jolis messieurs et ces charmantes petites dames.

CHANSONS POPULAIRES

DES PROVINCES DE FRANCE

Notice par CHAMPFLEURY, avec accompagnement de piano par J.-B. WEKERLIN. —
Illustrations par MM. BIDA, BRAQUEMOND, CATENACCI, COURBET, FAIVRE, FLAMENG,
FRANÇAIS, FATH, HANOTEAU, CH. JACQUE, ED. MORIN, M. SAND, STAAL, VILLEVIEILLE.

1 magnifique volume grand in-4, illustré. — Prix : 12 fr.
Demi-reliure chagrin, plats toile, doré sur tranches. — Prix : 17 fr.

Les chansons populaires des Provinces de France sont divisées en 30 livraisons, dont chacune forme un tout complet et contient les chansons d'une province, elles se vendent séparément.

Prix de chaque livraison : 50 centimes

1re *liv.* PICARDIE. — La Belle est au jardin d'amour. — La Ballade de Jésus-Christ. — Le Bouquet de ma mie.

2e *liv.* FLANDRE. — La Fête de Sainte-Anne. — Le Hareng saur. — Le Messager d'amour.

3e *liv.* ALSACE — Le Jardin. — Le Diablotin. — La Chanson du hanneton.

4e *liv.* LANGUEDOC. — Romance de Clotilde. — Joli Dragon. — Dans un jardin couvert de fleurs.

5e *liv.* NORMANDIE. — En revenant des noces. — Le Moulin. — Ronde du pays de Caux.

6e *liv.* BOURGOGNE. — J'avais un' ros' nouvelle. — Eho! Eho! Eho! — Voici venu le mois des fleurs.

7e *liv.* BERRY. — La voilà, la jolie coupe. — J'ai demandé-z-à la vieille. — Petit soldat de guerre.

8e *liv.* GUYENNE et GASCOGNE — Michaut veillait. — La Fille du président. — Dès le matin.

9e *liv.* AUVERGNE. — Bourrées de Chap-des-Beaufort. — Quand Marion s'en va-t-à l'ou. — Bourrée d'Ambert.

10e *liv.* SAINTONGE, ANGOUMOIS et PAYS D'AUNIS. — La Femme du roulier. — La petite Rosette. — La Maîtress' du roi céans.

11e *liv.* FRANCHE-COMTÉ. — Au bois rossignolet. — Les trois princesses. — Paysan, donn'-moi ta fille.

12e *liv.* BOURBONNAIS. — Mon père a fait bâtir Château. — Jolie fille de la garde. — Derrièr' chez nous.

13e *liv.* BÉARN. — Belle, quelle souffrance. — Pauvre brebis. — Cantique au tounat par Jeanne d'Albret.

14e *liv.* POITOU. — Nous somm's venus vous voir. — La v'nu' du mois de mai. — C'est aujourd'hui la foire.

15e *liv.* TOURAINE, MAINE et PERCHE. — La verdi, la verdon. — La Violette. — Su' l'pont du nord.

16e *liv.* NIVERNAIS. — Lorsque j'étais petite. — Quand j'étais vers chez mon père. — J'étions trois capitaines.

17e *liv.* LIMOUSIN et MARCHE. — Pourquoi me faire ainsi la mine ? — Les scieurs de long. — Quoiqu'en Auvergne.

18e *liv.* ANJOU. — Nous sommes trois souverains princes. — La chanson du Rémouleur. — N'y a rien d'aussi charmant.

19e *liv.* DAUPHINÉ. — J'entends chanter ma mie. — La Pernette. — La Fille du général de France.

20e *liv.* BRETAGNE. — A Nant's, à Nant's est arrivé. — Rossignolet des bois. — Ronde des filles de Quimperlé.

21e *liv.* LORRAINE. — J'y ai planté rosier. — Mon père m'envoie-t-à l'herbe. — Le Rosier d'argent.

22e *liv.* LYONNAIS. — Belle, allons nous épromener. — Nous étions dix filles dans un pré. — Pingo les noix.

23e *liv.* ORLÉANAIS. — Les Filles de Cernois. — Le Piocheur de terre. — Les Cloches.

24e *liv.* PROVENCE et COMTAT D'AVIGNON. — Sur la montagne, ma mère. — Sirvente contre Guy. — Bonhomme, bonhomme.

25e *liv.* ILE-DE-FRANCE. — Germine. — Chanson de l'aveine. — Si le roi m'avait donné.

26e *liv.* ROUSSILLON. — J'ai tant pleuré. — Le changement de garnison. — En revenant de Saint-Alban.

27e *liv.* CHAMPAGNE. — Cécilia. — Sur le bord de l'île. — C'est le jour du gigotiau.

28e et 29e *liv.* PRÉFACE.

30e *liv.* TITRE, FRONTISPICE, TABLE et COUVERTURE.

MUSÉE LITTÉRAIRE CONTEMPORAIN

CHOIX DES MEILLEURS OUVRAGES DES AUTEURS MODERNES

10 Centimes la Livraison — Format In-4° à 2 colonnes

ROGER DE BEAUVOIR

	fr. c.
LE CHEVALIER DE ST-GEORGES	— » 90
LE CHEVALIER DE CHARNY	— » 90

CHARLES DE BERNARD

UN ACTE DE VERTU	— » 50
LA PEINE DU TALION	— » 50
L'ANNEAU D'ARGENT	— » 50
UNE AVENTURE DE MAGISTRAT	— » 30
LA CINQUANTAINE	— » 50
LA FEMME DE QUARANTE ANS	— » 50
LE GENDRE	— » 50
L'INNOCENCE D'UN FORÇAT	— » 30
LE PERSÉCUTEUR	— » 30

CHAMPFLEURY

LES GRANDS HOMMES DU RUISSEAU	— » 60

LA COMTESSE DASH

LES GALANTERIES DE LA COUR DE LOUIS XV	— 3 »
— LA RÉGENCE	— » 90
— LA JEUNESSE DE LOUIS XV	— » 90
— LES MAÎTRESSES DU ROI	— » 90
— LE PARC AUX CERFS	— » 90

ALEXANDRE DUMAS

ACTÉ	— » 90
AMAURY	— » 90
ANGE PITOU	— 1 80
ASCANIO	— 1 50
AVENTURES DE JOHN DAVYS	— 1 80
LE BATARD DE MAULÉON	— 2 »
BLACK	— » 90
LA BOULE DE NEIGE	— » 90
BRIC-A-BRAC	— 1 20
LE CAPITAINE PAUL	— » 70
LE CAPITAINE RICHARD	— » 90
CATHERINE BLUM	— » 70
CAUSERIES — LES TROIS DAMES	— 1 30
CÉCILE	— » 90
CHARLES LE TÉMÉRAIRE	— 1 30
LE CHATEAU D'EPPSTEIN	— 1 50
LE CHEVALIER D'HARMENTAL	— 1 50
LE CHEVALIER DE MAISON-ROUGE	— 1 50
LE COLLIER DE LA REINE	— 2 50
LA COLOMBE. — MURAT	— » 50
LES COMPAGNONS DE JÉHU	— 1 80
LE COMTE DE MONTE-CRISTO	— 4 »
LA COMTESSE DE CHARNY	— 4 50
LA COMTESSE DE SALISBURY	— 1 50
LES CONFESSIONS DE LA MARQUISE	— 1 70
CONSCIENCE L'INNOCENT	— 1 30
LA DAME DE MONSOREAU	— 2 50
LES DEUX DIANE	— 2 20
DIEU DISPOSE	— 1 80
LES DRAMES DE LA MER	— » 70
LA FEMME AU COLLIER DE VELOURS	— » 70
FERNANDE	— » 90
UNE FILLE DU RÉGENT	— » 90
LES FRÈRES CORSES	— » 60
GABRIEL LAMBERT	— » 70
GAULE ET FRANCE	— » 90
GEORGES	— » 90

ALEXANDRE DUMAS (Suite)

	fr. c.
LA GUERRE DES FEMMES	— 1 65
HISTOIRE D'UN CASSE-NOISETTE	— » 50
L'HOROSCOPE	— » 90
IMPRESSIONS DE VOYAGE	
UNE ANNÉE A FLORENCE	— » 90
L'ARABIE HEUREUSE	— 2 10
LES BALEINIERS	— 1 30
LES BORDS DU RHIN	— 1 30
LE CAPITAINE ARÉNA	— » 90
LE CORRICOLO	— 1 65
DE PARIS A CADIX	— 1 65
EN SUISSE	— 2 20
UN GIL-BLAS EN CALIFORNIE	— » 70
LE MIDI DE LA FRANCE	— 1 30
QUINZE JOURS AU SINAÏ	— » 90
LE SPÉRONARE	— 1 50
LE VÉLOCE	— 1 65
LA VIE AU DÉSERT	— 1 30
LA VILLA PALMIÉRI	— » 90
INGÉNUE	— 1 80
ISABEL DE BAVIÈRE	— 1 30
ITALIENS ET FLAMANDS	— 1 50
IVANHOE de Walter Scott	— 1 70
JEHANNE LA PUCELLE	— » 90
LES LOUVES DE MACHECOUL	— 2 50
MADAME DE CHAMBLAY	— 1 50
LA MAISON DE GLACE	— 1 50
LE MAITRE D'ARMES	— » 90
LES MARIAGES DU PÈRE OLIFUS	— » 70
LES MÉDICIS	— » 70
MÉMOIRES DE GARIBALDI. (Complet)	— 1 30
1re série. (Séparément)	— » 70
2e série. (—)	— » 70
MÉMOIRES D'UNE AVEUGLE	— 1 70
MÉMOIRES D'UN MÉDECIN — JOSEPH BALSAMO —	— 4 »
LE MENEUR DE LOUPS	— » 90
LES MILLE ET UN FANTÔMES	— » 70
LES MOHICANS DE PARIS	— 3 60
LES MORTS VONT VITE	— 1 50
NOUVELLES	— » 50
UNE NUIT A FLORENCE	— » 70
OLYMPE DE CLÈVES	— 2 60
OTHON L'ARCHER	— » 50
LE PAGE DU DUC DE SAVOIE	— 1 70
PASCAL BRUNO	— » 50
LE PASTEUR D'ASHBOURN	— 1 80
PAULINE	— » 50
LA PÊCHE AUX FILETS	— » 50
LE PÈRE GIGOGNE	— 1 50
LE PÈRE LA RUINE	— » 90
LA PRINCESSE FLORA	— » 70
LES QUARANTE-CINQ	— 2 50
LA REINE MARGOT	— 1 65
LA ROUTE DE VARENNES	— » 70
LE SALTEADOR	— » 70
SALVATOR	— 4 »
SOUVENIRS D'ANTONY	— » 90
SYLVANDIRE	— » 90
LE TESTAMENT DE M. CHAUVELIN	— » 70

ALEXANDRE DUMAS (Suite)

	fr. c.
LES TROIS MOUSQUETAIRES. . .	— 1 65
LE TROU DE L'ENFER	— » 90
LA TULIPE NOIRE. •	— » 90
LE VICOMTE DE BRAGELONNE. .	— 4 75
UNE VIE D'ARTISTE.	— » 70
VINGT ANS APRÈS.	— 2 20

ALEXANDRE DUMAS FILS

CÉSARINE	— » 50
LA DAME AUX CAMÉLIAS. . . .	— » 90
UN PAQUET DE LETTRES. . . .	— » 50
LE PRIX DE PIGEONS.	— » 50

XAVIER EYMA

LES FEMMES DU NOUVEAU-MONDE.	— » 90

PAUL FÉVAL

LES AMOURS DE PARIS.	— 1 50
LE BOSSU OU LE PETIT PARISIEN.	— 2 50
LE FILS DU DIABLE.	— 3 »
LE TUEUR DE TIGRES.	— » 70

LÉON GOZLAN

LES NUITS DU PÈRE-LACHAISE. .	— » 90

CHARLES HUGO

LA BOHÊME DORÉE.	— 1 50

CH. JOBEY

L'AMOUR D'UN NÈGRE.	— » 90

ALPHONSE KARR

FORT EN THÈME.	— » 70
LA PÉNÉLOPE NORMANDE. . . .	— » 90
SOUS LES TILLEULS.	— » 90

A. DE LAMARTINE

LES CONFIDENCES.	— » 90
L'ENFANCE.	— » 50
GENEVIÈVE, histoire d'une Servante.	— » 70
GRAZIELLA.	— » 60
LA JEUNESSE.	— » 60
RÉGINA	— » 50

LE DOCTEUR FÉLIX MAYNARD

L'INSURRECTION DE L'INDE. De Delhi à Cawnpore.	— » 70

MÉRY

UN ACTE DE DÉSESPOIR. . . .	— » 50
LE BONHEUR D'UN MILLIONNAIRE.	— » 50
LE CHATEAU DES TROIS TOURS.	— » 70
LE CHATEAU D'UDOLPHE. . . .	— » 50
UNE CONSPIRATION AU LOUVRE.	— » 70
LE DIAMANT A MILLE FACETTES.	— » 60
LES NUITS ANGLAISES.	— » 90
LES NUITS ITALIENNES.	— » 90
SIMPLE HISTOIRE.	— » 70

EUGÈNE DE MIRECOURT

LES CONFESSIONS DE NINON DE LENCLOS.	— 3 »

HENRY MURGER

LES AMOURS D'OLIVIER. . . .	— » 30
LE BONHOMME JADIS.	— » 30
MADAME OLYMPE.	— » 50
LA MAITRESSE AUX MAINS ROUGES	— » 50
LE MANCHON DE FRANCINE. . .	— » 30
SCÈNES DE LA VIE DE BOHÈME. .	— » 90
LE SOUPER DES FUNÉRAILLES. .	— » 50

JULES SANDEAU

SACS ET PARCHEMINS.	— » 90

EUGÈNE SCRIBE

	fr. c.
CARLO BROSCHI.	— » 50

FRÉDÉRIC SOULIÉ

AU JOUR LE JOUR.	— » 70
LES AVENTURES DE SATURNIN FICHET	— 1 30
LE BANANIER.	— » 50
LA COMTESSE DE MONRION. . .	— » 70
CONFESSION GÉNÉRALE.	— 1 80
LES DEUX CADAVRES.	— » 70
LES DRAMES INCONNUS.	— 2 50
— LA MAISON N° 3, RUE DE PROVENCE.	— » 70
— LES AVENTURES D'UN CADET DE FAMILLE	— » 70
— LES AMOURS DE VICTOR BONSENNE	— » 70
— OLIVIER DUHAMEL.	— » 70
EULALIE PONTOIS.	— » 30
LES FORGERONS.	— » 50
HUIT JOURS AU CHATEAU. . . .	— » 70
LE LION AMOUREUX.	— » 30
LA LIONNE.	— » 70
LE MAITRE D'ÉCOLE.	— » 30
MARGUERITE.	— » 50
LES MÉMOIRES DU DIABLE. . . .	— 2 »
LE PORT DE CRETEIL.	— » 70
LES QUATRE NAPOLITAINES. . .	— 1 30
LES QUATRE SŒURS.	— » 50
SI JEUNESSE SAVAIT, SI VIEILLESSE POUVAIT.	— 1 50

ÉMILE SOUVESTRE

DEUX MISÈRES	— » 90
L'HOMME ET L'ARGENT	— » 70
JEAN PLEBEAU	— » 50
LE MENDIANT DE SAINT-ROCH. .	— » 70
PIERRE LANDAIS	— » 50
LES RÉPROUVÉS ET LES ÉLUS. —	1 50
SOUVENIRS D'UN BAS-BRETON. .	— 1 50

EUGÈNE SUE

LES SEPT PÉCHÉS CAPITAUX. . .	— 5 »
— L'ORGUEIL	— 1 50
— L'ENVIE.	— » 90
— LA COLÈRE.	— » 70
— LA LUXURE	— » 70
— LA PARESSE	— » 50
— L'AVARICE	— » 50
— LA GOURMANDISE	— » 50
LA BONNE AVENTURE.	— 1 50
GILBERT ET GILBERTE.	— 2 70
LE DIABLE MÉDECIN.	— 2 70
— LA FEMME SÉPARÉE DE CORPS ET DE BIENS	— » 90
— LA GRANDE DAME.	— » 50
— LA LORETTE.	— » 30
— LA FEMME DE LETTRES . . .	— » 90
— LA BELLE FILLE	— » 50
LES MÉMOIRES D'UN MARI. . .	— 2 70
— UN MARIAGE DE CONVENANCES.	— 1 50
— UN MARIAGE D'ARGENT . . .	— » 90
— UN MARIAGE D'INCLINATION. —	» 50
LES SECRETS DE L'OREILLER. . .	— 2 40
LES FILS DE FAMILLE.	— 2 70

VALOIS DE FORVILLE

LE CONSCRIT DE L'AN VIII. . .	— » 90

BROCHURES DIVERSES

ÉMILE AUGIER   fr. c.
DISCOURS DE RÉCEPTION A L'ACA-
. DÉMIE FRANÇAISE . . . . 1 »

LOUIS BLANC
LA RÉVOLUTION DE FÉVRIER AU
LUXEMBOURG . . . . 1 »

H. BLAZE DE BURY
M. LE COMTE DE CHAMBORD,—UN MOIS
A VENISE. . . . . 1 »

BONNAL
ABOLITION DU PROLÉTARIAT. . . . . 1 »
LA FORCE ET L'IDÉE . . . . 1 »

G. BOULLAY
RÉORGANISATION ADMINISTRATIVE. . . 1 »

CHAMPFLEURY
RICHARD WAGNER. . . . . » 50

RENÉ CLÉMENT
ÉTUDE SUR LE THÉATRE ANTIQUE. . 1 »

ATHANASE COQUEREL FILS
SERMON D'ADIEU prêché dans l'église
de l'Oratoire. . . . . » 50
PROFESSION DE FOI CHRÉTIENNE. . . » 50
LE CATHOLICISME ET LE PROTESTAN-
TISME considérés dans leur origine
et leur développement. . . . . 1 »
LE BON SAMARITAIN, sermon prêché
en 1864, dans les églises de Lusi-
gnan et de Reims. . . . . . . » 50
L'ÉGOÏSME DEVANT LA CROIX, sermon
sur Luc, prêché dans les églises de
Vauvert, Anduze, Sommières,
Uzès et Clairac. . . . . » 50
LES CHOSES ANCIENNES ET LES CHOSES
NOUVELLES, sermon prononcé en
1864, dans les églises de Poitiers,
Reims, Nîmes, Montpellier, Mon-
tauban et Lyon. . . . . » 50
LA SCIENCE ET LA RELIGION, sermon
prêché en 1864, dans les églises
de Nîmes et de Dieppe. . . . . » 50

L. COUTURE
DU GOUVERNEMENT HÉRÉDITAIRE EN
FRANCE. 1 50

UN CURÉ
A NOTRE SAINT-PÈRE LE PAPE . . . 1 »

CHARLES DIDIER
QUESTION SICILIENNE. . . . . . . 1 »
UNE VISITE AU DUC DE BORDEAUX. . 1 »

ERNEST DESJARDINS
NOTICE SUR LE MUSÉE NAPOLÉON III
ET PROMENADE DANS LES GALERIES. » 50

DUFAURE
DU DROIT AU TRAVAIL. . . . . . » 30

ALEXANDRE DUMAS
RÉVÉLATIONS SUR L'ARRESTATION D'É-
MILE THOMAS . . . . » 50

ADRIEN DUMONT
LES PRINCIPES DE 1789 . . . . . . 1 »

LÉON FAUCHER   fr. c.
LE CRÉDIT FONCIER . . . . » 30
DE L'IMPÔT SUR LE REVENU . . . . » 30

OCTAVE FEUILLET
DISCOURS DE RÉCEPTION A L'ACA-
DÉMIE FRANÇAISE . . . . 1 »

LE MARQUIS DE GABRIAC
DE L'ORIGINE DE LA GUERRE D'ITALIE. 1 »

ÉMILE DE GIRARDIN
L'ABOLITION DE L'AUTORITÉ. . . . 1 »
ABOLITION DE L'ESCLAVAGE MILITAIRE. 1 »
AVANT LA CONSTITUTION . . . . . » 50
L'EXPROPRIATION ABOLIE PAR LA DETTE
FONCIÈRE CONSOLIDÉE . . . . . 2 »
LE GOUVERNEMENT LE PLUS SIMPLE. 1 »
LA CONSTITUANTE ET LA LÉGISLATIVE. 1 »
LE DROIT DE TOUT DIRE. . . . . 1 »
L'ÉQUILIBRE FINANCIER PAR LA RÉ-
FORME ADMINISTRATIVE . . . . 1 »
JOURNAL D'UN JOURNALISTE AU SECRET. 1 »
LA NOTE DU XIV DÉCEMBRE. . . . 1 »
L'ORNIÈRE DES RÉVOLUTIONS. . . . 1 »
LA PAIX. 2e *édition*. . . . . . 1 »
SOLUTION DE LA QUESTION D'ORIENT. 2 50

GLADSTONE
DEUX LETTRES au lord Aberdeen
sur les poursuites politiques exer-
cées par le gouvernement napo-
litain . . . . 1 »

JULES GOUACHE
LES VIOLONS DE M. MARRAST. . . . » 50

LE COMTE D'HAUSSONVILLE
CONSULTATION DE MM. LES BATON-
NIERS DE L'ORDRE DES AVOCATS. . 1 »
LETTRE AUX BATONNIERS DE L'ORDRE
DES AVOCATS . . . . 1 »
M. DE CAVOUR ET LA CRISE ITALIENNE. 1 »

LÉON HEUZEY
CATALOGUE DE LA MISSION DE MACÉ-
DOINE ET DE THESSALIE. . . . . » 50

LOUIS JOURDAN
LA GUERRE A L'ANGLAIS. 2e *édit.* . 1 »

LAMARTINE
DU DROIT AU TRAVAIL. . . . . . » 30
LETTRE AUX DIX DÉPARTEMENTS. . . » 30
LA PRÉSIDENCE. . . . . » 30
DU PROJET DE CONSTITUTION . . . » 30
UNE SEULE CHAMBRE. . . . . . » 30

ÉDOUARD LEMOINE
ABDICATION DU ROI LOUIS-PHILIPPE. . » 50

JOHN LEMOINNE
AFFAIRES DE ROME. . . . . . . 1 »

A. LEYMARIE
HISTOIRE D'UNE DEMANDE EN AUTORI-
SATION DE JOURNAL. — Simple ques-
tion de propriété. . . . . . . 2 »

LE COMTE DE MONTALIVET
LE ROI LOUIS-PHILIPPE ET SA LISTE
CIVILE. . . . . » 50

LE BARON DE NERVO

fr. c.

LES FINANCES DE LA FRANCE SOUS LE
RÈGNE DE NAPOLÉON III. . . . . . 1 »

D. NISARD

LES CLASSES MOYENNES EN ANGLE-
TERRE ET LA BOURGEOISIE EN
FRANCE . . . . 1 »

DISCOURS PRONONCÉ A L'ACADÉMIE
FRANÇAISE en réponse au discours
de réception de M. Ponsard. . . . 1 »

UN PAYSAN CHAMPENOIS.

A. TIMON sur son projet de Constitution . . . . » 50

CASIMIR PERIER

LE BUDGET DE 1863. . . . . . 1 »
LA RÉFORME FINANCIÈRE DE 1862. . 1 »

GEORGES PERROT

CATALOGUE DE LA MISSION D'ASIE-
MINEURE . . . . » 50

ANSELME PETETIN

DE L'ANNEXION DE LA SAVOIE. 2e éd. 1 »

H. PLANAVERGNE

NOUVEAU SYSTÈME DE NAVIGATION
FONDÉ SUR LE PRINCIPE DE L'EN-
VERGENCE DES CORPS ROULANTS
SUR L'EAU 1 50

A. PONROY

LE MARÉCHAL BUGEAUD . . . . . . 1 »

F. PONSARD

DISCOURS DE RÉCEPTION A L'ACADÉMIE
FRANÇAISE . . . . 1 »

PRÉVOST-PARADOL

fr. c.

DE LA LIBERTÉ DES CULTES EN FRANCE. 1 »
DEUX LETTRES SUR LA RÉFORME DU
CODE PÉNAL. . . . . 1 »
LES ÉLECTIONS DE 1863. . . . . . 1 »
DU GOUVERNEMENT PARLEMENTAIRE ET
DU DÉCRET DU 24 NOVEMBRE . . . 1 »
QUELQUES RÉFLEXIONS SUR NOTRE SI-
TUATION INTÉRIEURE. . . . . . . » 50

ESPRIT PRIVAT

LE DOIGT DE DIEU. . . . . 1 »

ERNEST RENAN

CATALOGUE DES OBJETS PROVENANT
DE LA MISSION DE PHÉNICIE. . . . » 50

SAINT-MARC GIRARDIN

DU DÉCRET DU 24 NOVEMBRE OU DE
LA RÉFORME DE LA CONSTITUTION
DE 1852 . . . . 1 »

GEORGE SAND

LA GUERRE . . . . 1 »

G. SAND ET V. BORIE

TRAVAILLEURS ET PROPRIÉTAIRES . . 1 »

THIERS

DU CRÉDIT FONCIER . . . . » 30
LE DROIT AU TRAVAIL. . . . . . » 30

L'UNIVERS ILLUSTRÉ

JOURNAL PARAISSANT DEUX FOIS PAR SEMAINE

Chaque numéro contient 8 pages format in-folio (4 de texte et 4 de gravures.)

PRIX : 15 CENTIMES LE NUMÉRO

ABONNEMENT : UN AN, 15 FR. — SIX MOIS, 8 FR.

— Pour plus de détails, faire demander le prospectus. —

LE JOURNAL DU DIMANCHE

LITTÉRATURE — HISTOIRE — VOYAGES — MUSIQUE

14 vol. sont en vente. Chaque vol. format in-4, orné de 104 gravures. Prix : 3 fr.

LE JOURNAL DU JEUDI

LITTÉRATURE — HISTOIRE — VOYAGES

9 vol. sont en vente. Chaque vol. format in-4, orné de 104 gravures. Prix : 3 fr.

LES BONS ROMANS

CHEFS-D'OEUVRE DE LA LITTÉRATURE CONTEMPORAINE

Par VICTOR HUGO, ALEXANDRE DUMAS, GEORGE SAND, LAMARTINE, ALFRED DE MUSSET, EUGÈNE SUE, FRÉDÉRIC SOULIÉ, ALPHONSE KARR, CH. DE BERNARD, ALEX. DUMAS FILS, HENRY MURGER, HENRI CONSCIENCE, PAUL FÉVAL, ÉMILE SOUVESTRE, ETC., ETC.

9 vol. sont en vente. Chaque volume, format in-4, orné de 104 gravures. Prix : 3 fr.

DICTIONNAIRE FRANÇAIS ILLUSTRÉ

ET ENCYCLOPÉDIE UNIVERSELLE

Ouvrage qui peut tenir lieu de tous les vocabulaires et de toutes les encyclopédies

ENRICHI DE 20,000 FIG. GRAVÉES SUR CUIVRE PAR LES MEILLEURS ARTISTES

Dirigé par **B. Dupiney de Vorrepierre**

ET RÉDIGÉ PAR UNE SOCIÉTÉ DE SAVANTS ET DE GENS DE LETTRES

160 livraisons à 50 centimes. Chaque livraison est composée de deux feuilles de texte et contient la matière d'un volume in-8 ordinaire. — L'ouvrage, composé en caractères entièrement neufs et imprimé sur papier de luxe, forme deux magnifiques volumes in-4. . . . . Prix, broché : 80 fr.

Demi-reliure chagrin, plats toile. . . . . Prix . . . . 92 fr.

DICTIONNAIRE DE LA CONVERSATION

ET DE LA LECTURE

INVENTAIRE RAISONNÉ DES NOTIONS GÉNÉRALES LES PLUS INDISPENSABLES A TOUS

PAR

UNE SOCIÉTÉ DE SAVANTS ET DE GENS DE LETTRES

Deuxième Édition

Entièrement refondue, corrigée et augmentée de plusieurs milliers d'articles tous d'actualité

16 volumes grand in-8°. — Prix : 200 francs.

LES FIGURES DU TEMPS

NOTICES BIOGRAPHIQUES

Par LEMERCIER DE NEUVILLE. Brochures grand in-18, avec des Photographies

DE PIERRE PETIT

Prix : 1 fr. chaque

Mme **RISTORI**	**ROBERT HOUDIN**
GUSTAVE DORÉ	Mme **PETIPA**

*** Mard. Parisiennes et Provinciales. Brunes et Blondes. Femmes honnêtes. Dernières Marquises.

A. Adam. Souv. d'un Musicien. Dern. Souvenirs d'un Musicien.

G. d'Alaux. L'Empereur Soulouque et son Empire.

Achim d'Arnim. (*Trad. Th. Gautier fils*). Contes bizarres.

A. Assolant. Hist. fantast. de Pierrot

X. Aubryet. Femme de vingt-cinq ans.

E. Augier. Poésies complètes.

J. Autran. Milianah.

Th. de Banville. Odes funambulesques.

Ch. Barbara. Hist. émouvantes.

Roger de Beauvoir. Chevalier de Saint-Georges. Aventurière et Courtisanes. Hist. cavalières. Mlle de Choisy. Chev. de Charny. Cabaret des Morts.

A. de Bernard. Portr. de la Marquise.

Ch. de Bernard. Nœud gordien. Homme sérieux. Gerfaut. Ailes d'Icare. Gentilhomme campagnard, 2 v. Beau-père, 2 v. Paravent. Peau du Lion. L'Écueil. Théâtre et Poésies.

Mme C. Berton. Bonheur impossible. Rosette.

L. Bouilhet. Melænis.

R. Bravard. Petite Ville. L'honneur des Femmes.

A. de Brébat. Scènes de la vie contemporaine. Bras d'acier.

Max Buchon. En Province.

H. Blaze. Musiciens contemporains.

E. Carlen (*Trad. de M. Souvestre*). Deux jeunes Femmes.

L. de Carné. Drame sous la Terreur.

Emile Carrey. Huit jours sous l'Équateur. Métis de la Savane. Révoltés du Para. Récits de la vie en Algérie. Hist. et mœurs Kabyles.

C. de Chabrillan. Voleurs d'or. Sapho.

Champfleury. Excentriques. Avent. de Mlle Mariette. Réalisme. Souffr. du Prof. Delteil. Premiers Beaux-Jours. Usurier Blaizot. Souv. des Funambules. Bourgeois de Molinchart. Sensations de Josquin. Chien-Caillou.

*** Souvenirs d'un officier du 2me de Zouaves.

H. Conscience (*Trad. Wocquier*). Scènes de la Vie flamande, 2 v. Fléau du Village. Démon de l'Argent. Veillées Flamandes. Mère Job. Guerre des Paysans. Heures du Soir. L'Orpheline. Batavia. Aurélien, 2 v. Souvenirs de Jeunesse. Lion de Flandre, 2 v.

Cuv-Fleury. Voyages et Voyageurs.

G. Dantragues. Histoires d'amour et d'argent.

Comt. Dash. Bals masqués. Jeu de la Reine. Chaîne d'Or. Fruit défendu. Chât. en Afrique. Poudre et la neige. Marquise de Parabère.

Général Daumas. Grand Désert. Chevaux du Sahara.

P. Deltuf. Aventures parisiennes. L'une et l'autre.

Ch. Dickens (*Trad. A. Pichot*). Nev. de ma Tante, 2 v. Contes de Noël.

Oct. Didier. Mad. George. Fille de Roi

Alex. Dumas. Vie au Désert, 2 v. Maison de glace, 2 v. Charles le Téméraire, 2 v.

Alex. Dumas fils. Avent. de quatre Femmes. Vie à vingt ans. Antonine. Dame aux Camélias. Boîte d'Argent.

X. Eyma. Peaux noires. Femmes du Nouveau monde.

Paul Féval. Tueur de Tigres. Dernières Fées.

G. Flaubert. Madame Bovary, 2 v.

V. de Forville. Marq. de Pazaval. Conscrit de l'an VIII. Les Belles-Sœurs.

Merc-Fournier. Moade et Comédie.

Th. Gautier. Beaux-Arts en Europe, 2 v. Constantinople. L'Art moderne. Grotesques.

Mme Émile de Girardin. Marguerite. Nouvelles. Marquise de Pontanges. Contes d'une vieille Fille à ses Ne-

veux. Poésies. Vicomte de Launay, 4 v.

L. Gozlan. Châteaux de France, 2 v. Not. de Chantilly. Émot. de Polydore Marasquin. Nuits du Père-Lachaise. Famille Lambert. Hist. de Cent trente Femmes. Médecin du Pecq. Dernière Sœur grise. Dragon rouge. Comédie et Comédiens. Marquise de Belverane.

Hildebrand (d. Wocquier). Scènes de la Vie hollandaise. Chambre obscura.

Hoffmann (*Trad. Champfleury*). Contes posthumes.

A. Houssaye. Femmes comme elles sont. L'Amour comme il est. Pécheresse.

Ch. Hugo. Chaise de paille. Bohème dorée, 2 v. Cochon de saint Antoine.

F. V. Hugo (*Trad.*). Sonnets de Shakspeare. Faust anglais de Marlowe.

F. Hugonnet. Souv. d'un Chef de bureau arabe.

J. Janin. Chem. de traverse. Contes littér. Contes fantast. L'Âne mort. Confession. Cœur pour deux Amours.

Ch. Jobey. Amour d'un Nègre.

A. Karr. Les Femmes. Agathe et Cécile. Promen. hors de mon Jardin. Sous les Tilleuls. Poignée de Vérités. Voy. autour de mon Jardin. Soirées de Sainte-Adresse. Pénélope normande. Encore les Femmes. Trois Cents Pages. Guêpes, 6 v. Menus Propos. Sous les orangers. Les Fleurs. Raoul. Roses noires et Roses bleues.

L. Kompert (*Trad. D. Stauben*). Scènes du Ghetto. Juifs de la Bohème.

A. de Lamartine. Les Confidences. Nouv. confidences. Toussaint Louverture.

V. de Laprade. Psyché.

Th. Lavallée. Hist. de Paris, 2 v.

J. Lecomte. Poignard de Cristal.

J. de la Madelène. Âmes en peine.

F. Maillefille. Capitaine La Rose. Marcel. Mém. de Don Juan, 2 v. Monsieur Corbeau.

X. Marmier. Au Bord de la Newa. Drames intimes. Grande Dame russe.

F. Maynard. Le Delhi à Cawnpore. Drame dans les mers boréales.

Méry. Hist. de Famille. Salons et Souterrains de Paris. André Chénier. Nuits anglaises. Nuits italiennes. Nuits espagnoles. Nuits d'Orient. Château vert. Chasse au Chastre.

P. Meurice. Scènes du Foyer. Tyrans de Village.

P. de Molènes. Mém. d'un Gentilh. du siècle dernier. Caract. et récits du temps. Chron. contemp. Hist. intimes. Hist. sentim. et milit. Avent. du temps passé.

F. Mornand. Vie arabe. Bernerette.

H. Murger. Dernier Rendez-vous. Pays Latin. Scèn. de Campagne. Buveurs d'eau. Vacances de Camille. Roman de toutes les Femmes. Scèn. de la Vie de Bohème. Propos de ville et propos de théâtre. Scèn. de la vie de jeunesse. Sabot rouge. Madame Olympe. Amoureuses.

P. de Musset. Bavolette. Puylaurens.

A. de Musset, de Balzac, G. Sand. Tiroir du Diable. Paris et Parisiens. Parisiennes à Paris.

Vndas. Quand j'étais Étudiant. Miroir aux Alouettes.

Gérard de Nerval. Bohème galante. Marquis de Fayolles. Filles du Feu. Souvenirs d'Allemagne.

Charles Nodier (*Trad.*). Vicaire de Wakefield.

P. Perret. Bourgeois de campagne. Avocats et meuniers.

Amédée Pichot. Poètes amoureux.

E. Plouvier. Dernières Amours.

Edgard Poe (*Trad. Baudelaire*). Hist. extraordinaires. Nouv. hist. extraordinaires. Aventures d'A. Gordon-Pym.

F. Ponsard. Études antiques.

A. de Pontmartin. Cont. et Nouv. Mém. d'un Notaire. Fin du Procès. Contes d'un Planteur de choux. Pourq. je reste à la Campagne. Or et Clinquant.

M. Rodiguet. Souvenirs d'une que espagnole.

H. Révoil (*Traducteur*). Histoire Nouv. Monde. Docteur américain.

L. Reybaud. Dernier des Comm. Voyag. Coq du Clocher. Industr. Europ. Jérôme Paturot, Position sociale. Jérôme Paturot, République. Ce qu'on peut voir dans une Rue. Comtesse de Monton. rebours. Vie de Corsaire. Vie de l'Impôt.

A. Rolland. Martyrs du Foyer.

Ch. de la Rounat. Comédie de l'Amour.

J. de Saint-Félix. Scènes de la vie de Gentilhomme.

J. Sandeau. Sacs et Parchemins. Nouvelles. Catherine.

G. Sand. Histoire de ma Vie, 10 v. Mauprat. Valentine. Indiana. Jeanne. Mare au Diable. Petite Fadette. François le Champi. Teverino. Consuelo, 3 v. Comt. de Rudolstadt, 2 v. André. Horace. Jacques, 2 v. Lucrezia Floriani. Péché de M. Antoine, 2 v. Lettres d'un Voyageur. Meunier d'Angibault. Piccinino, 2 v. Sim. Dernière Aldini. Secrétaire intime.

E. Scribe. Théâtre, 20 v. Nouv. Historiet. et Prov. Piquillo Alliaza, 2 v.

Alb. Second. À quoi tient l'Amour.

Fr. Soulié. Mém. du Diable, 2 v. Cadavres. Quatre Sœurs. Confesseur, 2 v. Au Jour le Jour. Marguerite. Maître d'école. Sauanier. Enfant Prodigue. Si Jeun. savait... et Vieill. pouvait, 2 v. Huit jours au Château. Diane de Chivry. Malheur complet. Magnétiseur. Lionel. Port de Créteil. Comt. de Monrion. Bourgerons. Été à Meudon. Drames inconnus. Maison no 3 de la r. de Provence. Ant. et Claire. Cadet de Famille. Amours de Boussard. Olivier Duhamel. Chât. des Pyrénées. Rêve d'Amour. Diane et Louise. Prétendus. Cont. pour les enfants. Quatre Sœurs. Sathania. Comte de Toulouse. Vicomte de Béziers. Saturnin Fichet, 2 v.

E. Souvestre. Philos. sous les toits. Confess. d'un Ouvrier. Coin du Feu. Scèn. de la Vie intime. Chron. de la Halle. Clairières. Scèn. de Chonauneres. La Prairie. Dern. Paysan. En Quarantaine. Scèn. et Récits des Alpes. Goûter d'Faux. Soirées de Meudon. Échelle des Femmes. Souv. d'un Vieillard. Sous les Filets. Contes et Nouv. Foyer breton, 2 v. Dern. Bretons, 3 v. Anges du Foyer. Sur la Pelouse. Riche et Pauvre. Péchés de Jeunesse. Réprouvés et Élus, 2 v. Pt Famille. Pierre et Jean. Deux Misères. Pendant la Moisson. Bord de la Liste civile. Scènes parisiennes. Sous les ombrages. Mat à cocagne. Mémorial de Famille. Souv. d'un Bas-Breton, 2 v. L'Homme et l'Argent. Monde tel qu'il sera. Histoires d'autrefois. Sous la tonnelle. Théâtre de la Jeunesse.

Marie Souvestre. Paul Ferroll. Induit de l'anglais.

D. Stauben. Scènes de la Vie juive en Alsace.

De Stendhal. L'Amour. Rouge et Noir. Chartreuse de Parme. Promen. dans Rome, 2 v. Chroniq. italiennes. Mém. d'un touriste, 2 v. Vie de Rossini.

Mme B. Stowe (*Trad. Forgues*). Souvenirs heureux, 3 v.

E. Sue. Sept Péchés capitaux : Orgueil, 2 v. L'Envie. Colère, 2 v. Luxure, 3 v. Avarice. Gourmandise. Gilbert et Gilberte, 3 v. Adèle Verneuil. Grande Dame. Clémence Hervé.

E. Texier. Amour et Finances.

L. Ulbach. Secrets du Diable.

O. de Vallée. Maniers d'argent.

A. Vacquerie. Profils et Grimaces.

V. Valrey. Marthe de Montfort. Filles sans Dot.

F. Wey. Anglais chez eux, Londres, à cent ans.

*** Mme la duchesse d'Orléans.

*** Zouaves et Chasseurs à pied